Sophie Hénaff

Mission Blindgänger

Sophie Hénaff

MISSION Blindgänger

Ein neuer Fall für Kommando Abstellgleis

Aus dem Französischen
von Katrin Segerer

C. Bertelsmann

Die Originalausgabe erschien 2019 unter dem Titel *Art et décès*
bei Éditions Albin Michel, Paris.

Die Übersetzerin dankt dem Ministerium für Kultur und Wissenschaft
des Landes Nordrhein-Westfalen und dem Europäischen
Übersetzerkollegium Straelen für die Unterstützung ihrer Arbeit.

MIX
Papier aus verantwortungsvollen Quellen
FSC® C083411
FSC
www.fsc.org

Verlagsgruppe Random House FSC® N001967

1. Auflage

Umschlaggestaltung: semper smile, München
Satz: Uhl + Massopust, Aalen
Druck und Bindung: CPI books GmbH, Leck
Printed in the Czech Republic
ISBN: 978-3-570-10397-5

www.cbertelsmann.de

Für meine inzwischen etwas größere Meute,
meine Eltern und meinen Bruder

Prolog

Paris, Entbindungsstation der Clinique Jeanne d'Arc,
9. Februar 2013

Anne Capestan atmete durch. Die Schmerzen waren abgeklungen, die Welt wurde wieder scharf. Pein und Panik würden erst in zwanzig Minuten zurückkehren, achtzehn, wenn alles gut lief. Die Schweißperlen auf ihrer Stirn vermischten sich mit den Wassertropfen aus dem Zerstäuber. Sie wandte den Kopf zum hilflosen Gesicht ihres Ehemanns.

Paul Rufus hatte für die Geburt Sonderausgang bekommen. Commandant Lebreton, ehemals Verhandlungsführer bei der RAID, bevor er aufs Abstellgleis in der Rue des Innocents befördert worden war, hatte ihn hierher eskortiert, nachdem er Kleider und Kulturbeutel für ihn abgeholt hatte. Der Gefangene hatte sich rasiert, frisiert und in seinen schicksten Anzug nebst Krawatte und neuen Schuhen geschmissen. »Ich habe mich hübsch gemacht für unser Kind.« Er sah tatsächlich hübsch aus, wunderschön sogar, wie Capestan gerührt und bewundernd festgestellt hatte, wenn auch etwas abgemagert. Neunzehn Stunden später war der Anzug zerknittert, die Krawatte hing schief, die Haare waren zerzaust, und das steife Leder der Derbys entlockte Paul ein gedämpftes Stöhnen.

Eine weitere Welle türmte sich auf. Capestan schloss die

Augen und biss die Zähne zusammen. Die Wehe schlug ihre Krallen ein und spie Feuer in jedes Glied. Paul murmelte, den Blick auf seine Füße gerichtet: »Diese Treter drücken bestialisch.«

Mit unendlicher Anstrengung stieß Capestan hervor: »Ich liebe dich, Paul, aber ich schwöre dir, wenn du noch EIN Wort über deine Schuhe verlierst …«

1.

Paris, sechzehn Monate später

Die drallen kleinen Finger packten den Verdienstorden und wollten das schon sabberdurchweichte Band abreißen.

»Nein, Joséphine, nicht anfassen«, schimpfte Commissaire Capestan im resignierten Tonfall einer Mutter, der eher die Erwachsenen beruhigen als ein schon für den nächsten Versuch bereites Kind überzeugen sollte.

Sie stemmte sich aus dem Sessel vor dem feudalen Schreibtisch des Regionaldirektors der Kriminalpolizei und gesellte sich zu ihrer Tochter am Fuß der Vitrine. Mit ein paar leeren Ermahnungen löste sie die Händchen vom Orden und legte ihn auf ein höheres Brett, nachdem sie ihn diskret am Ärmel abgewischt hatte. Die gutmütige Joséphine nahm es ihrer Maman nicht übel. Eroberungslustig rollte sie sich vom runden Windelhintern auf alle viere und grapschte, gleichzeitig flink und unbeholfen, nach dem nächsten, noch goldeneren Ehrenzeichen, das mit verheißungsvollen Rüschen eingefasst war. Kurzerhand raffte Capestan alles auf den unteren Brettern zusammen und deponierte es in einem Haufen oben auf dem Möbelstück.

»Tut mir leid…«

Buron sah aus, als hätte er einen Liter Rizinusöl auf eine Handvoll Reißzwecken geschluckt.

»Nein, nein, ich bitte Sie, das macht doch nichts. Nun, wie ich eben gesagt habe…«

Richtig, er hatte geredet, aber worüber, hatte Anne Capestan schon wieder vergessen. Sie kramte einen Bund dicker, bunter Plastikschlüssel aus der Handtasche und reichte ihn ihrer Tochter, die ihn an sich riss und begeistert glucksend schüttelte. Buron erhob die Stimme, um das Klappern zu übertönen.

»Commissaire, Sie müssen in den Dienst zurückkehren, ich brauche Sie an der Spitze Ihrer Brigade. Ich verstehe ja, dass die Freuden der Mutterschaft Sie von Ihrer Verantwortung abgelenkt haben, aber es wird höchste Zeit, wieder an die Arbeit und Ihre Truppe zu denken und diesen entzückenden kleinen Engel flügge werden zu lassen. Außerdem…«

Der entzückende kleine Engel hatte sich inzwischen den spitzesten Schlüssel geschnappt und zerkratzte damit systematisch das Bein des Nussbaumholzschreibtischs. Commissaire Capestan bückte sich und platzierte ihre Tochter in der Mitte des Teppichs.

Buron versuchte, die Irritation über das Verschwinden seiner Gesprächspartnerin bei jedem zweiten Satz zu zügeln, und hob erneut an: »Wie gesagt, Ihre Truppe braucht Sie…«

Capestan tauchte ein weiteres Mal ab, um Joséphine einzufangen, die nach drei dickköpfigen Krabbelschritten wieder bei ihrem Kratzspiel angelangt war, und setzte ihr Töchterchen an den Ausgangspunkt zurück.

Sie war zwar seit über einem Jahr in Elternzeit und hatte ihr Kommissariat Commandant Lebretons fähigen Händen anvertraut, deshalb aber noch lange nicht ihre Kollegen aus den Augen verloren, mit denen sie sich von Zeit zu Zeit auf einen Mittagssnack, ein Abendessen oder ein Schwätzchen traf. Ganz zu schweigen von den diversen offizielleren Zusammenkünften.

Zuerst die Einweihungsparty von Dax, dem Computergenie, das nach einem Boxunfall nicht mehr die hellste Kerze auf der Torte war, und Évrard, der blassen Spielsüchtigen. Das junge Paar hatte eine nette kleine Zweizimmerwohnung in Oberkampf bezogen, in die sich für einen Abend die gesamte Brigade gequetscht hatte. Anschließend der Vierzigste von Torrez, dem schwarz behaarten Unglücksbringer, in einem Restaurant, das wenig später abgebrannt war. Dann Rosières Kinofilm. Die erfolgreiche Krimi- und Fernsehserienautorin hatte ihren ersten Spielfilm geschrieben, eine nie da gewesene Geschichte, von der die Geheimniskrämerin nicht ein Wort verriet. Der unterschriebene Vertrag allerdings war ausgiebig verlautbart und mit Champagner begossen worden, trotz Merlots Protesten – der Capitaine war ein leidenschaftlicher Liebhaber sämtlicher alkoholischer Getränke außer derjenigen, bei denen die Blubberbläschen zu viel Platz einnahmen. Auch Saint-Lôs spektakulärer Sieg bei den französischen Fechtmeisterschaften war gebührend gefeiert worden. Der Virtuose an Florett und Degen hatte seine Kunst angeblich noch »als Grünschnabel« vom größten Fechtmeister der Musketiere Ludwigs XIII. erlernt. Orsini, umgeschulter Geiger und bevorzugte Quelle aller Journalisten im Land, hatte Himmel und Erde in Bewegung gesetzt, um seinen Freund und Kollegen in die Profi-Circuits zu bringen. Und schließlich der Prozess gegen Paul Rufus, Commissaire Capestans Ehemann, der acht Monate – so lang wie eine einsame Schwangerschaft – gedauert und entgegen allen Erwartungen mit einer Verurteilung zu zwei Jahren ohne Bewährung geendet hatte.

Seither hakte sie jeden vergangenen Tag am Wandkalender in ihrer Küche ab. Das schwarze Raster der Ungeduld endete mit dem 10. August, neongelb markiert.

An Pauls statt hatte Louis-Baptiste Lebreton das Kinderzimmer vor der Ankunft des Babys gestrichen. Capestan sah den großen, schweigsamen Commandant noch vor sich, wie er mit ruhigen Bewegungen die Farbrolle über die Wand fahren ließ, eine Hand in der Hosentasche, ein paar cremefarbene Sprenkel auf dem dichten Haar. Unterdessen hatte sich José Torrez, der sich dank seiner Kinderschar bestens mit der Säuglingspflege auskannte, um die Ausrüstung gekümmert. Die zukünftige Mutter hatte kaum die Farbe des Kinderwagens mitbestimmen dürfen. Als Ausgleich hatte sie sich bei der Anzahl der winzigen Bodys und Pyjamas durchgesetzt, der Kleidung also, auf die Joséphine sich von der ersten Minute an eifrig erbrochen hatte, nur um sie gleich darauf nicht mehr zu tragen, weil sie schneller herauswuchs, als diese trocknen konnte. Jetzt war Capestan klar, warum ihr Partner beim Anblick der vollen Kommode nur höhnisch gegrinst hatte. Eva Rosière wiederum hatte sich selbst zur Hausdame befördert und kreuzte regelmäßig mit Bergen von geraspelten Karotten und pasteurisiertem Käse auf. So spielte die gesamte Brigade gute Fee und beugte sich mehr oder weniger standfest über die Wiege.

Sogar Buron, der Joséphine ein rosafarbenes Plüschkaninchen in BRI-Uniform geschenkt hatte.

Ursprünglich hatte Capestan nicht vorgehabt, ihren Mutterschaftsurlaub zu verlängern, aber seit der unglaublichen Begegnung mit ihrer Tochter war sie derart glücklich und durcheinander, dass sie sich einfach nicht zur Rückkehr aufraffen konnte. Sie ließ sich treiben, wollte nichts mehr wissen von Polizeiarbeit und Fällen. Sie lebte in einer Blase, auch wenn sie ahnte, dass an deren Wänden, an jeder blanken Nervenzelle Angst und Wut lauerten, zwei alte Freundinnen. Ihre Erinnerungen an die Kinder- und Jugendbrigade, an den Dreck der Pariser Straßen stiegen langsam aus den hintersten Winkeln ihres Gehirns auf und trübten das Meer der Zärtlichkeit. Manchmal brabbelte Joséphine irgendetwas, wedelte mit einem zarten Ärmchen und schaute ihre Mutter voll ungehemmter Liebe an, der Inbegriff bedingungslosen Vertrauens. Capestan schenkte ihr ein breites Lächeln, ehe ohne Vorwarnung die Blitze in ihren Kopf einschlugen. Die Panik erstickte sie, verwandelte sich nach und nach in Zorn und Traurigkeit. Sie gurrte weiter, aber die Gutzi-Gutzis wurden freudlos und heiser.

Sie wich ihrer Tochter keine Sekunde von der Seite.

Irgendwann würde sie die Nabelschnur natürlich durchtrennen müssen. Aber nicht heute, obwohl ihr Mentor offenbar im Begriff war, genau das zu fordern. Er hatte sie angerufen, um sie für Dienstag um zehn einzubestellen. Capestan hatte erwidert, dass sie beurlaubt sei und er sie deshalb gar nicht einbestellen könne. Daraufhin hatte er sie eingeladen, am selben Tag zur selben Zeit. Capestan hatte die Einladung angenommen.

»Es gibt da mehrere Fälle, die ich Ihnen gerne anvertrauen würde. Das Beste wäre wohl eine Rückkehr zum 1. August. Das passt Ihnen ja hoffentlich?« Mit einem sicheren Patriarchenlächeln verschränkte Buron die großen Hände auf der Schreibtischunterlage aus flaschengrünem Maroquin.

»Nein.«

Der Divisionnaire konnte seine Überraschung schwer verbergen. Für jemanden wie ihn, der nur widerwillig Urlaub nahm, überflogen die achtzehn Monate Abwesenheit einer eigentlichen Vollblutpolizistin jedes Verständnis. Vor allem, wo er als ihr Vorgesetzter sie doch so höflich bat.

»Wie, nein?«

Die erschöpfenden Drei-Fläschchen-Nächte hatten Capestans übliche Unverfrorenheit abgestumpft, also begnügte sie sich mit der alten, aber nicht weniger wahren Ausrede: »Ich habe keine Betreuung für Joséphine, ich muss mich erst organisieren.«

Burons Reaktion konnte sie nicht erkennen, ihr war die Sicht versperrt. Sie bewegte den Kopf und bemerkte erst jetzt, dass ihre Tochter geduldig an ihr hochgeklettert war und das Gesichtchen direkt vor sie geschoben hatte, um ihr in Erinnerung zu rufen, wer hier der wichtigere Gesprächspartner war. Capestan drückte Joséphine einen Kuss auf die Stirn und setzte sie, den strampelnden, schon zur nächsten Kletterpartie bereiten Beinchen zum Trotz, wieder auf den Teppich.

Mit der feierlichen Stimme eines Mannes, der Lösungen präsentiert, verkündete Buron: »Kein Problem, ein Anruf von mir genügt, und Sie bekommen einen Krippenplatz.«

Wahrscheinlich hatte er tatsächlich die nötigen Kontakte,

um ein solches Wunder zu vollbringen, deshalb offenbarte Capestan, was sie wirklich dachte: »Ja, aber nein.«

Die Stirn unter dem Bürstenschnitt gerunzelt, die feuchten Basset-Augen missbilligend zusammengekniffen, beharrte der hehre Mentor: »Nun aber, Capestan, ich brauche Sie, die Polizei braucht Sie. Nach allem, was ich getan habe, damit Sie nicht entlassen werden …«

»Ja, aber nein. Nein. Nein, nein und nochmals nein«, erwiderte Capestan weder angriffslustig noch diplomatisch.

Genau diesen Moment wählte Joséphine, um mit ihrer Morgenfuhre die Aufmerksamkeit auf sich zu lenken. Als der charakteristische Geruch Capestan in die Nase stach, stand sie auf. Buron beobachtete sprachlos, wie sie in ihre Jacke schlüpfte, nach der großen Umhängetasche griff und, sorgsam darauf bedacht, die Windel nicht platt zu drücken, ihre Tochter hochhob. Schließlich fragte sie, leicht verwirrt, ohne wirklich daran zu glauben: »Im Quai des Orfèvres gibt es nicht zufällig einen Wickeltisch?«

2.

»Verdammte Scheiße, ich bringe ihn um!«

Eva Rosière schäumte vor Wut. Ihre Wangen hatten das typische Zinnoberrot angenommen, das einen Sturm ankündigte, und der neue Vertragszusatz drohte in ihrer bebenden Faust zu zerreißen.

Es war nicht zu fassen. Die Dreharbeiten hatten kaum begonnen, da wollte dieser Nichtsnutz von Regisseur, dieser schlappschwänzige Schwätzer, der ihr Skript mit leerem Geblubber aufblies, auch schon als Koautor genannt werden. Und zwar an erster Stelle, vor ihr! Was bildete der sich überhaupt ein!

Begleitet vom grimmigen Gebell ihres Hundes Pilote, Kosename Pilou, platzte Rosière, Capitaine de Police, Bestsellerautorin und jetzt auch Filmdrehbuchschreiberin, mitten in den Dreh, »Ruhe bitte, wir drehen!« hin oder her. Sie bohrte die spitzen Absätze in die Kabel, von denen es auf dem Wachsbetonboden nur so wimmelte, und brüllte durch den Raum: »Wo steckt die alte Sülzwurst?«

Der Toningenieur zuckte zusammen, zerrte sich den Kopfhörer herunter und schüttelte sich kurz, wie um sicherzustellen, dass seine Ohren noch am richtigen Fleck saßen.

»Der wollte sich, glaube ich, nach dem Mittagessen mit dem Produzenten treffen.«

Perfekt, zwei Idioten zum Preis von einem. Ganz nebenbei registrierte Rosière, dass bei Sülzwurst jeder sofort an Michel Aramédian dachte, schließlich war der Regisseur fürs Sülzen und seine Wurstfigur bekannt. Und natürlich musste er direkt den großen Häuptling mit seinem Dank übergießen, nachdem er seinen Vertragszusatz bekommen hatte.

Rosière machte eine Kehrtwendung, die ihre Absätze zum Knirschen, aber ihre wohlgepolsterte Hüfte kein bisschen ins Wanken brachte, und wogte entschlossen wieder von dannen. Pilou folgte ihr mit erhobener Schnauze und wedelte im Takt ihrer Stechschritte mit dem Schwanz wie ein Metronom.

Das Produzentenbüro befand sich am Ende des Flurs und beherbergte nur Tom Dicate, der so knauserig war, dass er sogar den Posten des Produktionsleiters eingespart hatte, um selbst jeden einzelnen in den Dreh investierten Cent zu verwalten, zu verteilen oder vor allem zu verweigern.

Ohne sich mit Anklopfen aufzuhalten, riss Rosière schwungvoll die Tür auf.

»Ist er da?«

War er nicht. Tom stand allein vor der Rauchglasplatte seines Schreibtischs. Mit einer Geste, die lässig wirken sollte, aber seine ständige Nervosität verriet, teilte er eine schmale Linie Kokain ab, rollte das Foto seiner Hauptdarstellerin Luna Sellia auf und beugte sich vor. Um die Anwesenheit einer Gesetzeshüterin schien er sich nicht zu scheren. Pilou, der da strenger war als sein Frauchen, bellte laut. Tom fuhr zusammen und stieß sich das Röhrchen tief in den Riechkolben. Reflexartig schnaubte er kräftig, um es wieder zu entfernen, was die Droge zu einer feinen weißen Wolke zerstäubte. Bevor das Koks wie gewöhnlicher Staub davonwabern konnte, steckte Tom sich kurzerhand das Röhrchen ins noch unversehrte Nasenloch und saugte mit schnellen Zügen die Luft um sich herum ein, um nicht ein Zehntelgramm zu vergeuden – bis ihm wohl aufging, dass dabei die gesamte gespielte Lässigkeit zur Lächerlichkeit verpuffte, und er sein Werkzeug verächtlich auf den Tisch fallen ließ.

»Nein, *er* ist nicht da. Nur ich, also komm mal wieder runter, Schätzchen. Willst du's stattdessen mit mir probieren?«

»Wenn's sein muss«, antwortete Rosière und verkniff sich das »Fick dich!«, das ihr auf der Zunge brannte. »Eigentlich suche ich Michel. Aber wo du schon mal da bist, kannst du mir vielleicht weiterhelfen ...«

»Wenn's sein muss«, gab Tom mit seinem Vorstadtschlingelgrinsen zurück.

Unbeeindruckt wedelte Rosière mit dem Vertragszusatz und stöberte einen letzten Kokswirbel auf.

»Wie hat sich der feine Monsieur Sülzwurst zum Drehbuchautor aufgeschwungen? Ist das auf deinem oder seinem Mist gewachsen? Was soll der Schmu? Willst du ihn in Tantiemen bezahlen, um mich übers Ohr zu hauen, oder hält er sich jetzt für ein Genie, weil er den Figuren neue Lieblingsgerichte angedichtet hat?«

»Aber, aber, Eva, wir sind hier beim Film, da hat dein Schöpferstolz nichts zu suchen, das Drehbuch ist bloß ein Hilfsmittel. Michel hat eine Vision und ...«

»Eine Vision? Soll das ein Witz sein? Und wenn er mal pinkeln muss, ist er plötzlich Klodesigner?«

»Geh mir nicht auf die Nerven, Eva, das soll dein Agent mit seinem klären. Der wollte den Punkt unbedingt mit aufnehmen«, sagte Tom, während sein feuchter Zeigefinger wie unabhängig vom Rest des schlaffen Körpers jeden Rauchglaszentimeter systematisch nach Pulverresten abtastete.

»Verdammte Scheiße, ich bringe ihn um!«, fauchte Rosière auf dem Weg zur Tür.

Sie selbst hatte diesen Schleimbeutel engagieren lassen. Michel Aramédian war ein Handwerker, ein technisch guter Regisseur ohne eigene Handschrift, der das Skript Wort für Wort umsetzte und keinerlei zusätzliche Ideen einbrachte. Nach über einem Jahr unermüdlicher Arbeit an ihrem allerersten Filmdrehbuch hatte Rosière seinen Namen vorgeschlagen, im Glauben, dass er ihr Werk um keinen Millimeter verrücken würde. Falsch gedacht. Urplötzlich hatte der brave Erfüllungsgehilfe beschlossen, selbst ein paar Autorenlorbeeren zu ernten, wenn auch auf dem Ast einer anderen.

Sie steuerte auf den Regieraum zu, in der festen Überzeugung, Michels große, gebeugte Gestalt in der Nähe des Büfetts vorzufinden, wo er gern Naturjoghurt um Naturjoghurt direkt aus dem Becher schlürfte, ohne Löffel. Anschließend wischte er sich den Mund mit den Fingern und die Finger mit einer Papierserviette ab.

Dort war er allerdings auch nicht. Die Hairstylistin Véro saß mit der Garderobiere Inès und der Maskenbildnerin

Zélie zusammen und nippte an einem Kaffee. Es war früher Nachmittag, die Schauspieler waren drehfertig und Haare/Make-up/Kostüm genossen eine dieser endlosen Pausen, die der Arbeit beim Film ihren Charme und den Babysittern ein Vermögen einbrachten. Sie hatten die Maske verlassen, in der sich Michel, der willensschwache Kapitän, schon seit Tagesanbruch herumtrieb und auf die Laune seiner Besatzung lauerte. Der von Hundert-Watt-Birnen erhellte Beichtstuhl barg die Bissigkeiten und Gerüchte des Morgens. In diesem sicheren Hafen, den die Schauspieler nackt betraten und gestylt/geschminkt/gewandet, mit ihren Rollen gepanzert, wieder verließen, wurden traditionell Komplotte geschmiedet und Meutereien angezettelt. Dort beklagten sich die vernachlässigten Egos, während sie für die Pinsel die Lippen spitzten. Véro, Zélie und Inès spielten ihren Part und verbreiteten Klatsch und Tratsch, so oft wie nötig, aber ohne bösen Willen. Als heitere Profis durchsegelten sie sicher die Stürme größenwahnsinniger Regisseure, doch selbst sie liefen gelegentlich auf Michel Aramédians Sandbank auf – er war einer der wenigen gleichzeitig geschmacklosen und ungenießbaren Filmemacher.

Er bereitete seine Schläge im Verborgenen vor.

Szene für Szene, Einstellung für Einstellung brachte er Eva Rosières Figuren auf Abwege, ohne zu begreifen, dass er damit die geliebte Familie der Autorin antastete. Sie waren aus ihren Gefühlen erbaut, aus Tausenden Details, die sie jeden Tag sammelte, aus ihrer Empathie, denn die besetzte knallhart alle Menschen, denen sie begegnete, besichtigte ihr Innerstes und spuckte die Essenz dessen, was sie erstaunt hatte, in einer neuen Seele wieder aus. Rosières Figuren waren Träume, Freundschaft, Mitgefühl, Empörung, eingestampft und zusammengepresst, alles, was sie in gut fünfzig Jahren gesehen und erlebt hatte, und eine Hommage an das, was sie in den letzten drei Jahren aufrechterhalten hatte. Sie trug ihrer aller Verletzlichkeit in sich.

Die ausschweifende Krimi- und Fernsehserienautorin hatte hier ihr persönlichstes Werk, ihr intimstes Projekt abgeliefert. Durch eine unglückliche Verkettung der Umstände hatte sie ihre neueste Geschichte für die große Leinwand geschrieben, wo man so wenig zu sagen hatte, statt als Roman, bei dem man alles entschied. Sie erzählte das Epos einer Truppe verstoßener Polizisten, die von einer alten, heruntergekommenen Wohnung und der Willensstärke einer gefallenen Chefin zusammengeschweißt wurden. Es war ihre eigene Geschichte, die ihrer Kollegen. Capitaine Rosière war eine dieser verkrachten Existenzen gewesen, aber das Kommando Abstellgleis hatte ihr wieder Luft zum Atmen gegeben.

Aus Dankbarkeit und aus der Gewissheit, ein gutes Thema aufgestöbert zu haben, war dieses Drehbuch entstanden. Sie hatte ihre Freunde in Figuren verwandelt, es aber nicht gewagt, sie vorzuwarnen. Schon in der Vergangenheit war sie aus der Chefetage des Quai des Orfèvres geflogen, weil sie sich von ihren Vorgesetzten und der Staatsanwaltschaft hatte inspirieren lassen. Diese Lektion hatte sie fein säuberlich klein gehackt, zu Schnitzeln und Spänen verarbeitet und dann das Streichholz des Rückfalls angerissen. Nur mit dem Unterschied, dass sie ihre Opfer diesmal mochte. Schreiben oszillierte immer zwischen Huldigung und Verrat, und Rosière war sich nicht sicher, in welche Richtung die Deutung ihrer Freunde neigen würde. Deshalb hatte sie, sowohl aus Feigheit als auch aus künstlerischem Egoismus, um keinen Widerstand zu riskieren, der sie der neuen Inspirationsquelle berauben könnte, auf deren Einwilligung verzichtet. Wenigstens machten die Figuren ihrer Vorlage alle Ehre: Merlot, dem Mann von Welt und Fusel, Blanche Évrard, dem Geist der illegalen Spielhöllen, Dax und Lewitz, den enthusiastischen Idioten, Lebreton, dem unverweslichen Sonnenkönig, Torrez, dem Unglücksbringer, Orsini, dem Spießer mit den schlechten Witzen, Saint-Lô, dem Irren, der sich für den Highlander hielt, Diament, dem Koloss, und natürlich Anne Capestan, der Anführerin mit dem offenen Lächeln und dem lockeren Abzugsfinger. Sie waren realistisch, also voller Fehler, aber spannend und würdevoll. Bis dieser Weichei-Regisseur sie unbedingt in den Leistungsauftrag der Fernsehsender zwängen und ihnen Soap-Eitelkeiten und Schundfilm-Eigenschaften andichten musste. Wenn ihre Kollegen das sahen … Diese Vorstellung trieb Rosière schon jetzt bis tief in die Nacht die Schamesröte ins Gesicht.

Dank geschickter Schachzüge und Überzeugungskraft war es ihr gelungen, die Schmonzetterei des Trottels Detail für Detail auszubügeln, aber durch seinen Namen auf diesem Vertragszusatz schwang er sich nun eigenmächtig zum Herrn über Leben und Tod ihres Textes auf. Ihres Rufes. Ihrer Loyalität ihren Freunden gegenüber.

Sie spürte eine kompromisslose Künstlerseele in sich sprießen, das Profil eines romantischen Genies, das Schicksal einer Soziopathin, die bereit war, alles zu zerstören, um ihr Meisterwerk zu retten.

»Habt ihr Michel gesehen?«

Inès, Véro und Zélie lächelten und antworteten nicht gleich. Im Bruchteil einer Sekunde las die Polizistin in Eva Rosière, die nie verschwunden war, ihnen an den Blicken ab, dass sie den Regisseur sehr wohl gesehen hatten, aber nicht petzen wollten. Anscheinend hatte er sich verkrochen, als er die Autorin hatte kommen hören.

»Verdammte Scheiße, ich bringe ihn um!«

Man musste sich den Hals verrenken, um die Zeichnung auf der Internetseite genau zu betrachten. Die Bildunterschrift war glasklar: »Um das Herz zu treffen und den Gegner kampfunfähig zu machen, sollte die Klinge zwischen die siebte und achte Rippe gestoßen werden.«

Zwei Hände schlugen wütend auf die Tastatur ein.

»Und wie soll ich die Rippen von jemandem zählen, der sich noch bewegt?«

3.

Gaétan Bulinski musterte seinen Kumpel Achille Niessen, der seit seinem großen Neun-Millionen-Kinobesucher-Erfolg ständig wirkte, als würde er von einem Spot beleuchtet. Die Hände in den Taschen eines Maßanzugs, trug er sein Netter-Kerl-Lächeln zur Schau und betrachtete die Welt mit zufriedenem Besitzerstolz. Wenn die Technik an ihm vorbeimusste, ließ sie ihm instinktiv mehr Platz, während Gaétan die Kabel über die Schuhe schleiften. Mit den schmeichelhaften Löckchen und der Vorstadt-Danton-Visage strahlte Achille eine etwas plumpe, aber sonnige Energie aus. Er war zweifelsfrei ein verflixt guter Schauspieler. Aber nicht besser als Gaétan. Eher schlechter.

Jahrelang war Achille der Sidekick gewesen, immer ein bisschen weniger attraktiv, ein bisschen weniger clever, der ewige Zweite, den diese Tatsache nicht störte, der schon so geboren war. Gaétan, der geborene Älteste, dunkel bis zu den bläulich schimmernden Pupillen, schritt voraus, sich seines Geburtsrechts sicher, aber gewillt, einen Flügelmann mitzuziehen, einen friedlichen Rivalen, der ihn niemals einholen würde. Bis zu jenem Film, jener Bombe, mit der niemand gerechnet hatte. Zumindest nicht in diesem Ausmaß. Am Mittwoch waren die Zahlen reingekommen, die Hochrechnungen hatten sich überschlagen. Man erwartete, noch vor dem Monatsende die zehn Millionen zu knacken.

Gaétan hatte die Freundschaftsbekundungen und herzlichen Rippenstöße vermehrt, er freute sich für Achille, war äußerlich ganz Gratulation, aber jeder neue Morgen versetzte ihm einen Schlag in die Magengrube, ließ ihn zur Toilette stürzen und Galle spucken.

Jeder Schauspieler hoffte auf Den Einen Film: *Ziemlich beste Freunde, La vie en rose, Willkommen bei den Sch'tis, The Artist, Die fabelhafte Welt der Amélie*, einen Hit, der die Besuchercharts auf den Kopf stellte und einen in die Top Ten der Großverdiener katapultierte, die kleine Riege der Götter. Natürlich konnte man auch abseits dieses Olymps eine schöne Karriere hinlegen, Anerkennung und Reichtum erlangen, sich seine Rollen aussuchen und sogar brillieren. Außer man war der beste Freund des Stars in einem solchen Film. Der Kassenschlager veränderte nicht nur Achilles Format, sondern indirekt auch Gaétans. Weil sein Kumpel sich in einen Gewinner verwandelte, wurde Gaétan zum Loser. Er war vom selben Punkt gestartet, aber weniger weit gekommen.

Seither, so wollte es das Gesetz des Erfolgs, verstärkte alles den Kontrast zwischen ihnen. Es war nicht gegen Gaétan gerichtet, zumindest hoffte er das, aber selbst Achilles Haargel glänzte mehr als seins. Am Set spazierte Achille jetzt im feinsten, auf den Leib geschneiderten Balmain herum, während Gaétan in seinem Celio von der Stange vor sich hin knitterte. Tausende winzige Details, ein paar Garderobenquadratmeter mehr, ein paar Warteminuten weniger, nagten Tag für Tag an seiner Fassade.

Zum Glück wussten weder die Öffentlichkeit noch die Presse, ja, nicht einmal die Branche, dass Gaétan Bulinski diese triumphale Rolle abgelehnt hatte. Seit dem ersten Beben des Tsunamis zitterte er bei der Vorstellung, dass irgendwer es herausfinden könnte. Eine solche Demütigung würde er nach all den anderen nicht verkraften. Nicht einmal Achille hatte einen Schimmer. Manchmal brannte es Gaétan auf der Zunge, ihm ein »Du warst bloß die zweite Wahl« ins Gesicht zu schleudern, aber in Anbetracht der Ergebnisse schluckte er es lieber hinunter. Nur zwei Menschen kannten die Wahrheit: der Regisseur des Blockbusters, der Gaétan gleich zu Anfang des Projekts kontaktiert hatte, und Tom Dicate, der den Film eigentlich hätte produzieren sollen, wäre er nicht kurzzeitig durch ein Feuer ruiniert worden. Letzterer schwieg aus denselben Beweggründen wie Gaétan, konnte es sich jedoch nicht verkneifen, mit seinem kleinen Druckmittel zu spielen. Er stichelte, machte Anspielungen und lachte sich jedes Mal ins Fäustchen, wenn der Schauspieler zusammenzuckte.

Genau wie Achille hatte Gaétan schon vor einem Jahr, lange vor dem Wahnsinnshit, für diesen Scheißkrimi unterschrieben, den sie gerade drehten. Damals war es nur eine weitere Komödie für das Duo gewesen, Action am Morgen, eine nette Abwechslung, zugeschnitten auf die Primetime am Sonntagabend. Jetzt hatte man den Eindruck, dass Achille ihm Almosen gab, das Plakat in liebevoller Erinnerung an vergangene Zeiten mit ihm teilte, und Gaétan stand da wie ein Idiot.

»Kinder! Kommt her, meine Kleinen! Bewegt die Ärsche, oder wollt ihr auf MTV landen?«, rief Tom Dicate und ließ gemächlich das mit Speicheltropfen bedeckte Megafon wieder sinken.

Er gehörte nicht zu den Standardproduzenten, die auf Abstand blieben und einmal pro Monat mit einer dicken Zigarre im Mund für eine dreiminütige Stippvisite vorbeischauten. Er hielt sich für einen Künstler, wollte allem seinen Stempel aufdrücken und lungerte von morgens bis abends am Set herum. Michel Aramédian stand schweigend neben ihm. Kaum war Eva Rosière verschwunden, war der Regisseur wie aus dem Nichts wieder aufgetaucht. Eine Kakerlake. Er war genauso hoch gewachsen wie Tom und hatte auch seine schmalen, leicht gebeugten Schultern, seinen rötlichen Teint und seinen Haarschnitt in einem sehr ähnlichen Braunton. Ihm fehlte es nur an Strom, um dem Produzenten völlig zu gleichen. Er war eine leere Dublette, eine Hülle ohne Saft. Gaétan beugte sich zu seinem Freund.

»Schon verrückt, wie ähnlich die zwei sich sehen.«

»Sehen, aber nicht klingen.« Achille nahm die Hände aus den Taschen, richtete sich auf und verschränkte die Arme vor der Brust. »Schau, der Waschlappen kriegt keinen Ton raus, und das Nervenbündel labert uns mal wieder voll.«

Gaétan entfuhr ein kurzes Lachen.

»Chipo und Merguez, so nennt Rosière sie doch immer, oder?«

Achille klopfte seinem Freund auf den Rücken.

»Nein, so nennt sie *uns*.«

Gaétan verzog das Gesicht. Die Wahrscheinlichkeit, dass er Chipo verkörperte, war groß. Achille lächelte ihn an.

»Ach komm, das war nur ein Witz, entspann dich.«

Gaétan zuckte betont gleichgültig mit den Schultern, aber er musste dringend wieder Oberwasser bekommen. In ihrer Branche hatten sich schon so einige aussichtslosere Blätter gewendet. Das von Robert Downey jr. zum Beispiel. Geduld, ja, die war in diesem Metier das A und O. Und obwohl Technik für Gaétan ein Fremdwort war, spielte er seit ein paar Tagen mit dem Gedanken an eine Ben-Affleck-Option. Der abgeschlagene Star hatte es geschafft, Matt Damon über den Umweg der Regie einzuholen. Er hatte sich einen Ruf als Autor erworben, als Unternehmer, indem er auf die Straße des Verstands gebogen war. Das Köpfchen machte den fehlenden Glam wett. Das war sowohl männlich als auch erwachsen, so trat man gleich als Großer ins Erwachsenenalter ein. Und man behielt Ansehen und Marktwert, wenn das mit den Tränensäcken unter den Augen losging. Die meisten Schauspielduos endeten nach diesem Muster. Der Beweis, dass es funktionierte.

In Gaétans Fall müsste man, um das Rennen auszugleichen, den Waschlappen beseitigen und seinen Platz einnehmen. Und das Nervenbündel aus dem Weg räumen, denn wenn Tom Dicate die Klappe aufriss, wäre jede Chance, intelligent zu wirken, schon von vorneherein vertan. Gaétan würde zum Horst Buchholz werden, der die Sergio Leones Clint Eastwood überlassen hatte und dessen Namen heute niemand mehr kannte außer eben Gaétan, der solche Geschichten als Warnungen für seine eigene Laufbahn sammelte.

Nachdem Tom das Wort für eine halbe Sekunde abgegeben hatte, ergriff er es wieder und ließ sich über die sozialen Netzwerke, Mediapläne und Sichtbarkeit aus. Dann drehte er sich zu seinen beiden Stars und bemerkte mit einem gehässig-vertraulichen Augenzwinkern, speziell an Gaétan gerichtet: »Wisst ihr, was ohne den geringsten Aufwand viral gehen würde? Eine große Enthüllung!«

Brennender Hass versengte Gaétans Eingeweide. Nein. So konnte das auf keinen Fall weiterlaufen.

4.

Eine große Enthüllung. Achille musterte den Produzenten. Was sollte das denn schon wieder heißen? Dieser Typ sollte sich bloß nicht einfallen lassen, ihm zu drohen, sonst würde er ihn mit zwei SMS zerquetschen wie eine Schmeißfliege.

Jeden Tag blähte die neue Macht Achilles Brust auf, er wuchs und erblühte wie Hulk, der aus dem unscheinbaren Kadaver von Bruce Banner hervorbrach. Dieser Erfolg, der sich im ganzen Land verbreitete, wie ein Funkenheer über eine Leinwand aus Zündschnur raste, stimmte den Schauspieler euphorisch und leicht paranoid. Die Pupillen ringsum weiteten sich vor Faszination, vor Angst, Neid und Ungläubigkeit. Achille hatte es geschafft, ihm passierte das alles.

Wie Unvorsichtige sich die Finger verbrannten, versengte ihm der Ruhm die Haut beim Kontakt mit anderen. Er musste seine Gelassenheitsreserven zusammenkratzen, um sich den Anschein zu geben, als würde er einen kühlen Kopf bewahren, als könnte ihn nichts ändern, aber alle seine Freunde und Kollegen waren zwanzig Zentimeter geschrumpft. Das Wichtigste war, dass man es ihm nicht anmerkte. Fürs Image. Das war inzwischen ein kostbares Gut, flüssiges Gold, das überall, wo er hinkam, großzügig verteilt wurde. Achille war ein netter Kerl, positiv, ein Star zum Anfassen. »Ein Star des Volkes«, höhnte er innerlich.

Er beschloss, ein paar Minuten nach draußen zu gehen, um seine Nachrichten zu checken. Im Studio hatte man keinen Empfang – und keine Privatsphäre. Kaum hatte er sich eine Zigarette angezündet, klingelte auch schon sein Telefon. Auf dem Display der Name seiner Agentin. Erregung wogte in ihm auf. Aktuell versetzte ihm jeder Anruf einen Adrenalinkick.

»Ja?«, fragte er ruhig.

»Soderbergh. Soderbergh! Seine Nummer zwei hat hingeschmissen, er will dich in zehn Tagen für die Italienerinnen, ich schicke dir das Skript, zum Niederknien! Über die Gage verhandeln wir noch, aber es sieht gut aus.«

Achille stiegen Tränen in die Augen, die er unauffällig mit dem Ärmel wegtupfte, bevor sie sein Make-up verschmierten. Soderbergh. Die Angebote rissen nicht ab. Wer kam wohl als Nächstes? Spielberg? Coppola? George Lucas?

Was zur Hölle trieb er noch an diesem armseligen Set hier?

»Ich drehe ja gerade für Tom Dicate, wie machen wir das?«

»Wir scheißen darauf, ich habe versucht, mit ihm zu reden, aber er will nichts davon hören. Die Amis sollen ihm eine Entschädigung überweisen.«

»Ich rede mit ihm«, entschied Achille. »Er will mich bestimmt nicht vor den Kopf stoßen, wir einigen uns gütlich.«

»Das Wort kennt er gar nicht, Achille. Lass mich das regeln, es ist besser, wenn du da nicht mit reingezogen wirst.«

Achille lachte spöttisch. »Was soll er mir denn schon können?«

»Keine Ahnung, aber ihm fällt sicher was ein.«

»Ich kümmere mich darum, das geht schneller.«

Er legte auf, drückte seine Zigarette im Aschenbecher aus und marschierte im Sturmschritt zurück ins Studio. Gleich als er die Tür aufschob, entdeckte er Tom. Mit leicht schwankendem Gang, der ihm wohl eine angesäuselte Lässigkeit verleihen sollte, kam der Produzent seinem Star entgegen, dem einzigen Menschen am Set, bei dem die Machtverhältnisse nicht zu seinen Gunsten standen. Trotzdem konnte er sich eine Spitze nicht verkneifen.

»Ein seltenes Vergnügen, dich bei einem Dreh so eifrig zu erleben. Was ist los mit dir, genießt du heute Nachmittag gar nicht die Annehmlichkeiten deiner VIP-Garderobe?«

»Nein, nein, ich will mich nicht verspäten. Hollywood ruft, wie du weißt, deshalb: Je schneller wir fertig sind …«

»Ich tue alles, um die Sache zu beschleunigen, Achille, das siehst du ja. Aber an diesen Film glaube ich wirklich aus tiefstem Herzen. Es ist das richtige Thema, der richtige Regisseur, das richtige Skript, alle Sterne stehen günstig, da darf der hellste nicht plötzlich abhauen.«

»Lass mich gehen, Tom. Deine Komödie kannst du auch mit einem anderen drehen.«

»Machst du Witze? Alles ist finanziert, wir haben die Sender, den Verleiher, der Streifen wird picobello produziert, mit allem Drum und Dran, damit wir nichts riskieren, das kann ich nicht einfach aufgeben, das würde niemand verstehen, meine Schwester würde mich umbringen, wenn ich so eine Chance nicht nutze. Aber ich habe den Drehplan geändert, deine Szenen haben absolute Priorität. Ich mache allen Druck.«

»Absolute Priorität? Du willst mich wohl verarschen, Tom! Ich bin in *jeder* Szene, ich spiele die Hauptrolle. Was werde ich los? Den Abspann? Na schön, ich rufe meine Agentin an, wir annullieren den Vertrag.«

»Der ist wasserdicht, da müsst ihr schon vor Gericht ziehen. Und das würde euch schön um die Ohren fliegen. Die Presse würde sich darauf stürzen, das könnte ich nicht verhindern, sie werden behaupten, du hättest Gaétan im Stich gelassen, deinen besten Freund, und natürlich dein Betthäschen, die kleine Braunhaarige, die deine Kollegin spielt ...«

Entrüstet protestierte Achille: »Aber mit der läuft doch gar nichts!«

Tom hob beschwichtigend die Hände. »Schon, aber du kennst ja die Journalisten, manchmal spinnen die sich einfach was zusammen. Sie denken bestimmt, dass dir der Erfolg zu Kopf gestiegen ist, und versauen dir dein Image, kurz bevor du so richtig durchstartest. Das will ich nicht erleben müssen, das würde mir das Herz brechen.«

Achille fixierte den Mistkerl, der eine betrübte Miene aufsetzte, um ihn an seine Kameras zu fesseln.

»Du bist ein genialer Schauspieler, ich bin unheimlich froh, dich bei diesem Projekt dabeizuhaben, das wird großartig.«

Nachdem der Produzent Süßholz direkt in die Wunde geraspelt hatte, ließ er den Blick über den Set schweifen und entdeckte Inès, die gerade vorbeilief.

»He, Make-up, kannst du nicht mal 'nen Zahn zulegen? Jede Minute hier kostet mich ein Vermögen! Achille ist fertig, für wen hältst du dich, ihn warten zu lassen? Na los, zack, zack, hol mir Kostüm her, und dann drehen wir endlich!«

Tom Dicate arbeitete seit Jahren mit diesen Frauen, kannte aber noch immer nicht ihre Namen und versuchte nicht einmal, es zu kaschieren. Außerdem war Inès, die er Make-up nannte, in Wahrheit selbst Kostüm. Zélie war die Maskenbildnerin, und die nannte er Haare.

Mit verkniffener Miene stapfte Inès davon, um Zélie zu suchen.

Tom klatschte in die Hände, um sie weiter anzutreiben, und brüllte durch den Raum: »Hoch mit euch, ihr faulen Säcke, an die Arbeit, wir drehen!«

Das war seine übliche Ablenkungstaktik: ein kleiner Rundumschlag gegen die Allgemeinheit, um die den Stars vorbehaltenen Schmeicheleien aufzuwerten. Elender Wichser! Achille saß in der Falle. Die große, weite Welt lockte, Hollywood rollte den roten Teppich über den Atlantik, und er hing in Klein-Frankreich fest, am Rockzipfel seines Freunds Gaëtan, als wäre der seine Maman. Achille kochte vor Wut, aber er wusste genau, sein Name brachte diesem Film viel zu leicht viel zu viel Geld ein, als dass ein Produzent in einer so kritischen Lage wie Tom Dicate darauf verzichten könnte. Mit einer Sache hatte der Halsabschneider nämlich ausnahmsweise völlig recht: Seine Schwester würde ihn in der Luft zerreißen. Und für die Branche wär's nicht schade. Nein, so kam Achille nicht weiter. Seine einzige Hoffnung blieb, dass dieses Projekt wie Toms letztes in Flammen aufging und er alles bis aufs Hemd verlor. Oder einfach das Zeitliche segnete, das wäre wirklich praktisch.

5.

Sie tauchte auf, und plötzlich erklangen Blechbläser, Bässe, ohrenbetäubende Töne in treibendem Tempo. Zwei Reihen behelmter Männer von der RAID trugen sie mit ausgestreckten Armen herbei wie die Startänzerin einer Revue. Anschließend katapultierten sie sie in die Luft, wo sie, dank der Seile, einen abenteuerlichen Dreisprung vollführte und mit der Anmut einer Raubkatze direkt vor der Nase des Wahnsinnigen landete, der gerade die Bank ausraubte. Der Ganove wirkte zwar beeindruckt, aber wenig überrascht, obwohl sie, während sie ihn aus grünen Mandelaugen vernichtend anfunkelte, in einer hautengen Lederuniform steckte, die man so bei keiner Polizei der Welt fand.

Es war lächerlich, das wusste Luna. Im Lauf der Tage hatte sich die Rolle, für die der Vertrag ursprünglich unterschrieben worden war, in einen blassen Abklatsch ihrer Musikvideos verwandelt. Nur dass sie hier immerhin eine Hose tragen durfte.

»Schnitt!«, rief der Regisseur, sichtlich angetan.

Alle zollten der letzten Einstellung des Drehtags Beifall, die Musik ging aus, und Luna wurde wieder zum kleinen Mädchen und hoffte, dass alles gut gelaufen war. Der Produzent Tom Dicate kam auf sie zu, mit seinem Werbehoodie von Kodak, der ihm viel zu groß war, und einem Adonis-Lächeln, das kein bisschen zu seinem Aussehen passte.

»Meine Schöne, ich habe gerade mit Michel geredet, über die Glaubwürdigkeit deiner Figur …«

Luna horchte auf, fing an, von starken Szenen, tiefgründigen Dialogen, ergreifenden Rückblenden zu träumen. In ihren Augen glomm, der harten Miene, die sie zur Schau trug, zum Trotz, eine Naivität, die laut ihrem Manager die Hoffnung bei Ahnungslosen oft hervorbrachte.

»Sie hat es mit einem Bankräuber zu tun, einem Gangster, sie weiß genau, was solche Dreckstypen von den Ladys erwarten. Das hat sie für die Verhandlungen bestimmt mit einkalkuliert und deshalb ein supersexy Outfit gewählt, glaubst du nicht auch? Außerdem würde das deine Vorzüge noch mehr betonen, also win-win für alle. Was hältst du davon? Dann machen wir's so.«

Was Luna davon hielt, war dem Produzenten scheißegal, er hatte sich schon wieder umgedreht, um sich die Maskenbildnerin zu schnappen und sie anzubellen, einen transparenten BH und Zwölf-Zentimeter-Hacken zu besorgen. Zumindest mit einer Sache hatte er recht: Mehr erwarteten Dreckstypen von Frauen nicht.

Luna versammelte alle Blechbläser in ihrem Kopf, gab dem dicken Bass den Einsatz und drehte die Lautstärke hoch: Für gewöhnlich passte ihre Stimme sich an und bekam einen Ich-bin-hier-der-Boss-Ton.

»Nein, Tom, darauf habe ich keine Lust.«

Neugierig summende Stille breitete sich am Set aus. Tom Dicate, der wahrscheinlich gerade eingehend das Strumpfbandmodell beschrieb, das ihm vorschwebte – gleichzeitig aufreizend und preiswert –, verstummte nicht sofort. Er rechnete nicht damit, dass die berüchtigten Kapriolen der RnB-Stars ihn in seiner Unnahbarkeit tangieren könnten. Allenfalls der Regisseur musste ein bisschen lavieren, das Fußvolk hatte natürlich zu kuschen, aber der Produzent, das Alphatier, war in der Regel davor gefeit. Leicht erstaunt wandte er sich um.

»Doch, denk doch mal nach. Das wird megaabgefahren, wart's ab.«

Es pisste sie tierisch an, dass er bei ihr ständig seine coolen Jugendwörter auspackte.

»Absolut«, bestätigte Michel Aramédian, hellauf begeistert von dieser Aussicht, »das kommt echt gut vor der Kamera. Catwoman bei der RAID, eine neue Actionheldin, du wirst richtig abheben!«

Den Blechbläsern in Lunas Kopf ging die Luft aus, sie hatte keinen passenden Text parat, um den Takt aufrechtzuerhalten, die beiden Männer standen vor ihr, siegessicher, machtgewiss, und sie fand nicht die richtigen Worte, so wie eigentlich immer. Die steckten irgendwo fest, unerreichbar, tief unter ihrem Überlebensinstinkt vergraben. Eine reflexartige Reglosigkeit aus längst vergangener Zeit. Man schloss sich der Meinung des Gefängniswärters an, um so tun zu können, als hätte man es selbst gewollt. Vielleicht hatten die beiden Männer ja recht. Nein. Nein, diesmal hatte sie keine Lust.

»Also, ich weiß nicht. Das Ganze ist jetzt schon ziemlich …«

»Hör mal, das wird total girlpowermäßig, versprochen«,

unterbrach Tom sie, bevor er auf Körperkontakt ging und leise hinzufügte: »Friss oder stirb. Girlpower, meine Schöne!«

Luna hob das Kinn, um die stolze und herausfordernde Haltung zu bewahren, die man von ihr erwartete, obwohl dieser letzte Tropfen der Erniedrigung in eine Pfütze mit Tausenden weiteren geplatscht war. Luna konnte nicht kämpfen. Gegen diese Männer würde sie jede Schlacht verlieren. Mit einem Messer oder einer Knarre allerdings sähe die Sache anders aus. Genau deshalb landeten Typen wie Tom Dicate und Michel Aramédian am Ende im Leichenschauhaus. Irgendwann konnte man nur noch so gewinnen.

Pilou schnüffelte verächtlich am Lederriemen. Anschließend ließ er sich, bestätigt in seiner Abneigung, auf den Hintern fallen und wandte die Schnauze vom Objekt des Anstoßes ab. Diese Leine war nicht die seine, und daran änderten auch die Anstrengungen nichts, die hinsichtlich Farbton und Qualität unternommen worden waren. Sie roch neu. Was für ein widerlicher Gestank!

»Also wirklich, meine kleine Promenadenmischung«, schalt Eva Rosière, »die ist doch hübsch. Ich habe bei Louis Vuitton ein Vermögen dafür hingeblättert. Die andere ist weg, keine Ahnung, wo sie abgeblieben ist, ich habe schon überall gesucht, ich kann sie nicht finden. Na komm, wir machen dir die neue um, und dann kaufen wir dir bei Angelina Baiser, das magst du doch so gern.«

Wie auf dem Hinterteil festgeklebt, drehte Pilou sich um hundertachtzig Grad und wandte seinem geliebten Frauchen mit erhobener Schnauze und gespitzten Ohren den Rücken zu, um ihr klipp und klar die Meinung zu geigen. In diesem Aufzug würde er ganz sicher nicht nach Hause gehen.

6.

Mit kaum fünfunddreißig Jahren war der Toningenieur bereits stocktaub. Zu viel Zeit mit einem Kopfhörer auf den Ohren, von Kindesbeinen an, der das Trommelfell zu Metal-Klängen aufheizte. Und zu viel Hellfest mit den Lauschern direkt an den Lautsprechern, die Taifune durch den Schädel bliesen und Haare und Lederweste im Rhythmus der Bässe fliegen ließen. Zum Glück hatte Benoît Marteau, genannt Ben, genannt Ben Big Ben, gelernt, sein Defizit geschickt zu verbergen, um seine Einkommensquelle nicht zu verlieren. Durch seine hervorragenden Kenntnisse der Filmbranche und vor allem der Schauspieler konnte er schon beim Lesen eines Skripts Lautstärke und Sprechintention vorausahnen. Wenn eine Schauspielerin ihren Narzissmus mit einer dicken Schicht Zerbrechlichkeit kaschierte und ihre Repliken bemüht säuselte, tat Ben so, als hätte er es gehört, und zwinkerte ihr zutiefst bewegt von so viel Sinnlichkeit zu. Dasselbe – und zwar genau dasselbe – galt für ihren Kollegen, der seinen Text in einem kehligen, vor müder Manneskraft triefenden Bass vortrug. Später dann beim Abmischen drehte Ben Big Ben die Umgebungsgeräusche voll auf, bis man die Dialoge nicht mehr verstand und den

Zuschauern die überreizten Ohren bluteten, und erklärte die Kakofonie zum Naturalismus. Das war seine junge Indie-Handschrift.

Doch selbst er zuckte bei Tom Dicates Gebrüll zusammen. Dieser widerliche Parasit hielt seine bloße Geburt für Talent. Ben hatte nicht damit gerechnet, den Produzenten hier in der riesigen Eingangshalle des Studios anzutreffen.

Tom schäumte vor Wut und starrte Luna mit gesenktem Kopf von unten an, wie ein Jungbulle, dessen Nüstern verbittert glänzten.

»Ich lade dich zum Mittagessen ein, und du lässt mich stehen?«

»Ja, ich muss zurück in meine Garderobe, ein paar Fotos auf Insta…«

»Du begleitest mich nicht in mein Büro?«

Luna schien nicht zu begreifen, worauf der Produzent hinauswollte, obwohl die meisten Produzenten früher oder später aufs Gleiche hinauswollten. Vielleicht spielte sie auch nur die Unschuldige, das ahnungslose Naivchen, um den Kerl zu zwingen, seine Absichten auszuformulieren und bei Problemen die Verantwortung zu übernehmen. Aber wo Tom schon mal da war, würde Ben Big Ben die Gelegenheit nutzen und sein Gagenproblem ansprechen. Es wäre ihm eine Freude, den Produzenten höchstselbst in sein Büro zu begleiten, er schien ja regelrecht Angst davor zu haben, allein gehen zu müssen, der Arme.

Mit einem Schmunzeln auf den Lippen lenkte der Toningenieur seine Schritte zum anderen Ende der kathedralenartigen Halle, um Luna von diesen Avancen zu erlösen, die so taten, als wären sie keine.

»Kann ich mal kurz mit dir reden, Tom?«

Mit finsterem Blick und beleidigter Grimasse musterte Tom Dicate ihn einen Moment lang scharf. Wenn man die Alternative betrachtete, musste ihn Bens zottelige, bärtige Gesellschaft schon ziemlich enttäuschen.

»Okay, komm mit«, knurrte er schließlich und gab die Sache mit Luna verloren.

Ben heftete sich an die Fersen des Produzenten, der ohne ein weiteres Wort an die Schauspielerin auf dem Absatz kehrtgemacht hatte und betont gemessenen Schritts – wahrscheinlich, um seine Wut und Frustration zu übertünchen – auf sein Büro zuhielt. Trotz der eher ungünstigen Laune – etwas anderes war sowieso selten – kam Ben sofort auf den Grund seines Vorstoßes zu sprechen.

»Ich habe mir meinen Vertrag angeschaut, Tom, und eine Sache kapiere ich nicht so ganz: Da steht immer noch die Gage für einen Assi drin, aber ich bin mittlerweile Ingenieur.«

»Ja, und dank wem?«

»Dank dir, das ist mir schon klar. Aber du hast versprochen, wenn ich beim ersten Dreh als Ingenieur abliefere, dann kriege ich beim zweiten den Titel UND die entsprechende Gage. Und das hier ist der zweite Dreh, oder?«

»Und du findest, du hast beim ersten abgeliefert?«

»Ja. Glaube ich zumindest. Nicht?«

»Doch, doch, keine Sorge, Ben, ich lasse dich nicht fallen, aber es war noch ein bisschen … Amateurliga. Ich wollte dir eine zweite Chance geben. Eigentlich haben sie auf einem mit mehr Erfahrung bestanden, aber ich habe ihnen gesagt: Diesmal macht Marteau seinem Namen bestimmt alle

Ehre… kapiert? Diesmal ist Marteau bestimmt der Hammer!«

»Schon. Aber es gibt Tariftabellen und…«

»Und Posten, bei denen man leider Geld einsparen muss. Du weißt doch, wie angespannt die Lage im Moment ist, Filme können ihr Potenzial nicht immer ausschöpfen. So ein Dreh ist eine knappe Kiste.«

Das war Toms Lieblingsleier. Wie ein Popstar, der niemals müde wurde, die alten Hits zu singen, schmetterte der Produzent sein »Die Branche steckt in der Krise« im Brustton der Überzeugung. Jede Silbe zitterte im Tremolo, jeder Euro wurde von einer Träne begleitet. Mit Sparmaßnahmen war der Produzent besonders freigebig. In einem Anfall von Theatralik drehte er schwungvoll den Schlüssel im Schloss, riss die Tür zu seinem Büro auf und lief hinein.

Drei Schritte später presste er sich die Hand vor den Mund, wie um einen Aufschrei zu unterdrücken. Sein Blick huschte zu Boden, und er hob nacheinander die Füße an, als fürchtete er, in Dreck getreten zu sein. Dann wandte er sich zu Ben und streckte eine Hand aus, die jede Bewegung untersagte.

»Bleib, wo du bist, fass nichts an!«

Die Stirn schweißbedeckt, die Augen aufgerissen, tastete Tom sich langsam weiter, und Ben entdeckte, was den Produzenten hatte erstarren lassen: Michel Aramédian lag bäuchlings auf dem Sofa, die Nase im Polster vergraben, seine Lieblingsstellung für das tägliche Verdauungsschläfchen. Aus seinem Rücken ragte der Griff eines Messers. Ein blutroter Fleck auf dem weißen Teppich stach Ben ins Auge und stürmte auf sein Gehirn ein.

»Wir müssen einen Krankenwagen rufen«, murmelte Tom heiser.

»Krankenwagen? Ist er nicht schon tot?«, gab Ben, jetzt selbst wie erstarrt, zu bedenken.

Tom beugte sich wachsam vor, als könnte die Leiche ihn plötzlich anspringen und mit in den Höllenschlund zerren.

»Ja, doch, du hast recht. Gibt es auch einen Totenwagen?«

7.

Nachdem Ben vergeblich versucht hatte, irgendwo in diesem undurchdringlichen Hangar Netz zu kriegen, war er zurück zur Eingangshalle gerannt, wo die Empfangsdame von einem der seltenen Festnetzapparate, die bis ins Zeitalter der Mobiltelefone überlebt hatten, die Feuerwehr verständigte. Die schwere Bürde, den Leichnam zu bewachen, hatte er Tom überlassen, den die Vorstellung, im Angesicht des Todes allein zu bleiben, fast hysterisch gemacht hatte.

Als Ben schließlich zurückkehrte, gefolgt von Eva Rosière und ihrem Hund, die eben vom Gassigehen wiedergekommen waren, kauerte der Produzent in der Zimmerecke, so weit entfernt von der Leiche wie möglich. Kaum traf die Verstärkung ein, sprang er auf wie ein Schachtelteufel, floh aus seinem Büro und bewies aller Welt, wie viel Mut und Beherrschung im berühmtesten Actionfilmproduzenten Frankreichs steckten.

Rosière musterte den gekrümmten und von Krämpfen geschüttelten Wurm verächtlich, bis ihr Blick auf den anderen gekrümmten Wurm fiel, bei dem sich allerdings kein Segment mehr regte: Michel Aramédian.

Der Regisseur war ermordet worden.

Sie unterdrückte die aufwallende Nervosität und überflog, ganz routinierte Polizistin, im Eiltempo ihren Tagesablauf, immerhin hatte sie überall lauthals ihre Absicht kundgetan, das Opfer kaltzumachen. Einmal, zweimal, dreimal ging sie alles durch, bloß um am Ende zur ärgerlichen Schlussfolgerung zu gelangen: Sie hatte kein Alibi, überhaupt keins. Den Vormittag und die Mittagszeit über hatte sie geschrieben, in einer abgelegenen Ecke des Studios. Nur mit ihrem Hund.

Sie saß richtig in der Scheiße.

»Alle raus aus dem Zimmer, haltet euch von hier fern, bis die Spurensicherung kommt«, rief sie plötzlich, weil ihr klar wurde, dass sie als Polizistin, beurlaubt oder nicht, zuerst einmal für den Tatort verantwortlich und dann erst verdächtig war.

Ben hatte den Krankenwagen, die Feuerwehr, die Polizei – und wahrscheinlich seine Maman – gerufen, aber bis der Fall die hohen Tiere im Quai des Orfèvres erreichte und die Techniker von der Spurensicherung aufkreuzten, musste der Tatort vor Eindringlingen gesichert werden, auch wenn diverse Sohlen ihn schon ziemlich verwüstet hatten.

Es handelte sich um Tom Dicates Büro, also würde man abgesehen von ihren und seinen Spuren naturgemäß auch die des halben Teams finden. Wer hatte Zutritt gehabt? Und wann war der Todeszeitpunkt gewesen?

Von ihrem Standpunkt aus versuchte sie grob, die Leichenstarre abzuschätzen. Michel wirkte noch genauso schlaff wie vorher, also konnte der Mord nicht länger als drei Stunden zurückliegen. Abrupt wandte sie sich zu Tom und Ben Big Ben.

»Um wie viel Uhr habt ihr ihn entdeckt?«

»Na, vor ungefähr fünf Minuten«, antwortete Ben.

»Als du telefonieren wolltest, welche Zahl stand da auf deinem Handydisplay?«, bohrte sie nach, um das »ungefähr« einzugrenzen.

Der Toningenieur kniff die Augen zusammen bei dieser langwierigen Gedächtnisübung.

»Als ich auf den Knopf gedrückt habe und der Bildschirm angegangen ist, war es … vierzehn Uhr null sechs, glaube ich. Und bei dir?«, fragte er Tom.

Der Produzent hob die Augenbrauen.

»Hätte ich auch gesagt.«

Gut, also hatte das Verbrechen irgendwann zwischen elf und zwei stattgefunden.

Und wer war im Gebäude gewesen?

Das Drehkreuz vorne wurde von zwei Wärtern bewacht und setzte sich nur in Bewegung, wenn man eine personalisierte Magnetkarte davorhielt. Es war der einzige Zugang zum gigantischen Studiokomplex in La Plaine Saint-Denis, alle anderen Türen, auch die Liefereingänge, blieben Tag und Nacht verschlossen, und die Notausgänge lösten einen Alarm aus, sobald sie geöffnet wurden. Man müsste überprüfen, ob ein Besucherausweis ausgestellt worden war, und eine Liste der erfassten Magnetkarten seit gestern Abend anfordern. Damit hätte man alle anwesenden Personen, inklusive der Zeiten ihres Kommens und Gehens. Über den Daumen gepeilt ergäbe das rund fünfzig Verdächtige, und die dürften sich gerade größtenteils unter dem Glasdach des Restaurants aufhalten, das während der Drehs als Kantine diente. Obwohl es natürlich nicht schwer war, einen Toilettengang vorzutäuschen und ein paar Minuten von dort zu verschwinden.

Eva Rosière konnte es kaum abwarten, genauere Informationen zu bekommen, ja, bei der Zielscheibe, die sie sich auf die Stirn gepinselt hatte, scharrte sie schon mit den Hufen, die Aussagen von einem halben Dutzend Zeugen aufzunehmen, die alle bestätigten, einen Serienkiller blutüberströmt aus dem Büro fliehen gesehen zu haben, ein Schild mit seinem vollen Namen und seiner Sozialversicherungsnummer um den Hals.

»Was soll das hier werden, 'ne Demo? Wenn ihr mehr Geld wollt, müsst ihr mit schwererem Geschütz anrücken«, rief Achille, als er den Menschenauflauf entdeckte.

Die Hände in den Hosentaschen, das Hemd über den kunstvoll definierten Muskeln gespannt, trat er näher. Er lächelte wie der Typ von nebenan, aber ihn umgab ein neues Magnetfeld und hielt die Normalsterblichen auf Abstand.

»Nein, jemand hat Michel umgebracht. Auf MEINEM Sofa«, antwortete Tom, der allmählich wieder zu sich kam – und zu seiner Pedanterie.

»Was? Michel? Aber wann? Von wem?«

»Umgebracht?«, fragte Véro, die Hairstylistin, von weiter hinten. »Wer?«

Plötzlich drängte sich das gesamte Team um die Bürotür wie ein Schwarm Möwen um eine Tüte Churros. Sie kamen von allen Seiten, krochen aus ihren Löchern wie Küchenschaben. Das Entsetzen rang mit der Neugier, und zwischen den Vordersten und den Hintersten kursierten schon die Gerüchte und verzerrten die Tatsachen.

»Tom hat sich umgebracht?«

»Nein, es war Mord.«

»Was für eine Demo ist das hier? Für die Assis?«

»Tom ist ermordet worden?«

»Ja, auf seinem Sofa.«

»Geschieht ihm recht …«

»Und wer übernimmt jetzt die Produktion? Glaubt ihr, seine Schwester wäre bereit?«

Tödlich beleidigt erhob Tom die Stimme, um die Menge zu übertönen.

»Michel ist erstochen worden, nicht ich!«

Die neue Info verbreitete sich sofort bis in die letzte Reihe.

»Erstochen? Tom ist mit einem Messer umgebracht worden?«

»Michel! Michel!!!«, rief Tom wutschnaubend.

»Also geht's doch nicht um die Assis?«

Eva Rosière versuchte mehr schlecht als recht, die Fragen und Antworten zuzuordnen, die Gefühle und Tonfälle zu deuten, Wahrheit von Schauspiel zu unterscheiden. Der Mörder befand sich mit ziemlicher Sicherheit in der dicht gedrängten Menge der Kommentatoren, deshalb ließ sie ihr Gehirn eine intuitive Auslese treffen. Die wäre mindestens genauso nützlich wie die systematischen Befragungen, die bald anstanden.

»Polizei, lassen Sie mich durch!«

Eine gute halbe Stunde war vergangen und hatte das Aufregungslevel so weit gesenkt, dass sich die Menge beim Klang der gebieterischen Stimme relativ widerstandslos teilte und den Blick auf eine eindrucksvolle Gestalt freigab: Fomenko, den ehemaligen Direktor der Zentralbrigaden, der zur Kriminalbrigade zurückgekehrt war. Mit seinem silbernen Haar und dem dichten weißen Schnauzer hatte er sich kaum verändert. Er war ein bisschen in die Breite gegangen, und der tätowierte Drache an seinem Hals bekam allmählich Hängebäckchen, aber das schadete seiner Anziehungskraft nicht im Geringsten. Rosière fuhr sich rasch durch die üppige rote Mähne, ehe sie mit erhobenem Kinn und wiegenden Hüften auf ihren Kollegen zuhielt. Der begrüßte sie herzlich und konnte nur mit Mühe ein anerkennendes Lächeln unterdrücken.

»Eva! Ist die Rue des Innocents schon an dem Fall dran? Das gibt's doch nicht, bringt ihr die Leute eigenhändig um, so schnell, wie ihr seid?«

Seiner Bemerkung folgte vielsagendes Schweigen. Rosière konnte förmlich hören, wie sich die überall in der Menge verteilten Erinnerungsfetzen zusammensetzten und, Dominosteinen gleich, umfielen bis zur unweigerlichen Schlussfolgerung: Alles an diesem Verbrechen deutete auf die Drehbuchautorin hin.

Sie saß wirklich in der Scheiße.

8.

»Im Ernst, Eva? Pilou ist dein Alibi?«

Ein ungläubiges und mitleidiges Lächeln hob Fomenkos Schnauzer. Der Divisionnaire stand mit Eva Rosière innerhalb des Bereichs, den seine Leute rasch abgesperrt hatten. Die Filmcrew hatten sie erst einmal woandershin geschickt, die würden sie später in Ruhe und einzeln befragen.

Die kurzen Beinchen fest in den Boden gestemmt, stieß der Hund ein kurzes Bellen aus. Er fand sich in seiner Rolle als Zeuge tadellos. Sein Frauchen zuckte zustimmend mit den Schultern. Sich Alibis zu verschaffen, indem sie in ihrer blendenden Erscheinung zu jeder Tages- und Nachtzeit vor irgendwem herumspazierte, gehörte nicht zu ihrem Kompetenzbereich als Autorin.

»Wenn ich schreibe, brauche ich keine Zuschauer, da mache ich eher einen auf Chateaubriand, zerzaust auf seinen Klippen, allein mit den Elementen«, scherzte sie und lobte sich nebenbei selbst.

Fomenkos blaue Augen funkelten. Rosières Verteidigung war keinen roten Heller wert, aber dafür hatte sie andere überzeugende Argumente. Ihre Augen funkelten ebenfalls. Sie kannte den Divisionnaire von früher, und die Anzugweste über dem gestreiften Hemd stand ihm heute genauso gut wie damals. Die bis über die Ellbogen gekrempelten Ärmel offenbarten stattlich behaarte Unterarme, deren Rotblond noch nicht ganz dem Weiß weichen wollte. Mit seiner Jeans und den Stiefeln ließ der Cowboy der Kriminalpolizei wie eh und je von Kavalkaden träumen.

»Aber bevor du auf deine Klippen geklettert bist, hast du überall in Paris herumposaunt, dass du das Opfer umbringst, ja?«

Rosière seufzte und zupfte reflexartig den Ausschnitt ihres grasgrünen Satinkleids zurecht, ehe sie die Hand auf die Kettenanhänger an ihrer Brust presste. Der mit der Jungfrau von Luján rieb sich allmählich schon ab.

»Ach, wenn ich jeden kaltmachen müsste, bloß weil ich es gesagt habe … Also, mal ehrlich. Ist das bei dir etwa anders?«

»Bei mir würde kaum jemand von meiner Truppe und gar keiner von meinen Vorgesetzten übrig bleiben«, gestand der Divisionnaire lächelnd. »Aber ich hatte bisher auch nicht das Pech, dass sich einer davon ein Messer in den Rücken stechen lässt.«

»Ich weiß, der Schein spricht gegen mich.«

»Und der gesamte Quai des Orfèvres, Eva, da kannst du Gift drauf nehmen. Nach deinen farbigen Romanen und den jüngsten Heldentaten deiner Brigade wird dein Fall bestimmt besonders genau beleuchtet.«

Rosière versteifte sich und vergaß den netten Schlagabtausch kurz.

»Dann bist gar nicht du mit dem Fall betraut?«

»Doch, aber du weißt ja, wie das bei den hohen Tieren ist, ich schaue nur noch von oben zu, ich mache mir nicht mehr die Hände schmutzig. Ich drehe hier meine Höflichkeitsrunde, danach ermittelt eine meiner Einheiten.«

Fomenko ließ den Blick über die Männer schweifen, die im Produzentenbüro herumwuselten. Mit Pinseln, Magnetpulver und Kameras bewaffnet, sicherten sie in ihren raschelnden Papieranzügen Fingerabdrücke und DNA-Spuren und knipsten den weißen Teppich, als wäre es ein roter. Ein Polizeibeamter, dessen riesige Nike Air durch die Unförmigkeit der Wegwerfüberzieher winzig wirkten, stand in einer Ecke und notierte sich mit manischer Sorgfalt jedes Detail.

»Welche, kann ich noch gar nicht sagen«, fuhr der Divisionnaire geistesabwesend fort. »Ich musste heute schon Leute aus dem Urlaub zurückholen, um ein Team zusammenzukratzen, aber die kann ich nicht behalten. Im Moment langweilen wir uns wirklich nicht …«

Inzwischen hatte die Realität auch Fomenko wieder eingeholt, und Führungssorgen wie knappes Budget, Zwangsumzüge und immer größere Zuständigkeitsbereiche furchten seine Stirn.

»Nimm meine Brigade, die ist die beste.«

Der Divisionnaire riss verdutzt die Augen auf und schnaubte. »Soll das ein Witz sein? Hör mal, Eva, ich schätze dich sehr, das weißt du. Wirklich, wirklich sehr. Aber das kann ich nicht machen …«

Rosière beugte sich mit schwingenden Kettenanhängern vor. »Wir gehören zur Kriminalpolizei, also kannst du theoretisch sehr wohl.«

Fomenko zuckte leicht zurück. »Hast du kein Vertrauen in meine Leute?«

Rosière richtete sich wieder auf. »Doch, natürlich, Gilles. Aber du hast es selbst gesagt, ich bin am Quai des Orfèvres nicht gerade das Haus-und-Hof-Maskottchen. Und ganz ehrlich, auf wen würdest du bauen, um dich aus der Scheiße zu holen? Auf deine besten Freunde.«

Nach dem Geschrei der Filmcrew und dem Radau der Polizei senkte sich allmählich wieder Stille über das Produktionsbüro. Der Tod hatte die Gemüter erreicht und erschütterte sie in regelmäßigen Abständen.

»Und was ist mit dem Interessenkonflikt?«, fragte Fomenko in einem Ton, der die Kapitulation schon vorausahnen ließ.

»Ich bin für die Dauer des Drehs beurlaubt, ich gehöre aktuell gar nicht zur Brigade. Ruf Capestan an, bitte.« Rosière musste sich zwingen, nicht zu flehen.

»Die ist selbst beurlaubt. Und sie will nicht in den Dienst zurückkehren.«

Rosières rechte Augenbraue wanderte nach oben.

»Wie, sie will nicht zurückkehren?«

9.

Anne Capestan saß auf der Kante des Küchenstuhls, jederzeit bereit aufzustehen, um Wasser oder Küchentücher zu holen und runtergefallenes Besteck wieder aufzusammeln, und steckte einen Löffel Karottenbrei in den weit aufgesperrten Schnabel ihrer Tochter Joséphine. Die behielt ihre Mahlzeit einen Moment lang in den aufgeblasenen Bäckchen, ohne das dicke Kuschelschaf aus den Augen zu lassen, mit dem sie gerade spielte. Auf dem Tisch neben dem Hochstuhl vibrierte Capestans Telefon. Das Display zeigte Eva Rosières Namen. Capestan strich über das Touchpad, um den Anruf entgegenzunehmen, und aktivierte den Lautsprecher.

»Hallo, Eva, wie geht's?«

»Hallo, Anne. Ging schon mal besser. Genau deswegen rufe ich an. Du musst zurückkommen.«

Capestan ließ einen zweiten Löffel vor ihrer Tochter in der Luft schweben, damit die die erste Fuhre runterschluckte.

»Keine Chance, tut mir leid. Ich genieße meine Elternzeit. Aber was ist denn passiert?«

Wahrscheinlich um die mütterliche Aufmerksamkeit

wiederzugewinnen, die seit ein paar Sekunden abgelenkt war, beugte Joséphine sich vor und spuckte ihren Brei entschlossen auf den Boden.

»Anne, ich werde des Mordes verdächtigt, ich brauche dich.«

»Das darf doch nicht wahr sein, machst du das mit Absicht?«, fragte Capestan, ohne recht zu wissen, ob sie Joséphine, Rosière oder die schon längere Liste ihrer Lieben meinte, die mit einem solchen Verbrechen in Verbindung gebracht wurden.

Sie ging in die Knie und wischte den Boden sauber, während sie in Richtung Telefon rief: »Lebreton hat meine Nachfolge angetreten, er ist dein Partner …«

»Und mein bester Freund, ja. Aber ihn hasst die gesamte PJ. Und von allen anderen aus der Brigade hält sie nichts. Du bist unsere einzige Verbindungsfrau«, drang es knisternd aus dem Handy, das Joséphine inzwischen mit zur Seite geneigtem Köpfchen musterte.

Capestan richtete sich wieder auf. Dabei fiel ihr das Haar übers Gesicht und raubte ihr für einen Moment die Sicht, was sie in Joséphines Anwesenheit immer leicht in Panik versetzte: Ein Moment genügte ihrem ungewöhnlich lebhaften Töchterchen, um alles Mögliche anzustellen, und solange man nicht hellsehen konnte, brauchte man beide Augen und sämtliche grauen Zellen, um auch nur die geringste Chance auf eine rechtzeitige Reaktion zu wahren. In einem Tonfall, der alle Zuhörenden beruhigen sollte, erwiderte sie: »Na, so schlimm kann es doch nicht sein. Was genau hast du denn ausgefressen?«

»Ich habe groß rumgeschrien, dass ich den Regisseur

meines Films umbringen will, und der ist heute Mittag erstochen worden.«

Capestan hielt kurz inne, ehe sie den Löffel wieder in den Teller tauchte.

»Ach, das sind Phrasen, so was sagt man schon mal, vor allem du. Wo warst du zur Tatzeit?«

»Zehn Meter vom Tatort entfernt, allein mit Pilou, ungefähr eine Stunde lang.«

»Oh.«

Allmählich zeichnete sich das Ausmaß der Misere ab. Fehlte nur noch das Messer zwischen den Zähnen, um dem Ganzen die Krone aufzusetzen. Capestan seufzte. Trotz der schmerzlichen Abwesenheit ihres Ehemanns waren die letzten beiden Jahre ein gnadenvolles Zwischenspiel gewesen. Heute wummerte die Realität an die Tür, egal, wie fest sie sich die Ohren zuhielt. Wenn sie sich sowieso irgendwann aus ihrem friedlichen Paradies scheuchen lassen musste, dann doch am besten aus Freundschaft.

Commissaire Capestan zerzauste das spärliche Haar auf dem Köpfchen ihrer Tochter, das wie ein Iro abstand. Es wurde Zeit, dass Joséphine die Freuden der Krippe und der Unabhängigkeit kennenlernte.

»Na schön, ich rufe Buron an.«

10.

Mit den Fingernägeln drückte Buron die Kanten des feinen Risses in seiner Schreibtischunterlage aus Maroquin wieder zusammen. Anschließend strich er mit der Kuppe des Zeigefingers darüber, bis er ein zwar nicht perfektes, aber doch zufriedenstellendes Ergebnis erzielt hatte. Dann saß er ein paar Sekunden lang still da und lauschte dem Sommerabend. Die laue, feuchte Luft der Seine drang durch die großen Fenster, vermischt mit dem fröhlichen Geschnatter der Touristen, die auf dem Weg zur Notre-Dame waren, der illustren Nachbarin des Quai des Orfèvres. Bald würde man den Fluss, die Sehenswürdigkeiten und das in die Jahre gekommenen Zuhause der PJ verlassen müssen, zugunsten der modernen Gebäude im Quartier des Batignolles, aber so lange kostete er die zentrale Lage noch aus, durch die sich jede seiner Entscheidungen sternförmig in der gesamten Stadt verbreitete. Nach einem tiefen Atemzug richtete er den Blick wieder auf Divisionnaire Fomenko, der es sich in einem Sessel vor seinem Schreibtisch bequem gemacht hatte. Die kräftigen Arme ragten über die Seitenlehnen hinaus. Seine Bitte zum Fall des ermordeten Regisseurs verdutzte Buron.

»Warum willst du die Rue des Innocents da mit reinziehen?«

»Bei der Flut an Fällen, die wir im Moment haben, käme mir ein bisschen Entlastung ganz recht. Und da der Tod eines Regisseurs nicht gerade die öffentliche Sicherheit gefährdet…«

»Ganz im Gegenteil, die Presse wird sich darauf stürzen. Das Telefon des Ministeriums läuft bestimmt bald heiß.«

Fomenko hob träge die Pranke. »Eben. Capitaine Orsini kennt die Journalisten, das erleichtert die Sache. Er kann auch deeskalieren, wenn es ihm nützt.«

Buron überlegte, während er die Kugelschreiber in seinem zur Schreibtischunterlage passenden Stiftehalter zurechtrückte. »Ach komm, Fomenko, in Wahrheit kannst du dieser Rosière bloß nichts abschlagen.«

Der Leiter der Kriminalbrigade ließ den breiten Rücken gegen die Sessellehne zurücksinken und strich sich lächelnd über den Schnauzer. »Sie hat was, das musst du doch zugeben.«

Skeptisch musterte Buron in seinem steifen Givenchy-Anzug die Cowboystiefel seines Kollegen und dachte bei sich, dass sie offenbar unterschiedliche Definitionen von Eleganz hatten. In aller Ruhe wägte er das Für und Wider ab: Er hatte die Polizisten in die Versenkung geworfen wie in einen Würfelbecher und dank ihrer bemerkenswerten Ergebnisse schon mehrfach abgeräumt. Ihre Methoden waren unorthodox, genau wie ihre Persönlichkeiten, aber gerade das dürfte die Hipster beim Film begeistern und ihm einen fast persönlichen Erfolg bescheren, der noch dazu über einflussreiche Kanäle verbreitet würde.

»Na schön«, sagte er schließlich. »Einverstanden. Aber ohne Capestan.«

Buron legte Wert auf seinen Ruf als moderner Mann, er würde keine heiß begehrte Elternzeit unterbrechen. Und sollte Commissaire Capestan der Freundschaft zugestehen wollen, was sie ihrer Berufung verwehrt hatte, und ihre Rückkehr in den Dienst erbitten, würde er klare Kante zeigen. Ihr wahrer Wunsch war es, bei ihrer Tochter zu bleiben. Bitte schön. Dann würde er sie vor der emotionalen Erpressung ihrer Brigade beschützen.

Außerdem durfte es nicht zur Gewohnheit werden, dass man ihm am einen Tag etwas abschlug und es am nächsten einforderte.

11.

Commandant Louis-Baptiste Lebreton war noch immer »der Witwer, der Dunkle, ohne Trost«, vom anderen Ufer und doch uferlos. Die langen Beine vor sich ausgestreckt, saß er auf seinem Schreibtischstuhl und überflog die letzten Seiten eines Berichts über den Diebstahl einer Mülltonne im elften Arrondissement, ein Musterbeispiel für die spannenden Fälle, die die höhnische Pariser Polizei ihnen aufhalste.

Seit Commissaire Capestans Abwesenheit hatte er den höchsten Dienstgrad und damit das Kommando über das Kommissariat in der Rue des Innocents oder, besser gesagt, über die Wohnung, die man ihnen stattdessen zugewiesen hatte. Doch seine typische Gelassenheit, durchsetzt von unübersehbarer Gleichgültigkeit, konnte den Schwarm schräger Vögel nicht motivieren. Lebreton war kein Anführer, so etwas interessierte ihn nicht. Aus Rechtschaffenheit und Pflichtbewusstsein fügte er sich in das hierarchische System, das Rückgrat ihres Berufsstands, aber die Heerscharen von Möchtegernmackern hatten ihn vom Glauben abfallen lassen. Eine Diskriminierung unter vielen hatte ihn irgendwann in diese Brigade auf dem Abstellgleis befördert, die von Capestans Wohlwollen zusammengeschweißt und elektrisiert worden war. Zusammen hatten sie Großes erreicht, aber ohne Capestan und Rosière war die Luft raus. Langweilige Fälle wurden gelangweilt gelöst, und die Polizisten kamen nur noch aus Gewohnheit in die Rue des Innocents, wie einsame Seelen, die sich jeden Morgen an derselben Theke versammelten.

Ihre Gruppe bestand nun aus verstreuten Inseln mit zwei oder drei Bewohnern. So hatte Orsini zum Beispiel Saint-Lô dazu gedrängt, seinen Degen auf angemessenerem Terrain sprechen zu lassen, und sich mit seinem Champion angefreundet. Die Tatsache, dass Letzterer seine Einstellung bei der Polizei hartnäckig auf die Zeit der königlichen Musketiere vor über vier Jahrhunderten datierte, bot längst keinen Zündstoff für Diskussionen mehr, im Gegenteil: Seit Orsini sie akzeptiert hatte, plauderten die beiden regelmäßig über Richelieus ehrgeizige Politik, während Merlot mit einem streitlustigen Glas Rotwein in der Hand und seiner geliebten Ratte auf der Schulter dagegenhielt, ohne die geringste Ahnung zu haben.

Dax und Évrard waren ein erfreulicherer Anblick. Die beiden waren seit fast einem Jahr bis über beide Ohren verliebt, und inzwischen stand endgültig fest, dass der Boxsport vielleicht das Hirn des IT-Wunderkinds in Mitleidenschaft gezogen hatte, nicht jedoch sein Herz. Der junge Lieutenant war in der Liebe genauso eifrig wie bei der Arbeit und stürzte sich mit einer ansteckenden Euphorie kopfüber in die Romantik. Die knallrosa Wangen machten die ewig farblose Blanche Évrard langsam wieder sichtbar für die Welt. Dax' bester Kumpel und Partner Lewitz allerdings war völlig orientierungslos zurückgeblieben, und nur seine hingebungsvolle Leidenschaft für den Porsche, den Eva Rosière der Brigade geschenkt hatte, hatte ihm darüber hinweggeholfen.

Diament, der Überläufer von der glorreichen BRI, der aus gewöhnlichem Rassismus verbannt worden war, tat sich noch schwer damit, seinen Platz zu finden. Sein herkulischer Körperbau brachte das Kommissariat an die Kapazitätsgrenze und verlieh dem Neuzugang den Eindruck, einer zu viel zu sein, der Grund, warum Bequemlichkeit und Sauerstoff Mangelware waren. Er wurde zwar zum Billardspielen eingeladen, aber in seinen Riesenhänden wirkte jedes Queue wie ein Zahnstocher, und er kam nicht um den Tisch herum, ohne an die Wand zu stoßen.

Torrez, der schwarze Kater, der Unglücksbringer, der Aussätzige, vergrub sich weiterhin in seinem Büro in der hintersten Ecke. Die anderen tolerierten ihn, wechselten ein paar Worte und tranken manchmal sogar einen Kaffee mit ihm, aber nur Capestan, deren Mut kein Aberglaube schmälern konnte, wagte es, mit ihm zu arbeiten. Seit ihrem Mutterschutz löste Torrez deshalb im Alleingang die Berge an Bagatellen. Doch obwohl er sich sonst fast zwanghaft an die Arbeitszeiten hielt, war er heute Morgen noch nicht da, im Gegensatz zu Évrard, Dax, Lewitz und Merlot, die *Belote* spielten, und Diament, Orsini und Saint-Lô, die eine Partie *Scrabble* ausfochten.

Plötzlich flog die Eingangstür mit biblischem Donnerkrachen auf. Stöckel hämmerten auf das kaputte Parkett ein, dann wurde es wieder still.

»Also wirklich, Kinder, nennt ihr das etwa eine Begrüßung? Ich warne euch, wenn ihr nicht sofort einen Kratzfuß macht, klemme ich mir den Billardtisch unter den Arm und verschwinde wieder.«

»Rosière!«, schrien Dax, Lewitz und Évrard im Chor.

»Eva!«, rief Lebreton, überrascht von sich selbst.

»Meine liebe Freundin! Endlich zurück im Schoß der Familie«, kam es dröhnend von Merlot, der mit Hand und Wanst winkte.

Orsini, Saint-Lô und Diament sprangen gleichzeitig auf und gesellten sich zum Rest des Teams, das Pilou schon kläffend umsprang. Alle bejubelten die Ankunft der extravaganten Autorin, die zur Feier des Tages ein auberginefarbenes Kleid trug, bestickt mit Lurex im leuchtenden Grün ihrer Augen. Es war lange her, dass so viel Glanz über die Schwelle des Kommissariats in der Rue des Innocents getreten war.

»Bist du endgültig wieder da?«, fragte Lewitz.

»Nimmst du wirklich den Billardtisch mit?«, wollte Dax besorgt wissen.

»Welch denkwürdige Umstände verschaffen uns die Ehre?« Merlot schüttelte den Fuß, den Pilou hartnäckig beschnüffelte.

Rosière drückte Lebretons Hand auf ihrer Schulter und schwelgte im warmen Empfang ihrer Kolleginnen und Kollegen. Wahrscheinlich erkannte sie erst jetzt, wie sehr sie ihr, trotz einiger vereinzelter Treffen dann und wann, gefehlt hatten.

»Nein, ich kehre erst Ende Dezember offiziell in den Dienst zurück. Ich bin hier, weil der Regisseur meines Films gestern ermordet wurde.«

»Hast du ihn um die Ecke gebracht?«, fragte Lewitz sofort.

»Im Ernst? Wieso zum Kuckuck denken das alle als Erstes? Als hätte ich eine Sammlung von Schienbeinknochen in der Vitrine stehen! Nein, ich habe den Kerl nicht erstochen. Aber da einiges gegen mich spricht, bin ich direkt hergekommen, um euch um Hilfe zu bitten, weil ich verrückterweise angenommen habe, ihr würdet meine Unschuld beteuern.«

»Tut mir leid, ich wollte dich nicht kränken«, entschuldigte Lewitz sich zerknirscht.

Eva Rosière tätschelte dem jungen Brigadier lächelnd den Arm.

»Keine Sorge, mein Kleiner, ich nehm's dir nicht übel.«

Lebreton hatte den Eindruck, als würde die Anwesenheit seiner Partnerin das Kommissariat zu neuem Leben erwecken. Vertraute Geräusche erfüllten das Zimmer, Skateboards, die über die Steine auf dem Platz fünf Etagen tiefer ratterten, Krähen, die auf den Dachrinnen hockten und den Tauben flügelschlagend ihr Territorium streitig machten. Sonne und feinstaubschwere Luft strömten durch die großen offenen Fenster. Die Welt ging plötzlich wieder ihren gewohnten Gang.

»Meinst du, wir dürfen trotz des Interessenkonflikts ermitteln?«, fragte der Commandant.

»Keine Ahnung. Die Kriminalbrigade ist mit dem Fall betraut, und Fomenko hat mir gestern Abend versprochen, dass er eure Unterstützung anfordert. Ich vertraue ihm. Capestan wollte Buron heute Morgen anrufen und müsste bald hier sein.«

In diesem Moment klingelte es. Louis-Baptiste Lebreton schritt zur Tür und öffnete schwungvoll einer ebenso strahlenden wie erschöpften Anne Capestan. Ihre Präsenz wurde von einem kleinen Mädchen unterstrichen, das mit entschlossener Miene in einer Babytrage thronte. Alle vier Augen richteten sich gleichzeitig auf den Commandant. Capestan deutete auf ihre Umhängetasche, die durch den Kinderkörper unerreichbar geworden war.

»Ich bin nicht an meinen Schlüssel gekommen, deswegen habe ich geklingelt. Tut mir leid.«

»Nicht doch, ich mache dir gern auf. Hereinspaziert! Eva ist schon da.« Lebretons Lächeln vertiefte die Falte auf seiner rechten Wange.

Das Begrüßungshallo fing von vorne an, diesmal noch begeisterter und begleitet von diversen Kommentaren über Joséphines Wachstum, ihre Familienähnlichkeit und die Anzahl ihrer Zähnchen.

»Tee? Kaffee?«, fragte Orsini in die Runde.

»Côtes du Rhone!«, beschloss Merlot, und Saint-Lô nickte zustimmend.

Während Dax und Diament in die Küche verschwanden, um Kekse, Kuchen, Chips und Oliven zu den Getränken aufzutischen, wollte Rosière so schnell wie möglich Gewissheit haben.

»Und? Ist die Brigade dabei?«

»Ja«, antwortete Capestan. »Mehr noch: Diesmal gehört der Fall uns allein, wir berichten direkt an Fomenko. Er hat wohl ein beeindruckendes Plädoyer für dich gehalten, Eva.«

Rosière konnte sich ein kleines, stolzes Lächeln nicht verkneifen.

»Jetzt willst du auch zurückkommen, was?«

Joséphine grapschte in alle Richtungen, weil sie sich nicht zwischen den funkelnden Fäden, Ketten und Ohrringen der liebenswürdigen Tante entscheiden konnte.

»Ich schon, aber Buron hat Nein gesagt.«

»Was?«

Capestan zuckte mit den Schultern, was ihre hocherfreute Tochter zum Hopsen brachte.

»Genau das. Er weigert sich, mich früher als geplant in den Dienst zurückkehren zu lassen. Und das ist auch sein gutes Recht.«

»Und was machst du jetzt?«, fragte Rosière besorgt.

»Ich komme natürlich trotzdem. Aber da man in der Elternzeit eigentlich sein Kind hüten soll, kriege ich keinen Krippenplatz.«

»Du kannst dir doch eine Tagesmutter suchen«, schlug Évrard vor.

Capestan wich aus: »Nein, jetzt im Sommer finde ich niemand Vertrauenswürdigen.«

Weder im Sommer noch im Herbst noch im Winter noch jemals: Die Vorstellung, ihre Tochter allein bei einer Fremden zu lassen, versetzte sie in Angst und Schrecken, und sie hatte auch nicht vor, jeden Abend stundenlange Aufzeichnungen einer versteckten Kamera zu sichten.

»Aber wie soll es sonst gehen?«, hakte Évrard nach. Joséphine nahm schon festgeschnallt ziemlich viel Raum ein.

Holz knallte gegen Holz, und alle wirbelten zur Eingangstür herum, wo José Torrez mit mehreren zaunartigen weißen Teilen kämpfte. Mit einer an seine Partnerin gerichteten Kinnbewegung fragte er: »Wo soll er hin?«

»Da, vor meinen Schreibtisch, bitte.«

Torrez nahm sich nicht einmal die Zeit, aus seiner Lammfelljacke zu schlüpfen. In zehn Sekunden war der Laufstall fertig aufgebaut. Anschließend holte der Lieutenant aus seinem Rucksack einen Beutel mit Gummibauklötzen, den dazugehörigen Sortiereimer, eine Arche Noah aus Plüsch, drei große Bilderbücher und eine Babypuppe mit angeknabbertem Ohr.

»Auf der Arche gab es schon leichte Verluste, die Hälfte der Tiere sind Singles, aber ich dachte, vielleicht kann man sie trotzdem noch gebrauchen.«

»Sie ist perfekt, José, tausend Dank!«

Capestan setzte ihre Tochter in den neuen VIP-Bereich, wo sie sofort die Arche und den Beutel mit den Bauklötzen leerte. Anschließend attackierte sie mit angriffslustigem Zahnfleisch die Bücher.

»Nein, Joséphine, nicht essen!«

Joséphine lächelte ihre Maman an, ehe sie völlig unbeeindruckt weitermachte. Commissaire Capestan wandte sich an ihre Brigade und klatschte in die Hände.

»Okay. Alle Mann zu den Tafeln. Eva, briefst du uns kurz, bevor wir loslegen?«

12.

Die Mitglieder der Brigade nahmen ihre Sofas, Sessel, Tischecken oder Fensterbretter ein, um der Stimme der geborenen Erzählerin zu lauschen. Nur das Tschilpen der Spatzen auf der Terrassenbrüstung, Joséphines Brabbeln im Laufstall und das Krachen der Chips zwischen Dax' Zähnen störte die andächtige Stille, die guten Geschichten vorausgeht. Commissaire Capestan beobachtete, wie Rosière tief Luft holte.

»Um vierzehn Uhr null fünf wurde Michel Aramédian, genannt Sülzwurst, leblos im Büro von Tom Dicate, genannt Stadtratte, gefunden. Zusammen bilden die beiden das berühmte Duo Chipo und Merguez. Das Opfer ist Chipo, der, der ihn gefunden hat, Merguez, Letzterer in Begleitung von Benoît Marteau, genannt Ben Big Ben.«

»Okay, noch mal langsam, bitte«, unterbrach Capestan. »Und vielleicht beschränkst du dich auf die bürgerlichen Namen.« Im Moment durfte man sie nicht mit zu vielen Informationen überfordern.

»Wie du willst, aber dann langweilen wir uns zu Tode.«

»Das Risiko nehme ich auf mich.«

Lebreton ließ, einen Marker in der Hand, den Blick zwischen ihnen hin- und herwandern und fragte sich offenbar, wann er endlich ein Tatbestandselement würde notieren können.

»Na schön. Michel Aramédian, der Regisseur meines Films, ist erstochen worden«, fing Rosière von vorne an. »Der Leichnam wurde um vierzehn Uhr fünf im Produktionsbüro entdeckt, und zwar von Tom Dicate, dem Produzenten, und Benoît Marteau, dem Toningenieur. Tom hat gekreischt wie ein kleines Mädchen und schlotternd sein Handy rausgeholt, um …«

»Nur die Fakten, bitte«, mahnte Capestan, die schon nicht mehr wusste, wer wer war.

Trotz der erzwungenen Rückkehr und der Gefahr, in der ihre Freundin schwebte, erfüllte sie freudige Behaglichkeit. Die Gesellschaft ihres Teams, das bevorstehende Rätsel, der Kaffeeduft, der raue Baumwollstoff des Sofas unter ihrer Hand und Eva Rosières volle Stimme, das alles fachte ein Feuer an, das sie für fast erloschen gehalten hatte.

»Sie hatten kein Netz, um den Notruf zu wählen, deswegen ist Ben zur Empfangsdame in der Eingangshalle gelaufen. Ich bin ihm auf dem Rückweg zum Büro begegnet. Gegen vierzehn Uhr dreißig hat dann nach und nach die gesamte Crew Blut gewittert.«

»Wann wurde das Opfer zum letzten Mal gesehen?« Orsini griff nach der Schachtel Kekse auf dem Couchtisch.

Er holte zwei heraus und fragte seine Chefin mit einem Blick, ob er Joséphine einen anbieten dürfe. Commissaire Capestan schüttelte den Kopf. Ihre Tochter war ausnahmsweise einmal ruhig, da störte man sie lieber nicht.

»Heute standen Greenscreen-Aufnahmen auf dem Plan,

die gegen Mittag abgedreht waren. Hinterher hat Michel am Büfett noch einen mit der Crew getrunken und wie üblich sämtliche Gläser und Teller angetatscht, sodass man seine Fingerabdrücke bestimmt auf jeder Scheibe Schinken findet. Danach ist er nicht in die Kantine gegangen, sondern direkt ins Produktionsbüro für seinen täglichen Mittagsschlaf um halb eins. Zélie, die Maskenbildnerin, hat ihn im Flur gesehen.«

»Er hält jeden Tag zur gleichen Zeit und am selben Ort Mittagsschlaf?«, fragte Évrard, deren Schlafbedürfnis durch die langen Nächte im Casino völlig gestört war.

»Nein, er macht sich wahllos in den verfügbaren Räumlichkeiten breit: Maske, Kulisse, wenn wir drinnen drehen … Aber meistens nimmt er dieses Sofa, Tom isst oft außerhalb zu Mittag.«

»Die beiden teilen sich ein Büro? Dann ist es aber eine kleine Produktion«, bemerkte Orsini, der sich mit den Gepflogenheiten des Showbiz auskannte, seit er nicht nur mit den Tageszeitungen, sondern auch mit der Boulevardpresse Umgang pflegte.

»Nein, ein kleinlicher Produzent, der knauserigste in der gesamten EU. Aber Regisseure haben auch nur selten einen eigenen Raum, die leben am Set, einen solchen Luxus genießen eher die Schauspieler, und zwar bei Tom exakt drei: Achille Niessen, Luna Sellia und Gaétan Bulinski. Die Stars. Die Nebendarsteller müssen mit Klapphockern klarkommen.«

»Wer hatte Zugang zum Büro?«, hakte Lebreton nach.

Der Marker hing locker neben seiner Hüfte, zwischen Zeige- und Mittelfinger, wie eine Zigarette, und setzte sich erst bei genauen und gesicherten Informationen in Bewegung.

»Es war abgeschlossen. Nur Tom und Michel haben einen Schlüssel. Aber das ist ein Standardmodell, den hat dir der Schlosser um die Ecke in zehn Minuten zwanzigmal nachgemacht.«

»Was ist mit dem Studio?«

Capitaine Rosière hielt kurz inne, um sich die ungeteilte Aufmerksamkeit zu sichern. Und sie bekam sie auch. Allein Dax war gerade voll und ganz mit einem zwischen den Zähnen klemmenden Chipsstück beschäftigt.

»Da wird es interessant. Man kann die Studios besichtigen, manchmal gibt es sogar große Ausstellungen. Aber wenn gedreht wird, darf nur die Filmcrew aufs Gelände. Ein Drehkreuz, zwei Wächter und eine Empfangsdame stellen sicher, dass sich kein Fremder einschleicht. Beim Rein- und Rausgehen muss man seinen Ausweis scannen – was bedeutet, dass wir die Identität aller Anwesenden zum Zeitpunkt des Verbrechens kennen.«

»Wie bei *Cluedo*!«, rief Évrard begeistert. Dax nickte zustimmend, sein Chipsstück unter dem Zeigefingernagel.

Capestan dämpfte die Euphorie. »›Alle Anwesenden‹ heißt ungefähr wie viele?«

»Um die fünfzig.«

»Oha. Das wird eine ziemlich große *Cluedo*-Runde.«

»Ja, aber die allermeisten waren in der Kantine, also können wir sicher gleich einen ganzen Haufen ausschließen«, meinte Rosière. »Wobei, hoffentlich nicht *zu* viele«, fügte sie mit einer sorgenvollen Grimasse hinzu. »Würde gerade noch fehlen, dass ich die Einzige ohne Alibi bin.«

»Hast du nicht an der langen Tafel gespeist?«, fragte Saint-Lô, der ein Freund von Banketten war.

»Nein, ich habe mir nur schnell in der Regie was zwischen die Zähne geschoben und mich dann in eine Ecke des Sets zurückgezogen, um zu schreiben. Dort ist es wahnsinnig inspirierend, wenn es ruhiger wird.«

Orsini, der soeben den letzten Stapel Kekse anbrach, schaltete sich nachdenklich ein: »Als Drehbuchautorin müsstest du eigentlich gar nicht vor Ort sein, oder?«

»Nein, normalerweise nicht. Aber diese Flachpfeife von Regisseur, möge er in Frieden ruhen, hat mir alle Dialoge versaut, alle Szenen zerlegt, das konnte ich nicht einfach so hinnehmen. Also bin ich dageblieben, um das Skript umzumodeln und ihm ordentlich einzuheizen.«

»Das ist dir gelungen«, bemerkte Capestan spöttisch.

»Kann man wohl sagen.«

Capestan hob kurz die Augenbrauen und drehte sich zu ihrer Tochter, um sicherzustellen, dass alles in Ordnung war. Joséphine gluckste immer noch friedlich vor sich hin. Sie hatte den Formsortiereimer aufgerissen und warf die Klötzchen direkt hinein, ohne sich von den runden, quadratischen und dreieckigen Löchern einschränken zu lassen. Gefesselt beobachtete Capestan die Kleine und vergaß darüber völlig die Versammlung. Erst als José Torrez am anderen Ende des Zimmers, so weit entfernt vom Rest der Brigade wie möglich, geräuschvoll seinen Hocker verrutschte, kam sie wieder zu sich. Sie hatte keinen blassen Schimmer, wie viel Zeit verstrichen war. Seit Joséphines Geburt hatte sie manchmal das Gefühl, in Raum-Zeit-Spalten zu fallen, in Blasen voller Zärtlichkeit, die sie von der

Welt abschnitten. Sie konzentrierte sich, warf einen Blick auf die Tafel und bemerkte, als hätte sie schon eine ganze Weile über diese Frage nachgegrübelt: »Ich vermute mal, es gibt Überwachungskameras?«

»Am Eingang und an den Außenmauern des Gebäudes, außerdem in der Haupthalle, die häufig für die Öffentlichkeit zugänglich ist. Aber weder in den Garderoben noch am Set.«

»Könntest du uns einen Plan des Studios aufzeichnen?«

Zögernd wiegte Eva Rosière den Kopf, ehe sie schließlich an eine noch unbeschriebene Tafel trat. Lebreton reichte ihr seinen Marker. Ein langer senkrechter Strich. Noch einer daneben. Drei Ausbuchtungen auf jeder Seite. Eine Art Spitze ganz unten. Durchgestrichen. Eine Art Halbkreis. Durchgestrichen. Schließlich ein dreigeteiltes Viereck. Eine schnell hingekritzelte Tür am anderen Ende, dann ließ die Künstlerin mit ziemlich unzufriedener Miene den Stift sinken.

Merlot brach in schallendes Gelächter aus. »Was soll das sein, das Totem von Umpah-Pah?«

»Na, na, ich bin Capitaine de Police, Schriftstellerin und Drehbuchautorin, da muss ich nicht noch Architektin oder *Pictionary*-Meisterin werden. Seht zu, wie ihr damit zurechtkommt. Außerdem könnt ihr euch ja später selbst ein Bild machen.«

»Echt jetzt, wir dürfen mit an den Set?« Lewitz starrte Rosière mit aufgerissenen Augen an.

Die nickte und stöckelte zu ihrem Platz zurück.

Capestan musterte die Zeichnung nachdenklich und rieb mit dem Daumen über die Narbe an ihrem Zeigefinger.

»Wir sollten einen genauen Grundriss anfordern, um die Wege zu timen.«

Lewitz haute seinem Kumpel Dax auf die Schulter.

»Wir müssen noch mal nach Hause und uns umziehen, so können wir da nicht aufschlagen.«

Der Lieutenant nickte heftig, ehe er über die Oliven herfiel.

Orsini räusperte sich und rückte sorgfältig seinen Krawattenschal zurecht, ohne den Blick von den Tafeln zu lösen, auf denen sich die Tatbestandselemente sammelten.

»Der Set ist das große Ding da in der Mitte, und das Büro das kleine oben rechts?«

»Ja«, bestätigte Rosière und legte den Kopf schief, um ihre Zeichnung zu bewundern.

»Das bedeutet also, dass du nicht nur kein Alibi hast, sondern zur Tatzeit auch lediglich ein paar Meter vom Opfer entfernt warst.«

»Ja, ja, schon klar, das ist das volle Programm: Vorsatz, Motiv, Gelegenheit. Deswegen bin ich ja hier.« Ungeduldig sortierte sie ihre vielen Armbänder neu.

»Wer ist Umpah-Pah?«, flüsterte Dax Lewitz lautstark ins Ohr.

»Und diesmal sind wir wirklich offiziell mit der Ermittlung betraut?«, hakte Orsini nach.

»Ja, wir unterstützen die Kriminalbrigade, die jetzt im Sommer unterbesetzt ist«, erklärte Capestan.

»Auf wessen Entscheidung hin?«

Rosière beäugte Orsini mit misstrauischem, aber sichtlich wachsendem Interesse. Wie eine Touristin unter den Taubenschwärmen auf dem Markusplatz spürte sie den drohenden Beschuss, ohne sein genaues Ziel zu kennen. Sie hatte spontan darum gebeten, die Brigade hinzuzuziehen, nicht überlegt – immer nach Gefühl, nie nach Vernunft –, und fragte sich jetzt wohl, ob diese Bitte voreilig gewesen war.

»Commissaire Divisionnaire Fomenko, Leiter der Kriminalbrigade, mit Zustimmung von Commissaire Divisionnaire Buron, Leiter der Kriminalpolizei«, antwortete Capestan. »Worauf willst du hinaus?«

»Wer ist der verantwortliche Staatsanwalt?«

Rosière versteifte sich. Nachdem sich die Brigade zwei Jahre lang ohne die Staatsanwaltschaft hatte behelfen müssen, hatten sie deren Existenz völlig vergessen. Alle Köpfe drehten sich zu Merlot, der sofort anfing, mit den dicken Daumen auf seinem Handy herumzutippen. In Minutenschnelle zog er so ein unvergleichliches Adressbuch mit Kontakten von beiden Seiten des Gesetzes zurate. Eine feuchtfröhliche Laufbahn bei der Sitte hatte ihm das riesige Netzwerk der Nacht und eine beginnende Leberzirrhose beschert. Bald reckte er siegesgewiss die Hand.

»Fabrice Michandier«, verkündete er und verteilte Rotweindämpfe im ganzen Raum. »Ist das nicht der schneidige junge Mann, dem Sie in einer Folge von *Laura Flammes* Hämorrhoiden haben angedeihen lassen, werte Freundin?«

Eva Rosière wischte sich ein paar eingebildete Stäubchen von der Schulter, strich ihr Kleid glatt und erwiderte mit einer Stimme, die genauso im Keller war wie ihre Stimmung: »Nein, das war sein Bruder. Er hat sich mit seinen Kulis in der Nase gepopelt.«

»Ach ja, in Staffel zwei!«

»Genau.«

Orsini beugte sich zum Couchtisch, um auch den letzten Keks zu vernichten.

»*Darauf* wollte ich hinaus.«

13.

Ihre Umrisse spiegelten sich in den gewaltigen Fenstern der Studios. Sie nahmen die gesamte Breite der von Ziersträuchern gesäumten Allee ein. Commissaire Capestan ging in der Mitte, die Babytrage vor der Brust, rechts flankiert von Rosière und Pilou, links von Merlot und Ratafia. Dax und Lewitz liefen jeweils ganz außen, bestaunten mit offenen Mündern das riesige Gebäude, dessen Stahlskelett in der Sonne glitzerte, und widerstanden nur mit Mühe der Versuchung, ihre Smartphones rauszuholen. Gleich würden sie einen Filmtempel betreten, und ihre dezenten T-Shirts – Rocky Balboa beim einen, *2 Fast 2 Furious* beim anderen – illustrierten, welch heilige Bedeutung sie diesem Ereignis beimaßen.

Mit ihren offiziellen Besucherausweisen passierten die Polizisten das Drehkreuz und sammelten sich im Inneren des weitläufigen Eingangsbereichs. Die Betonwände waren mit Plakaten von Blockbustern bedeckt, die in genau diesen Hallen entstanden waren. Plastiken der berühmtesten Figuren, die Laserpistolen, Degen oder Regenschirme schwangen, bevölkerten den glänzenden Boden. Glasscheiben in der zwanzig Meter hohen Decke ließen natürliches

Licht herein, das auf halber Strecke von leistungsstarken Spots unterstützt wurde.

Dax und Lewitz japsten wie Labradore in der Metzgerei, aber der Rest der Truppe konzentrierte sich nach ein paar angemessen neugierigen Blicken wieder auf die Mission. Commissaire Capestan drehte sich zu ihren Leuten, um ihnen lächelnd ihre Aufgaben in Erinnerung zu rufen. Knapp unter ihrem Gesicht schaute Joséphine aus der Babytrage hervor und musterte die Brigade mit runden Kinderaugen. Die feinen Härchen ihres Iros bewegten sich sanft.

»Merlot, Évrard, ihr besorgt euch von der Empfangsdame die Liste der erfassten Ausweise, einen Grundriss und die Aufzeichnungen der Überwachungskameras. Lebreton, Orsini, Diament, Saint-Lô, Dax, Lewitz, ihr löst Fomenkos Männer ab und nehmt die übrigen Zeugenaussagen auf. Rosière, Torrez und ich untersuchen den Tatort. Denkt daran, dass wir uns ranhalten müssen, weil der Staatsanwalt bei der ersten Gelegenheit Hackfleisch aus Eva macht. Wir laufen dem oder der Schuldigen heute auf jeden Fall über den Weg, da müssen wir schnell schalten.«

Capestan hielt kurz inne, um die Einsatzbereitschaft ihrer Truppe in dieser außergewöhnlichen Kulisse sicherzustellen. Alle, Dax und Lewitz eingeschlossen, lauschten ihr aufmerksam.

»In drei Stunden treffen wir uns wieder hier vor diesem…« Sie suchte nach dem passenden Begriff. »Diesem intergalaktischen Raumschiff. Wir sammeln so viel Material wie möglich vor dem Obduktionsbericht morgen früh. Dann ist die Sache morgen Nachmittag geregelt, Evas Unschuld ist bewiesen, und wir vergessen Michandier und seine Schnoddernase.«

»Nage?«, fragte Joséphine und hob den winzigen Zeigefinger, um ihn ihrer Maman ins Auge zu stechen.

»Nein, Auge«, flüsterte die und streichelte das Köpfchen ihrer Tochter. »Na los, an die Arbeit!«

Louis-Baptiste Lebreton marschierte voran, ohne die exotische Umgebung zu beachten, gefolgt von seinen Kollegen. Gerade einmal vierundzwanzig Stunden nach dem Mord dürfte die Stimmung angespannt sein. Wenn sich ein Gewaltverbrechen am Arbeitsplatz ereignete, auf den Alltag einstürzte wie ein Meteorit auf den Vorgarten, musste man bei den Befragungen behutsam vorgehen. Das Trauma blähte die Aussagen auf, der Schreck vernebelte die Sicht, und die häufigste Antwort war Schweigen. Der Commandant drückte die schwere Tür zum Set auf, hinter der er einen Filmdreh am toten Punkt erwartete.

»Champagner!«, schrie eine Stimme freudetrunken. E-Gitarren und Synthesizer kreischten, und vor den Augen der versteinerten Polizisten tanzten und lachten ein Dutzend Feiernde ausgelassen.

»Also, jetzt übertreiben sie aber«, meinte Dax, an seine Kollegen gewandt.

»Pst!«, zischte eine junge Frau, die ein Stück abseits im Dunkeln stand. »Wir drehen.«

Lebreton trat auf sie zu, wies sich aus und flüsterte: »Aber der Regisseur ist doch ermordet worden.«

Die Frau verzog fatalistisch den Mund. »Bei der Stange Geld, die ein Drehtag kostet, verschwendet der Produzent keine Minute. Regieassi, Kameramann und Schwenker haben erst mal übernommen.« Sie schwieg kurz und schaute betrübt drein. »Aber schon blöd, dass das gerade dann passiert, wenn wir die Party drehen.«

»Und danke!«

Als Musik und Lachen abrupt verstummten und einer verstörten Unruhe wichen, bemerkten drei Polizisten Lebreton und kamen zu ihm.

»Bitte schön, das ist für euch.« Der Älteste streckte ihm einen Stapel Unterlagen entgegen. »Wir räumen liebend gern das Feld, mit diesen Leuten kann man einfach nicht reden. Man sagt etwas, glaubt, dass sie zuhören, aber nein, sie antworten ihrem Knopf im Ohr, und kaum hat man eine Frage gestellt, heißt es schon wieder ›Ruhe bitte, wir drehen!‹. Und die Mimik kann man vielleicht noch bei denen von der Technik analysieren, aber bei den Schauspielern keine Chance, da darfst du nichts für voll nehmen.«

Schweißgebadet vom Scheinwerferlicht, schlüpfte der Beamte schwerfällig in seine Jacke und reichte Lebreton die Hand.

»Wir verschwinden, wir haben noch vier andere Fälle, viel Erfolg!«

Mit einem Nicken bedeutete er seinen Männern, ihm zu folgen, und ließ Commandant Lebreton und sein Trüppchen allein mit ihrer gewaltigen Aufgabe.

Angespannt steuerte Blanche Évrard auf das Büro der Empfangsdame zu. Bei diesem neuen Fall stand ein hoher Einsatz auf dem Spiel. Ihr Partner Merlot hingegen ließ sich von keinem Kontext die Plauderlaune verderben.

Väterlich legte er ihr eine Pranke auf den Unterarm. »Und, mein Kind, turtelst du immer noch mit deinem teuren Lewitz?«

»Dax, ich turtele mit Dax.«

»Bist du dir da sicher? Ich dachte, es wäre der ungestüme Fahrer.«

»Ganz sicher«, antwortete Évrard, ohne mit der Wimper zu zucken.

»Aha, na, auf jeden Fall ein guter Junge. Das habe ich von Anfang an vorhergesagt, weißt du noch? Bei diesem Jungen da trifft dich irgendwann Amors Pfeil«, salbaderte Merlot mit prophetisch erhobenem Zeigefinger.

Natürlich hatte er rein gar nichts vorhergesagt, außer vielleicht die Ankunft des neuen Beaujolais, aber der Capitaine schrieb sich gern alles Schöne und Freudige zu, was das Leben zu bieten hatte. Dementsprechend hielt er sich auch für den Quell der zarten Liebe seiner Partnerin – und des strahlenden Sonnenscheins, der seit über einer Woche den Pariser Himmel erfüllte. Während Merlot über einen eingebildeten Fleck auf seinem Leinenjackett rieb, obwohl zahlreiche reale diese Behandlung eher zu würdigen gewusst hätten, hob er schelmisch eine Augenbraue und beugte sich vor. »Wenn ihr einmal zusammenzieht, feiern wir groß!«

»Unsere Einweihungsparty war vor zwei Monaten, du warst da«, erinnerte Évrard ihn lächelnd, ehe sie an die Tür klopfte.

Eine junge Frau Anfang zwanzig mit langen, rot gefärbten Haaren und wachem Blick öffnete schwungvoll und überraschte die beiden Polizisten.

»Hallo.«

»Guten Tag, sind Sie die Empfangsdame?«, fragte Évrard.

»Ich bin vor allem Schauspielerin, aber ja, ich helfe hier aus.« Sie musterte die beiden neugierig. »Und ihr seid?«

»Kriminalpolizei, wir wo…«

»Für welchen Film?«

»Für gar keinen, wir sind von der Polizei, der echten, und wir brau…«

»Ich hab mir gleich gedacht, dass ihr nicht hübsch genug seid. Aber das heißt nichts.« Sie schob sich den Kaugummi in die andere Wange. »Die Franzosen suchen sich immer die Hässlichsten aus, selbst für die Rolle des Verführers. Bei den Amis ist es genau andersrum, die packen noch für den Computerfreak Justin Timberlake aus.«

Merlot runzelte beleidigt die Stirn. »Vielen Dank für das Kompli…«

»Ich hole euch einen Beraterausweis«, meinte die junge Frau und wollte schon wieder in ihrem Bau verschwinden.

»He da, immer langsam, Pippilotta!«, rief der Capitaine, der sich für den Einzigen hielt, der hier unterbrechen durfte.

»Ich heiße nicht Pip…«

»Wir sind weder Berater noch Schauspieler noch sonst irgendwelche Zirkusclowns, sondern Vertreter des Gesetzes, das ist eine Ermittlung!«

Bei diesem Wort spitzte die Empfangsdame die Ohren.

»Gegen wen?«, flüsterte sie. »Geht es um den Mordfall? Also stimmen die Gerüchte?«

Sie hatte die Spurensicherung, einen Krankenwagen mit heulender Sirene und vier Fahrzeuge der Kriminalbrigade anrücken sehen, aber nein, sie glaubte es immer noch nicht oder mimte die Ahnungslose, um Heu für einen Exklusivbericht zu ernten.

Lieutenante Évrard schaltete sich ein. »Wir bräuchten bitte die Aufzeichnungen der Überwachungskameras und eine Liste der erfassten Ausweise von gestern und heute, außerdem einen Grundriss des Gebäudes. Die Studioleitung hat uns an Sie verwiesen.«

»Ja, ich bin auch fürs Facility Management verantwortlich«, sagte die junge Frau stolz. »Aber ich weiß nicht, ob ich das darf, ich nehme meine Geheimhaltungspflicht sehr ernst, schließlich haben wir hier echte Stars. Ich brauche einen Durchsuchungsbefehl.«

»So was gibt's nur im Fernsehen«, erwiderte Évrard mit einem Anflug von Ungeduld. »Ich bin Polizeibeamtin, ich sammle Beweise, Sie kooperieren, ich lasse Sie weiterarbeiten.«

Die Empfangsdame schnalzte mit der Zunge. »Habt ihr eine Ahnung, was manche Zeitungen für solche Infos zahlen? Und was ich riskiere, wenn man mich für eine Quelle hält? Ich bin bei den Stars sehr beliebt.«

»Das verstehe ich gut«, übernahm Merlot wieder. »Aber Sie müssen es ja nicht selbst machen. Als vereidigte Polizeibeamte sind wir autorisiert, uns die erforderlichen Materialien selbst zu beschaffen. Lieutenante, wenn Sie so freundlich wären …«

Mit einer Handbewegung bat er seine Partnerin, einzutreten und sich, völlig rechtswidrig, direkt am Mac zu bedienen, während er mit der honigsüßen Stimme eines Stammgastes auf Rotary-Club-Cocktailpartys eine Befragung einleitete, die rein als Ablenkung gedacht war.

»Echte Stars, sagen Sie? Und die treffen Sie häufig?«

Doch die Empfangsdame stellte sich Évrard in den Weg und präsentierte lächelnd den Kaugummi zwischen den zusammengebissenen Schneidezähnen.

»Bloß weil ich rote Haare habe und mich langweile, lasse ich mich nicht für dumm verkaufen. Wenn ihr wirklich geglaubt habt, mir wäre noch nie jemand mit der Schmeicheltour gekommen, dann seid ihr die Dummen. Und jetzt gebt mir eure Ausweise, ich suche euch die Infos raus.«

Eine Hand auf der Tastatur, eine an der Maus, klickte und tippte die junge Frau eine Weile lang auf den Computer ein, bis der altersschwache Drucker am anderen Ende des Zimmers Papier spuckte. Nach dem zehnten, mit letzter Kraft ausgeworfenen Blatt schnappte sie sich den Stapel und streckte ihn den Ermittlern mit einem kleinen Schmunzeln hin.

»Hier. Ich habe mir außerdem erlaubt, eine Verschwiegenheitserklärung auszudrucken, die Sie mir bitte unterschreiben.« Offenbar war sie daran gewöhnt, dass es am Ende immer ihr an den Kragen ging. »Wunderbar. Schönen Tag noch.«

Als Évrard nach den Dokumenten griff, hielt die junge Frau sie fest und beugte sich vor.

»Gebt mir Bescheid, bevor ihr den Mörder verhaftet, dann machen wir halbe-halbe bei der Informantenprämie, okay?«

»Ich überleg's mir«, log Évrard.

Die beiden Polizisten verabschiedeten sich und verschwanden, voll beladen mit Informationen, die Eva Rosière hoffentlich entlasten würden.

»Es war nicht leicht, werte Freundin, aber wir haben unsere Mission erfüllt«, beglückwünschte Merlot sich selbst, während er mit siegesstolzem Schritt auf das intergalaktische Raumschiff zusteuerte.

Évrard wedelte mit den Unterlagen. »Erst, wenn wir Rosières Unschuld bewiesen haben.«

Merlot hob beide Hände zum Himmel. »Hoppla, nicht so schnell. Aus der Klemme helfen, ja, aber dass wir ihre Unschuld beweisen, bezweifle ich stark. Feuriges Temperament, stürmischer Charakter, Raubkatzenkörper: Meiner bescheidenen Meinung nach verfügt Rosière über alle Eigenschaften, die einen Blutrausch begünstigen«, erklärte der Capitaine mit einem Hauch Bewunderung in der Stimme, der Évrard nicht entging.

»Nein. Sie ist Polizistin, sie würde nicht töten.«

»Au contraire! Das Verbrechen ist unser Alltag, die Gewalt unsere ständige Gefährtin, wir wissen, wie man Waffen und Spuren handhabt. Ich habe selbst zahlreichen Übeltätern den Garaus gemacht, ohne mich je erwischen zu lassen.«

Obwohl Merlot sich regelmäßig Ruhm und Kriege andichtete, fragte Évrard sich einen Moment lang, ob in seiner Angeberei nicht ausnahmsweise ein Körnchen Wahrheit steckte.

»Trotzdem, wir sind hier, weil wir an sie glauben.«

»Nein, wir sind hier, um Fakten zu sammeln. Wir sind die Polizei, meine Teure, die Polizei!«, schloss er und strich sich eine eingebildete Haarsträhne auf dem Glatzkopf glatt.

Der Schauspieler spürte förmlich, wie die Schlange der Statisten hinter ihm immer länger wurde. Seit zwanzig Minuten stellte dieser Polizist ihm dieselbe Frage, und er musste seine Antwort wiederholen.

»Wenn ich es Ihnen doch sage, ich war's nicht!«

»Ach, kommen Sie …«, ermunterte Lieutenant Dax ihn.

Der Schauspieler konnte nicht mehr. Dreißig Jahre im Geschäft, dreißig Jahre als Eidbrecher, Bösewicht, Fiesling, Mörder. Anfangs hatte ihn das überrascht. Er wusste, dass sein Äußeres ihn nicht gerade für die Rolle des jugendlichen Liebhabers prädestinierte, aber er sah sich als gutmütiger Sancho oder feuriger Cyrano. Jedes Mal, wenn sein Agent ihm ein neues Skript schickte, bebte er vor Ungeduld, doch am Ende war seine Figur immer ein Serienvergewaltiger, schloss Fabriken im Norden oder verriet Jesus an die Römer. Jeden Morgen musterte er sich eingehend im Spiegel und versuchte herauszufinden, warum. Anscheinend hatte er einfach das falsche Gesicht. Er hatte noch nie jemandem etwas Böses getan, trotzdem hielt alle Welt ihn für die perfekte Verkörperung des Schändlichen und Verachtenswerten. Genau wie dieser Polizist. Warum wollte er ihm unbedingt das Verbrechen anhängen? Noch einmal verteidigte er sich: »Nein, ehrlich! Ich war nicht in Paris, dafür gibt es ein Dutzend Zeugen, ich habe kein Motiv, ich kannte das Opfer kaum, zum hundertsten Mal, ich war's nicht!«

»Ach, kommen Sie …«

Anne Capestan, José Torrez und, in sicherem Abstand zu Letzterem, Eva Rosière gingen auf den Polizisten zu, der an der Tür des Tatorts Wache schob. Pilou wartete geduldig ein Stück entfernt unter einer Bank, sein Stammplatz am Set.

»Commissaire Capestan, wir übernehmen die Ermittlung«, stellte Capestan sich vor, ohne zu wissen, ob Burons Weigerung, sie in den Dienst zurückkehren zu lassen, schon die Runde gemacht hatte.

Der Brigadier warf einen fragenden Blick auf Joséphine, die den Hals reckte und mit strampelnden Ärmchen und Beinchen nach dem rauschenden Funkgerät an seiner Schulter haschte.

»Und das kleine Fräulein?« Er prüfte eine Liste in seinem Notizbuch wie ein Türsteher bei einer Galaveranstaltung.

»Das macht ein Praktikum«, antwortete Rosière. »Die fangen immer früher an.«

Während Torrez schon das orangefarbene Absperrband für seine Partnerin anhob, bat der Brigadier die drei mit einer Handbewegung um einen Moment Geduld. Mit gerunzelter Stirn las er etwas in seinem Büchlein und nickte mehrmals, ehe er sich erneut an Capestan wandte.

»Es tut mir leid, Commissaire, aber in den Befehlen, die ich heute Morgen erhalten habe, steht explizit, dass Sie nicht im Dienst sind und deshalb auch nicht an den Tatort dürfen.«

»Das steht da?«

»Ja, ich habe sogar eine Mitteilung für Sie, wenn Sie selbst lesen möchten?«

Verehrte Capestan, Sie haben keine offizielle Befugnis, einen Tatort zu betreten. Kosten Sie Ihre Elternzeit aus, Frankreich braucht Sie im Anschluss daran frisch und erholt zurück.

»Würden Sie mir kurz Ihren Kuli leihen?«, fragte sie den jungen Mann.

Verehrter Direktor, ich danke Ihnen sehr für Ihre Sorge um mich und meine Freizeitbeschäftigung. Eigentlich begleite ich nämlich nur meine Freunde auf einen Ausflug.

Sie reichte dem Brigadier Stift und Notizbuch zurück.

»Damit wäre die Sache geklärt«, sagte sie ohne das übliche Lächeln.

Dass Buron ihr in einer subtilen Mischung aus Bevormundung, Stolz und Autorität die Wiedereingliederung verweigert hatte, konnte sie ja noch nachvollziehen. Aber dass er solche Mitteilungen hinterließ, um sich den Rücken zu decken, war lästig. Wenn das Kommando Abstellgleis es schaffte, den Fall innerhalb der ersten achtundvierzig Stunden zu lösen, hätte der Staatsanwalt keinerlei Druckmittel gegen Rosière. Danach mussten sie mit dem Zorn der Justiz rechnen. Und da Capestan durch ihre mütterlichen Verpflichtungen ohnehin nicht allzu viel Zeit hatte, wollte sie nicht noch welche auf Schikanen verschwenden.

»Es tut mir wirklich leid, aber ich kann Sie nicht durchlassen«, sagte der Polizist entschuldigend, nur um anschließend mit tiefroten Wangen zu fragen: »Und Sie sind Capitaine Rosière, richtig? Sie dürfen ebenfalls nicht an den Tatort.«

Diesmal zerrte die Wut noch heftiger an Capestans Nerven, weil sie wusste, dass er recht hatte. Auf dem Papier war die Anwesenheit einer Verdächtigen tatsächlich unangebracht. Andererseits kannte Rosière dieses Büro, und allein ihr Auge würde Verschwundenes, Hinzugefügtes, Ungewöhnliches erkennen. Ein knapper Meter trennte sie von unzähligen Hinweisen, und Capestan, die seit Monaten nur in Zwei-Stunden-Intervallen schlief und dank Fläschchen und Wickelzeug mehr mit sich herumschleppte als ein Legionär im Einsatz, ließ sich von flammendem Frust übermannen.

Über Rosières Gesicht hingegen huschte Belustigung. Sie deutete mit dem Daumen auf ihren Kollegen.

»Und das da ist José Torrez.«

Der junge Mann machte einen Satz zur Seite. Eigentlich hatte er nur ruhig vor einer Tür Wache schieben sollen, aber die Anwesenheit eines Schlemihls, einer Berühmtheit, einer leicht reizbaren Ranghöheren und eines Babys gestaltete seine Aufgabe zunehmend schwierig.

Aus Mitleid mit ihm, der ja nichts dafür konnte, hielt Capestan ihren Zorn zurück. Außerdem bemühte sie sich weiterzuatmen, damit ihr Solarplexus nicht mehr gegen den Rücken ihrer Tochter pochte. Doch das Unglück war geschehen, Joséphine brach in ohrenbetäubendes Heulen aus. Der Stressschub wirkte auf Capestans Wut wie Feuer auf Gas, sie ließ ihre letzten Gelassenheitsreserven verpuffen. Fluchend kramte sie nach Schnuller, Schmusetuch und dem Rest des Beruhigungspakets. Die Dezibeldetonation versetzte den schon leidgeprüften Brigadier kurz in Schockstarre, dann hob er seinerseits das Absperrband an, um das Problem an einen anderen Ort zu drängen. Und tatsächlich: Kaum hatten Capestan, Torrez und Rosière die Barriere passiert, verstummte Joséphine.

»Sie haben sie dressiert!«, stammelte der Polizist empört.

Sie betraten das Büro und schwiegen eine Weile, ließen die Gefühle aufsteigen, die sich im Lauf der Ermittlung in Intuitionen verwandeln würden.

Das fensterlose Zimmer war keine zwanzig Quadratmeter groß. Vom kurzflorigen, leicht melierten weißen Teppich über die mit Plakaten, Briefen und Fotos bedeckten Wänden bis hin zu den aus allen Nähten platzenden Möbeln verströmte der Raum Unordnung, nicht wie bei Künstlern, die sich nicht ums Aufräumen scherten, sondern wie bei Hasenfüßen, die horteten und nichts wegwerfen konnten. Es reichte noch nicht ganz zum Diogenes-Syndrom, aber das Alter würde dem Produzenten bestimmt nicht gut bekommen. Es wimmelte nur so von Werbegeschenken: Radiergummis, Kugelschreiber, Notizbücher, Trinkflaschen, USB-Sticks, auf dem gesamten Büromaterial prangte ein Schriftzug oder Logo. Offenbar kaufte Tom Dicate nichts neu, sondern lebte von Goodies. Spuren von Fingerabdruckpulver und Kokain würzten das bunte Potpourri mit Pfeffer und Salz.

Die Sitzfläche des Samtsofas an der hinteren Wand war noch eingedellt vom Gewicht der Leiche. Auf den großen schwarz-braunen Karos fiel der Strahlenkranz aus getrocknetem Blut gnädigerweise kaum auf. Nur der leuchtend rote Fleck auf dem Teppich erinnerte an das Gewaltverbrechen. Anne Capestan wandte sich zurück zur Tür, um die Entfernung abzuschätzen. Vier Meter. Sie überwand sie in vier Sekunden.

»Die Tür war abgeschlossen?«, fragte sie Rosière.

»Laut Tom, ja, er hat aufgeschlossen, um reinzukommen.«

»Fällt dir hier drin irgendetwas auf?«

»Nein, mir springt nichts ins Auge. Ich gehe wieder raus und lasse euch arbeiten«, antwortete Rosière friedfertig.

Commissaire Capestan nickte. Es hatte keinen Zweck, sich noch länger aufzuhalten. Rosière verschwand, Torrez fing damit an, jedes Detail zu fotografieren und zu notieren, um den Tatortbefundbericht des Quai des Orfèvres zu vervollständigen, und Capestan setzte ihre Erkundung fort. Sie trat an ein Schränkchen rechts neben dem Schreibtisch. In der zweiten Schublade fand sie fünf einfache, versilberte Schlüssel, jeder mit einem Plastikanhänger versehen, auf dem »Prod.-Büro« stand. Es gab zwei blaue, einen gelben, einen grünen und einen orangefarbenen.

Keinen roten. Es war nur ein Detail, aber es beschäftigte sie noch, als sie sich eine Stunde später zusammen mit Rosière und Torrez auf den Weg zurück zum verabredeten Treffpunkt machte.

Vor dem intergalaktischen Raumschiff diskutierten Dax und Lewitz mit verschränkten Armen über Dioden und Luftkissen, als ginge es um den neuesten Peugeot. Lebreton verdaute in Gedanken versunken die Zeugenaussagen, die er aufgenommen hatte, genau wie Saint-Lô, Diament und Orsini. Als Évrard und Merlot am anderen Ende der Halle auftauchten, flitzte Pilou mit fröhlich klackernden Krallen los, um ihnen Feuer unter den Fersen zu machen und seine Herde wie ein Schäferhund zusammenzutreiben.

»Morgen um acht Uhr im Kommissariat«, verkündete Capestan. »Dann haben wir den Obduktionsbericht, können unsere Informationen von heute damit abgleichen und die ersten Fährten bestimmen, die wir weiterverfolgen wollen.«

Die Brigade hatte ihre eigene vorläufige Untersuchung

abgeschlossen und kehrte mit einer reichen Ausbeute ins traute Heim zurück.

»Wer kümmert sich um die Croissants?«, fragte Lewitz.

14.

Die Croissants quollen aus der weißen Papiertüte und verströmten einen butterigen Duft, der nach Kaffee verlangte. Vom Wohnzimmersessel aus, in dem Anne Capestan den Obduktionsbericht studierte, hörte man in der Küche den Entsafter dröhnen. Rosière hatte ihn am Vorabend extra für diese frühmorgendliche Versammlung gekauft, und Lewitz ließ ihn seit zwanzig Minuten auf Hochtouren laufen und bespritzte die Arbeitsplatte mit Orangenfruchtfleisch und Bananenstückchen. Ja, ein Mord hatte sich ereignet, und eine Kollegin war bis zur Halskette darin verwickelt, aber die Brigade freute sich so sehr über die revitalisierende Mission und die Wiedervereinigung, dass sie sich erst einmal ein kontinentales Frühstück gönnte.

Eine Croissantspitze hatte Merlot ausgereicht, um sein Jackett mit Krümeln zu übersäen. Die glänzende Krawatte, die der Capitaine bei jeder Temperatur trug, um »angezogen« zu sein, war wie das Fell eines Dalmatiners mit Fettflecken gesprenkelt. Er blätterte in den ersten Befragungsprotokollen von Fomenkos Leuten, und sein Daumen hinterließ einen durchscheinenden Abdruck auf jeder Seite. Seine treue Ratte hatte sich in seiner Jacketttasche zusammengerollt – nur so durfte das Tier ins Kommissariat, wenn das Baby da war. Sonst setzte Capestan, was den Nager anging, eher auf Rosières Promenadenmischung als auf Merlots Wachsamkeit: Pilote war es verboten, sich dem Laufstall zu nähern, und er passte auf wie ein Schießhund, dass Ratafia sich keine Freiheit nahm, die ihm verwehrt blieb.

José Torrez, der seine neue Aufgabe als Schriftführer sehr ernst nahm, hatte schon einen Großteil der Befragungen und Berichte abgetippt und Commandant Lebreton übergeben, der sie mit einer Tasse Espresso am Schreibtisch akribisch durcharbeitete.

Als ein Schnuller mitten auf dem Obduktionsbericht landete, zuckte Capestan zusammen, unterbrach ihre Lektüre jedoch nicht, sondern warf das rote Ding kurzerhand zurück in den Laufstall. Beim zweiten Einschlag hob sie den Kopf, und Joséphine, die damit bekommen hatte, was sie wollte, zeigte ihr breitestes Grinsen. Capestan zog ihrerseits die Nase kraus und musste sich zurückhalten, um vor ihren Leuten nicht loszugurren. Die Schweizer Kuckucksuhr mit den winzigen, handbemalten Skifahrern darauf – ein Mitbringsel von Diament aus dem Wintersporturlaub – stieß ein klangvolles Quäken und Glöckchenklingeln aus. Punkt acht.

Die Küchentür ging auf, und Dax erschien, beladen mit einem Tablett, auf dem Zuckerdose, Tassen und Gläser tollkühn tanzten. In einer Prozession folgten ihm Lewitz mit zwei Karaffen Saft und Orsini mit der von Topflappen umkränzten Kaffeekanne. Die Heiligen Drei Könige des Frühstücks brachten ihre Gaben auf dem Couchtisch dar, und der Rest der Brigade strömte aus allen Ecken des Kommissariats zusammen. Mahlzeit und Besprechung konnten beginnen.

»Er stand unter Drogen«, erklärte Capestan, während sie Orsini ihre Kaffeetasse hinhielt.

»Wer jetzt?«, fragte Dax.

»Der Regisseur, das Opfer.«

»Du weißt schon, das Verbrechen, wegen dem wir diesen Schmaus hier organisiert haben«, ergänzte Orsini und schenkte vorsichtig ein.

Capestan nahm sich ein Stück Zucker und fuhr fort: »Er hat Ketamin geschnupft, in der Nasenhöhle wurden Pulverrückstände gefunden.«

»Absichtlich?«, hakte Lebreton erstaunt nach.

Eva Rosière kraulte ihrem Hund den Kopf, der hastig sein Croissantstück verschlang, um ja nicht die Chance auf Nachschlag zu versäumen.

»Manche Dealer verschneiden ihr Koks mit Ketamin. Oder verkaufen das eine für das andere. Michel hat sich wohl übers Ohr hauen lassen. Bei seiner Mondkalbvisage hätte ich ihm auch Mehl zum Preis von Heroin vertickt.«

»Oder er hat es ganz bewusst gekauft, das ist im Moment Mode«, wandte Orsini ein.

Saint-Lô ließ kunstvoll einen Hocker herumwirbeln, ehe er ihn neben dem Capitaine abstellte.

»Und was bewirkt solch Teufelei?«

Orsini tupfte sich den Mund mit einer Herzchenserviette ab.

»Ketamin ist ein Narkosemittel, mit dem man Menschen, Kühe oder Elefanten betäubt. Meistens wird es als Pulver eingenommen. Es ist ein wenig gräulicher als Kokain und hat eine halluzinogene und vor allem sedierende Wirkung, die bis zur Lähmung oder sogar zum Tod führen kann.«

»Zum Tod? Also hat vielleicht jemand Aramédians Kokain ausgetauscht, um ihn zu betäuben und umzubringen.« Évrard tunkte ihr Croissant in den Kaffee und ließ es sorgfältig über der Tasse abtropfen.

Capestan vertiefte sich wieder in den Obduktionsbericht und schenkte sich blind ein Glas Orangensaft ein.

»Möglich. Oder sogar wahrscheinlich, denn er hatte noch Unmengen Ketamin im Blut. Die Dosierung ist nicht die gleiche wie beim Koks, eine Line Ketamin ist wahnsinnig viel, die hätte er nicht wissentlich geschnupft. Was wiederum die Frage aufwirft: Warum der ganze Aufwand? Reicht Erstechen nicht?«

»Wenn das Opfer betäubt ist, kann es sich nicht mehr wehren«, bemerkte Évrard. »Vielleicht war der Mörder – oder die Mörderin – Aramédian körperlich unterlegen und musste ihn deshalb erst einmal schwächen.«

Orsini nickte, kaute und schluckte.

»Ja. Und es verhindert, dass das Opfer schreit. Auf jeden Fall lässt es auf Vorsatz schließen. Aber der Mörder hätte sich mit dem Gift zufriedengeben können.«

»Nein«, nuschelte Diament, eine Hand vor dem vollen Mund. »Viel zu unvorhersehbar, vor allem, wenn das Opfer die Droge selbst einnimmt. Man kann nie sicher sein, dass die Dosis wirklich tödlich ist. Oder der Mörder war der Meinung, Aramédian mit dem Ketamin getötet zu haben, und musste die Sache dann mit dem Messer zu Ende bringen.«

Rosière liebkoste weiter nachdenklich ihren Hund, der

den Hals so lang wie möglich machte. »Da gibt es nur einen Haken: Michel hat sich nicht den Zinken gepudert. Tom, ja, in rauen Mengen, aber Michel nicht. Außerdem …« Sie richtete sich abrupt auf, was Pilou gar nicht gefiel. »Die Schale war nicht im Büro.«

»Welche Schale?«, fragte Capestan.

»Tom Dicate hat einen Igel in der Tasche, hält sich aber für den Gatsby der Filmbranche. Deswegen steht in seinem Büro immer eine Schale voll Koks. Wenn du da die Nase reinsteckst, verpasst er dir wahrscheinlich einen Tritt in den Hintern, aber so mimt er den hippen Gönner. Und diese Schale habe ich gestern nicht gesehen. Bestimmt hat er sie in Sicherheit gebracht, bevor die Kollegen angetanzt sind. Bei mir ist es ihm schnurz, aber beim Quai des Orfèvres versteckt er seine Porzellanprovokation lieber. Hat die Spurensicherung sie mitgenommen?« Capitaine Rosière wandte sich an José Torrez, der die Versammlung aus Sicherheitsgründen wie gewohnt vom Flur aus verfolgte.

Er verkündete mit kräftiger Stimme: »Ja, eine Porzellanschale mit Deckel, sichergestellt ganz unten in einem Schrank.«

»Voilà: Das Versteck ist genauso albern wie der Kerl. Als wäre die Spurensicherung bei einem Mordfall zu faul, um in die Knie zu gehen. Was für ein Idiot …«

Rosière dachte kurz nach, ehe sie in die Hände klatschte und Pilou zu einem erschrockenen Satz veranlasste. »Halt, wartet mal! Vielleicht hat Michel Toms Abwesenheit ausgenutzt, um mal zu probieren. Dann wäre Tom das eigentliche Ziel gewesen. Und die Liste potenzieller Verdächtiger so lang wie der Abspann von *Ben Hur*.«

Anne Capestan musterte ihre Kollegin, der das neue Opfer sehr gelegen kam, und fragte sich wieder einmal, warum sie eine Hauptverdächtige ermitteln ließ. Als Rosière um Hilfe gebeten hatte, war es Capestan selbstverständlich erschienen, sie hinzuzuziehen, aber wahrscheinlich war sie schon zu lange raus aus dem Dienst, um rein als Polizistin zu denken. Jetzt, mittendrin, wurde ihr allmählich die ganze Unangebrachtheit des Vorgehens bewusst: Es war nicht nur unklug, sondern auch illegal. Instinktiv drehte sie sich zu Louis-Baptiste Lebreton um, dem Eichmaß der Rechtschaffenheit. Der schien in einem ähnlichen Dilemma zu stecken, gefangen zwischen seiner Freundschaft zu Eva Rosière und seiner unbeugsamen Gesetzestreue. Capestan ließ sich nur noch von ihrem Bauchgefühl leiten. Ihr Gewissen war schon bei den ersten Fällen der Brigade auf eine harte Probe gestellt worden, und seither hatte sie sich eine gewisse Flexibilität angewöhnt. Lebreton hingegen war noch immer der Reine, der eherne Ritter. Aufrecht lehnte er an der Wand, die Hände in den Taschen seiner perfekt geschnittenen Hose, doch die lässige Pose stand im Gegensatz zu seiner sorgenvoll gerunzelten Stirn. Auch er hielt das neue Opfer für ein klein wenig zu praktisch, obwohl das, was Rosière sagte, Sinn ergab.

»Wir konzentrieren uns erst einmal auf den Regisseur, Eva, das ist schon genug Arbeit«, entschied Capestan.

Mit der Spitze des Brotmessers spießte Saint-Lô ein Stück Baguette auf und ließ es mit einem Schlenker des Handgelenks in seine freie Hand fliegen. Anschließend stieß er das Messer ganz reflexartig in die hölzerne Platte des Couchtischs, was Capestan fatalistisch ignorierte. Sie würde nicht auf einer pfleglichen Behandlung der altersschwachen Ausrüstung beharren.

Bevor der Capitaine in seine Beute biss, fragte er: »Und was wissen wir über die Klinge, die das Opfer niedergestreckt hat?«

»Ein zweischneidiges Messer mit kurzem schwarzem Griff. Das Standardmodell im Waffenladen. Sehr scharf, ohne Fingerabdrücke und laut Gerichtsmediziner langsam eingedrungen, weil es weder Hämatome noch Spritzer gibt«, antwortete Capestan.

»War der Stich direkt tödlich?«, erkundigte sich Orsini.

»Er war nicht von chirurgischer Genauigkeit, hat aber trotzdem das Herz getroffen. Der Mörder wusste, was er tat.«

Capestan hatte schon seit einer Weile nichts mehr von ihrer Tochter gehört. Sie wirbelte herum, um den Grund für die verdächtige Stille zu identifizieren. Joséphine saß friedlich auf dem Pluderhosenboden und zerpflückte einen Post-it-Block, als wäre er eine Artischocke. Die gelben Blätter klebten überall, auf ihrem Kopf, den Knien, den Schultern.

»Nein, Joséphine!«, rief Capestan.

Die Kleine schaute erstaunt auf, sie erkannte das Problem nicht.

»Zum Glück haben die Steuerzahler keine Ahnung, wo das Geld für den behördlichen Papierverbrauch landet«, bemerkte Orsini.

Capestan hob eine Augenbraue und bedachte den Capitaine mit einem nicht gerade liebenswürdigen Funkeln. Der verkniff sich jeden weiteren Kommentar. Kurz überlegte sie, die verstreuten Blätter einzusammeln und den Block wieder zusammenzusetzen, aber das Spiel hielt Joséphine beschäftigt und verschaffte ihnen ein paar Minuten Ruhe. Mit einem schnellen Blick zu ihrem Schreibtisch stellte sie sicher, dass nichts anderes in Reichweite der flinken Kinderfinger lag, dann wandte sie sich wieder dem Obduktionsbericht zu.

»Der Gerichtsmediziner hat die Tatzeit genauer eingegrenzt: Der Mord ist nicht vor dreizehn Uhr fünfzehn begangen worden. Da das Opfer um vierzehn Uhr entdeckt wurde, müssen wir alle Alibis in diesem Zeitraum überprüfen. Was sagen die gescannten Ausweise?«

Évrard stand auf und heftete die Liste mit zwei großen Magneten ans Whiteboard. Die meisten Namen waren unterstrichen.

»Zur Tatzeit befanden sich fünfunddreißig Personen im Studio. Überwiegend in der Kantine«, fügte sie hinzu und drehte sich zu Diament, der die Zeugenaussagen für diesen Ort zusammengetragen hatte.

Basile Diament räusperte sich leise und richtete den gewaltigen Körper auf, womit er seinen Kollegen den Blick auf die Tafel versperrte. Nachdem er sich ein Stück nach links gebeugt hatte, ergriff er das Wort: »Ich habe die von Lieutenante Évrard und Capitaine Merlot sichergestellten Überwachungsvideos gesichtet. Es gibt eine Kamera in der Kantine, eine in der Eingangshalle und eine auf dem Parkplatz. Der Abgleich von Aussagen und Filmmaterial hat den Aufenthaltsort von siebenundzwanzig der fünfunddreißig Anwesenden im genannten Zeitraum bestätigt. Diese haben die Kantine nicht verlassen und dienen sich gegenseitig als Zeugen und Alibis. Wir können sie ausschließen.« Der Lieutenant holte tief Luft, ehe er im gleichen martialischen Tempo fortfuhr: »Bleiben acht Personen mit einer Lücke im Alibi. Zunächst einmal Véronique Malabarre, Hairstylistin, Inès Chamarret, Garderobiere, und Zélie Rœlsberg, Maskenbildnerin: Diese drei haben getrennt voneinander die Kantine zwischen sechs und acht Minuten lang verlassen, um auf die Toilette zu gehen. Außerdem Gaétan Bulinski, Schauspieler, und Eva Rosière, Drehbuchautorin, die zwar im Studio waren, aber nicht die Kantine besucht haben. Gaétan Bulinski zeigen die Überwachungsvideos mehrfach: Um dreizehn Uhr achtzehn durchquert er die Eingangshalle, ein paar Sekunden später taucht er auf dem Parkplatz auf. Um dreizehn Uhr dreiundzwanzig dann der Rückweg durch die Eingangshalle, wahrscheinlich zu seiner Garderobe. Besagte Garderoben sind nicht kameraüberwacht, wir wissen also nichts über Bulinskis Verbleib vorher und nachher. Eva Rosière hält sich bis dreizehn Uhr fünfundvierzig außerhalb des Sichtfelds der Kameras auf, anschließend durchquert sie die Eingangshalle und verlässt das Gebäude, das sie um vierzehn Uhr fünf wieder betritt. Bei der Anwohnerbefragung konnten keine Zeugen bestätigen, diese beiden Individuen gesehen …«

»Ho, ho, immer langsam, Kleiner«, unterbrach ihn Rosière, die es offenbar gar nicht schätzte, auf ihrem eigenen Terrain als »Individuum« bezeichnet zu werden. »Ich war mit Pilou Gassi.«

Diament ließ sich nicht beirren. »Diese beiden Individuen verfügen demnach für jeweils etwa vierzig Minuten über kein Alibi. Achille Niessen, Schauspieler, verlässt das

Studio um dreizehn Uhr dreißig und kommt um vierzehn Uhr fünfzehn zurück. Von dreizehn Uhr fünfzehn bis dreizehn Uhr dreißig ist er vor Ort, ebenfalls außerhalb der Kamerasichtfelder und ohne Zeugen. Benoît Marteau, Toningenieur, entfernt sich um dreizehn Uhr vierzig aus der Kantine. Um …«

Rosière schaltete sich wieder ein: »Ja, Ben Big Ben …«

Diament erhob die Stimme. »Um circa dreizehn Uhr fünfzig trifft er auf Tom Dicate, Produzent, und Luna Sellia, Schauspielerin, aber für die zehn Minuten dazwischen hat er kein Alibi.«

»Vielen Dank, Lieutenant«, sagte Capestan. »Was haben wir noch zu den gescannten Ausweisen?«

»Luna Sellia und Tom Dicate haben das Studio um zwölf Uhr fünfundvierzig gemeinsam verlassen und sind auch gemeinsam um dreizehn Uhr fünfzig zurückgekehrt. Dank der Berühmtheit der Dame wurden die beiden von den Angestellten des Restaurants, in dem sie gegessen haben, eindeutig identifiziert. Sie haben ein lückenloses Alibi.«

»Nein«, warf Rosière ein.

»Nein?«

»Nein. Tom geht mit Ben zu seinem Büro, bleibt also tatsächlich unter Zeugen, aber Luna ist von dreizehn Uhr dreiundfünfzig bis vierzehn Uhr allein. Die These ist gewagt, aber sie könnte über den Seitengang zum Produktionsbüro laufen, während Ben und Tom sich noch unterhalten, Michel ermorden und wieder verschwinden.«

Mit gerunzelter Stirn gewährte Diament ihr ein knappes Nicken.

»Wunderbar, dann haben wir unsere Verdächtigen beisammen«, schloss Capestan. »Achille Niessen, Gaétan Bulinski, Luna Sellia, Véronique Malabarre, Zélie Rœlsberg, Inès Chamarret, Benoît Marteau.«

»Und Rosière«, ergänzte Lewitz, der seine ausgestreckten Finger anschaute und nicht auf die richtige Zahl kam.

»Und Rosière«, räumte Capestan ein.

»Nicht so hastig, meine Freunde!«, erklärte Capitaine Merlot. »Diese acht sind ordnungsgemäß ermittelt, aber die Gleichung enthält noch eine Unbekannte.«

Als er sich der allgemeinen Aufmerksamkeit sicher war, hob er einen Zeigefinger und fuhr feierlich fort: »Zwischen dreizehn Uhr fünfundzwanzig und dreizehn Uhr fünfunddreißig hat jemand einen Besucherausweis benutzt, ohne dass die Empfangsdame einen Namen aufgenommen hat.«

»Tadaaa«, machte Rosière.

Zu den acht VIPs gesellte sich also noch eine mysteriöse Nummer neun. Eine Stippvisite zur Tatzeit war selten rein unschuldig.

Anne Capestan stand auf und hängte die Liste der Hauptverdächtigen im Fall Aramédian an die Tafel, inklusive Rosière und eines Fragezeichens für den Besucherausweis.

Ein Mord. Ein Tatort. Neun mögliche Täter.

Alle Zutaten für ein Dinner à la Miss Marple.

Nachdenklich betrachtete sie die Liste ein paar Minuten lang, dann drehte sie sich wieder um.

»Wir starten eine zweite Vernehmungsrunde. Da Torrez sich um die Akte kümmert und Lebreton um die Verbindung zur Staatsanwaltschaft, übernimmst du Achille Niessen, Merlot, und du Luna Sellia, Évrard. Diament, du begleitest mich zu Gaétan Bulinski. Lewitz und Dax, ihr stattet Inès Chamarret einen Besuch ab.«

Die beiden Freunde starrten ihre Chefin mit großen Augen an. Ein Lächeln erschien auf Lewitz' Gesicht, und er rutschte aufgeregt auf seinem Stuhl herum.

»Echt jetzt? Wir dürfen ganz allein eine Vernehmung durchführen?«

Commissaire Capestan zwang sich zur Gelassenheit angesichts der naiven Begeisterung eines eigentlich erfahrenen Polizisten. Sie wusste, wie mächtig Vertrauen sein konnte, und trotz gewisser Sachschäden hatte sie es noch nie bereut, dem Brigadier eine Aufgabe übergeben zu haben.

»Natürlich. Solltet ihr Informationen brauchen, wendet euch an Lebreton. Ach, und Évrard, du müsstest auch noch mal bei der Empfangsdame vorbeischauen und sie fragen, warum sie, während überall sonst die Kontrollen verschärft werden, so mir nichts, dir nichts einen Besucherausweis ausstellt.«

»Bakschisch«, brummte Rosière.

»Nicht zwangsläufig. Im Zweifel für den Angeklagten.«

»Wer's glaubt ...« Sie hatte sich Pilou zwischen die Knie geklemmt, plättete ihm das Fell und verbarg eher schlecht als recht das Gefühl der Untätigkeit beim Anblick dieser Brigade, die plötzlich für sie, aber ohne sie ermittelte.

15.

Was für ein schräger Vogel, dachte Achille Niessen, während er die Nase hinter der Hand verbarg. Seit einer halben Stunde sollte dieser Merlot ihn vernehmen, erzählte aber nur von sich selbst, und zwar mit beneidenswerter Begeisterung. Entweder wollte er einen auf Columbo machen und sein Misstrauen durch Schrulligkeit zerstreuen, oder aber er war von ihm, dem größten französischen Filmstar, eingeschüchtert und versuchte, seine Tüchtigkeit unter Beweis zu stellen. Achille fürchtete allzu genaue Fragen und hatte auch noch anderes zu tun, deshalb beschloss er, die Sache zu beschleunigen.

»Sie hatten noch Fragen zum Mord an Michel Aramédian, oder?«

»Aber ja, absolut! Dazu komme ich gleich, werter Freund, ein wenig Geduld.« Der Capitaine hob gebieterisch die Hand, um den Kellner aufzuhalten, der vorüberlief, ohne sie zu beachten.

Achille war Stammgast in dieser Bar unten in seinem Haus in der Rue Fontaine. Die Leute aus dem Viertel hatten sich an seine Anwesenheit gewöhnt und ließen ihn in Frieden seinen Espresso genießen. Er spürte die verstohlenen

Blicke, ahnte die geweiteten Ohrmuscheln und hörte die gezischelten Gespräche, aber das zeugte nur von diskreter Bewunderung, ehrfürchtiger Entzückung, und davon hatte er schon immer geträumt. Bisher war er es noch nicht müde. Sollte dieser Tag irgendwann kommen, würde er nach London oder Los Angeles flüchten, um dort die behagliche Anonymität auszukosten. Und wenn er dann in alten Shorts seine drei Baguettes gekauft hatte, ohne dass ihn jemand erkannte, würde er, genau wie die anderen, schnurstracks zurückkehren und sich wieder im Erfolg und dem Lächeln der Frauen sonnen.

Der Kellner brachte das dritte Glas Côtes du Rhône, das der Polizist mit einem Hausherrenlächeln empfing. Die unter das Erdnussschälchen geklemmte Rechnung schob er direkt zu Achille, ohne auch nur einen Gedanken daran zu verschwenden.

»Sie sind Schauspieler, nicht?«

»Ja«, antwortete Achille mit einem kleinen, eitlen Lächeln.

»Ein sehr schöner Beruf.« Merlot nickte ernst. »Aber auch recht mühselig, nicht?«

Achille lehnte sich zurück und holte tief Luft. »Ja, manche Rollen sind fordernder als andere, aber …«

»Ein Gauklerleben, mit dem man kaum über die Runden kommt, aber euer Lohn ist die Freiheit, ihr Glücklichen! Haha, in meinen jungen Jahren war ich selbst kein unbeschriebenes Blatt auf den Brettern, die die Welt bedeuten, wie man sagt. Ach, das Theater, das Theater! Die reinste Form der Schauspielkunst.«

Irritiert beugte Achille sich wieder vor. »Öööh …«

Merlot knuffte ihm gönnerhaft gegen die Schulter. »Keine Sorge: Bei einem so hübschen Burschen wie Ihnen lässt der Erfolg sicher nicht mehr lange auf sich warten. Für diesen Film allerdings scheinen mir die Chancen eher schlecht zu stehen. Hatten Sie ein gutes Verhältnis zum Opfer?«

Bei den letzten Worten richtete Achille sich auf. Endlich hatten sie das Terrain erreicht, auf das er sich vorbereitet hatte.

»Ein sehr gutes! Michel und ich haben vorher schon zusammen gedreht, wir waren ein tolles Team.«

»Gab es keine Unstimmigkeiten mit irgendjemandem, keine Widersacher?«, hakte Merlot mit wissendem Blick nach und stellte sein Glas auf den roten Kreis zurück, der auf dem Holz prangte.

Achille tat, als würde er über die Frage nachdenken. »Nein. Ganz ehrlich, außer der Drehbuchautorin, Rosière, die ihm gedroht hat…«

In einem Anfall männlicher Kumpelhaftigkeit schlug Merlot mit der flachen Hand auf den Tisch. »Diese verdammte Eva, ein schrecklicher Hitzkopf, nicht? Also hatte Michel keine Feinde? Sie zum Beispiel hatten keinen Grund, ihm den Tod zu wünschen?«

Achille protestierte in gerechter Empörung: »Nein, natürlich nicht!«

»Also wollten Sie nicht in die USA, um mit Soberleg zu drehen?«

»Soderbergh.«

Achille musterte den Polizisten ihm gegenüber, der sich nach jedem Schluck Wein eine Handvoll Erdnüsse in den Rachen warf. Kalter Angstschweiß benetzte seinen Rücken.

Woher hatte der Bulle diese Info? Wusste die Polizei, wie sehr er darauf brannte, von hier zu verschwinden? Achille überlegte.

»Rosière. Rosière hat Ihnen davon erzählt.«

Merlot zerbiss krachend eine Nuss und gönnte sich den nächsten kräftigen Schluck.

»Wo waren Sie am Tattag zwischen dreizehn Uhr fünfzehn und vierzehn Uhr?«

Betont ruhig spulte Achille seine Antwort ab, während er die Pupillen seines Gegenübers beobachtete.

»Ich war spazieren, um den Kopf frei zu bekommen, habe draußen vor einem Restaurant ein Sandwich gegessen, was man um die Mittagszeit eben so macht.«

»Allein?«

»Relativ. #AchilleNiessen von diesem Datum zeigt Ihnen minütliche Schnappschüsse von Fans, denen ich begegnet bin.«

Merlot runzelte die dicken Augenbrauen und strich sich über die Glatze. »Was für ein Sender soll das sein, Häschtäg?«

»Instagram, Twitter … Kennen Sie nicht?«, fragte Achille mit einer Nachsicht, die zu bemüht war, um echt zu wirken.

Der Polizist wischte die Bemerkung mit einer verärgerten Handbewegung beiseite.

»Dafür haben wir Leute, ich setze Lieutenant Dax darauf an. Aber von dreizehn Uhr fünfzehn bis dreizehn Uhr dreißig waren Sie noch im Studio.«

Ein erneuter Schweißausbruch durchnässte Achilles Hemd. Mehrere Tropfen rollten ihm langsam über die Schläfen.

»Ja, ja, genau. Da habe ich geschlafen«, sagte er und dachte bei sich: Zehn Millionen Kinobesucher sind nicht zu verachten, wenn man so schlecht schauspielert.

Merlot streckte seiner Ratte eine Erdnuss hin. Das Tierchen richtete sich auf und nahm die Frucht mit den krallenbesetzten Pfötchen entgegen. Innerhalb der letzten zwei Jahre hatte es Kost und Logis bei seinem Herrchen schätzen gelernt und sich dessen Bauchumfang angenähert. Der Polizist stand auf, leerte sein Glas in einem Zug und holte das kleine Trinkfläschchen aus dem Jackett, das er mit frischem Wasser aus der Karaffe füllte. Anschließend hielt er Ratafia einladend die Tasche auf. Die Ratte schlüpfte in ihr trautes Nest, und Merlot deckte sie mit der großen Pranke fest zu. Er war an der Reihe, Fomenko mit Informationen zu beliefern, den alten Schönling, der die Muskeln spielen ließ und Rosières Retter mimte, obwohl doch der Capitaine die gesamte Ermittlung stemmte.

16.

Am Set herrschte Chaos. Der Nachhall des Mords breitete sich in dichten Wellen aus. Überall wetterten Schauspieler, schimpften Agenten, erstarrten Techniker, suchten Ankleiderinnen ihre Anzukleidenden, Maskenbildnerinnen ihre Modelle, und Tom Dicate, der hysterische Kapitän, wedelte mit den Armen und erhob die Stimme, um so zu tun, als hätte er das Ruder fest im Griff.

Ihren treuen Pilou an der Seite, stand Eva Rosière auf den hohen Hacken wie ein Fels inmitten des Sturms. Mit regen Augen und wachem Geist verfolgte sie das Geschehen. Diesem Durcheinander könnte ihre Chance entspringen, und sie wollte rechtzeitig zupacken. Sie lauschte.

»Du kannst nicht einfach so abhauen, du hast einen Vertrag unterschrieben«, knurrte Tom drohend. »Du bleibst hier, oder ich schwöre dir, ich …«

Achille baute sich vor ihm auf, die Fäuste in die Hüfte gestemmt, die Brust geschwellt, die muskulösen Schultern angespannt.

»Du schwörst was, Tom? Willst du das wirklich mitten am Set besprechen?«

Tom warf einen nervösen Blick über die Schulter und

zog sich schnell ein paar Meter zurück. Achille folgte ihm gemächlich.

»Du drehst diesen Film zu Ende, oder dein Ruf ist Geschichte, dafür sorge ich!« Tom richtete den Zeigefinger auf den Schauspieler.

Achille lachte ungläubig auf.

»Du? Ist ja süß. Vielleicht solltest du weniger koksen. Du kannst mir gar nichts mehr. Nach dem Mord komme ich hier völlig unbeschadet raus.«

Tom wollte verächtlich seine Kippe an den Mund heben, aber Achille stand zu dicht vor ihm, deshalb ließ er die schlaffe Hand wieder sinken, und Asche fiel auf die verschlungenen Kabel.

»Bitte, Achille, wir kennen uns schon so lange, so weit darf es nicht kommen. Ich habe dich entdeckt!«

»Ach, hör doch auf, Tom. Bei unserem ersten Film habe ich schon eine Million verdient, du hast rein gar nichts entdeckt.«

»Alle werfen das Handtuch. Aber du bist nicht wie die. Ich sage es dir als Freund, Achille, du hast einen Vertrag, das ist in diesem Beruf heilig.«

»Ist es nicht, und das weißt du ganz genau. Meine Agentin findet bestimmt die perfekte Klausel, die mich aus der Scheiße hier rausholt. Nichts für ungut, ich wünsche dir natürlich, dass es trotzdem klappt. Aber ohne mich.«

Kumpelhaft klopfte Achille Tom auf die Schulter, ehe er sich zum Rest der Crew wandte. Er hob die Arme und winkte in die Runde, während er schon den Ausgang ansteuerte.

»Bis bald, ihr Lieben! Ohne Michel fühlt es sich nicht

richtig an, diesen Film weiterzudrehen. Wir sehen uns sicher bei anderen Abenteuern wieder. Macht's gut!«

Tom schaute zu, wie sein Star verschwand, dann riss er die erloschene Zigarette hoch, zog daran und spuckte überrascht aus. Nachdem er den Stummel auf den Wachsbetonboden geschnippt hatte, wanderte seine Hand reflexartig zur Tasche seines Hoodies, wo Rosière ein Päckchen Tabak vermutete. Aber beim Rollen stellte er sich an wie ein Idiot, deshalb packte er lieber den erstbesten Praktikanten am Arm.

»Gib mir 'ne Fluppe!«

Der gehorchte und verdünnisierte sich. Mit finsterer Miene zündete Tom die Zigarette an und sah sich nach Gaétan um, aber der war hinter einer Trennwand und hatte gerade Achille aufgehalten. Eva Rosière machte ein paar Schritte zur Seite, um Augen und Ohren näher an dieses Gespräch zu bringen, das wahrscheinlich die Zukunft des Films bestimmen würde. Gaétan hatte sich bisher nicht geäußert, aber jetzt, wo sein Kumpel ging, standen die Chancen schlecht, dass er blieb. Obwohl der allgemeine Trubel die Stimmen der beiden dämpfte, drangen sie bis zu ihr.

»Also lässt du uns im Stich«, sagte Gaétan.

»Weil du etwa bleibst?«, fragte Achille erstaunt.

»Nee, ohne meinen besten Freund hält mich hier nichts mehr …«

Achille straffte die Schultern, legte den Kopf schief und schob die Hände in die Hosentaschen.

»Ich hätte nicht gedacht, dass du es so schwernimmst.«

»Keine Sorge, ich weiß, dass du mittlerweile in einer anderen Liga spielst.«

»Ach, komm schon, Kumpel …«

»Ich mach doch nur Spaß!« Wie ein überschwänglicher Teenie boxte Gaétan Achille gegen den Oberarm. »Mein Agent bringt auch schon ein anderes Projekt unter Dach und Fach.«

Achille presste seine Stirn an die des Freunds und schüttelte ihm schwungvoll den Arm.

»Okay. Wir trinken auf jeden Fall noch ein Bier zusammen, bevor ich nach L. A. fliege. Und du schuldest mir eine Revanche bei *Fifa 15*, nicht vergessen.«

»Ich vergesse nie etwas.«

Die beiden Männer verabschiedeten sich mit einer schnellen Umarmung. In Achilles Blick lag eine Spur Herablassung, um Gaétans Mund ein Hauch Bitterkeit.

Eva Rosière strengte ihre grauen Zellen an. Der Abgang der beiden männlichen Stars bedeutete, dass sie einen Teil ihrer Finanzierung verlieren würden, aber wenn der Verleiher nicht hinschmiss und sie günstigere Schauspieler verpflichteten, könnte es noch klappen. Und wenn Luna Sellia blieb.

Die gesamte Welt sah sie als hohles Püppchen, die französische Filmbranche belächelte sie und hielt nur gierig die Hände auf, aber Rosière hatte ihr seltsames Charisma schon vom ersten Musikvideo an fasziniert. Damals war Luna erst um die zwanzig gewesen, trotzdem hatte ihre Präsenz den Fernsehschirm gesprengt. Sie war aufgetakelt gewesen bis zum Gehtnichtmehr, das obligatorische Komplettprogramm: tief gebräunte, eingeölte Haut, viel zu lange Fingernägel, viel zu dunkles Make-up, viel zu selbstsicherer Gang. Sie hatte geradezu vor Erotik getrieft, aber ihre Stimme hatte eine ganz andere Geschichte erzählt, bebend vor Träumen von einem neuen Leben, und eine unterschwellige Botschaft von Widerstand und Schmerz zu zehn Millionen tanzenden und klatschenden Hörern getragen. Die von Zerrissenheit durchtränkten Hits gingen unter die Haut und spülten noch mehr Geld in die Kasse eines Managers mit Zuhälterallüren.

Eva Rosière war in der Kohle von Saint-Étienne geboren, die alle Handtücher im Haus grau gefärbt hatte. Die Arbeit war für ihren Vater nichts zum Lachen gewesen, und bei Tisch hatte man jede Kartoffel in Ehren gehalten, wohlwissend, wie viel sie gekostet hatte. Rosière stammte aus einer anderen Zeit, einer anderen Familie, einer anderen Flaute, und trotzdem: Alles an dieser Künstlerin, die bald die heikle Schwelle von siebenundzwanzig Jahren erreichen würde, sprach zu ihr. Unter Lunas Ausnahmefahrgestell schwelten die alltäglichen Nöte.

Nach Michels Tod hatte sich die Vorstellung, die Regie zu übernehmen, in Rosières Gehirn gebrannt. Sie wollte selbst an den Schrauben drehen, die Schauspieler, deren Talent, deren Emotionen, die Musik, die Bilder zu ihrer Vision, ihrem Werk, ihrer Utopie formen.

Sie schaute zu Pilou hinunter, der sofort mit gespitzten Ohren und gereckter Schnauze aufsprang. Und während auch noch die Scheinwerfer um sie herum niederzustürzen schienen, marschierte sie direkt auf Tom zu. Der stand trotz des Alarms vor dem aufgerissenen Notausgang, in der Hoffnung, die paar Mobilfunkwellen auf dem Parkplatz zu erhaschen. Er beschwor schon seit einer Weile alle Agenten in Paris und besprühte das Mikro seiner Kopfhörer mit

Spucke. Viel hätte nicht gefehlt, und er hätte wie ein ungeduldiger Schüler mit den Füßen gescharrt. Irgendwann riss er sich den Knopf aus dem Ohr und verfluchte leise die gesamte Branche.

»Wie schwer kann es denn sein, einen Regisseur zu finden? Scheiß Freischaffende! Die Einzigen, die Interesse hätten, sind nicht nur schlecht, sondern auch noch im Urlaub.«

Rosière war keine zwei Meter mehr entfernt, als sie Anne Capestan entdeckte. Im Slalom schob ihre Chefin den Buggy zwischen den Kameraschienen hindurch. Die Räder blockierten, zwangen sie, einen Umweg zu fahren oder das Gefährt über das Hindernis zu heben. Sie wollte sich bestimmt ebenfalls mit dem Produzenten unterhalten. Die Ermittlung holte Rosière wieder ein, aber sie hatte nur ein winziges Zeitfenster für ihre Offensive, das beim kleinsten Windhauch zufallen konnte. Sie musste zuerst angreifen.

»Tom, ich kann's machen. Ich kann Regie führen.«

Der Blick des Produzenten glitt über sie hinweg, ohne sie wahrzunehmen, trotz ihres purpurroten Outfits. Capestan lächelte ihr zu. Offenbar hatte sie nichts gehört. Seit sie mit ihrer Tochter als Partnerin unterwegs war, hörte sie ohnehin kaum etwas, sah nichts und dachte noch weniger. Ihre wunderschönen langen Haare fristeten ihr Dasein streng zurückgebunden oder quer über dem Gesicht, gut durchgekaut bei jedem Wort. Die früher so tadellosen Kleider waren zuletzt vor der ersten Wehe gebügelt worden, und der ehemals wache Blick wirkte immer öfter unstet, auf eine unsichtbare To-do-Liste gerichtet, die sich ständig änderte. Trotzdem war Capestan Rosière nach nur einem Anruf beigesprungen, und zu gegebener Zeit würde bestimmt die Polizistin wieder die Kontrolle über den Körper der Mutter übernehmen.

»Guten Tag, Monsieur Dicate, Commissaire Capestan, sehr erfreut. Ich habe ein paar Fragen an Sie.«

Tom musterte Polizistin, Buggy und Kind verächtlich.

»Tag. Jetzt, wirklich?«

»Nein, es kann natürlich warten. Aber mir wäre jetzt lieber, wo ich schon mal hier bin. Ich versuche herauszufinden, wer Interesse am Tod von Michel Aramédian gehabt hätte.«

»Na, ich jedenfalls nicht. Alle meine Schauspieler lassen mich hängen, und ich kriege keinen verfickten Ersatz für Michel. Die Geschichte versaut mir noch das gesamte Projekt«, schimpfte der Produzent vor sich hin.

Obwohl die Situation nicht gerade günstig war, wiederholte Rosière: »Ich übernehme gern für Michel, Tom.«

Diesmal musterte der Regisseur sie stumm, bevor er sich zurück zu Capestan drehte.

»Was habe ich Ihnen gesagt? Null Interesse! Sie machen sich keine Vorstellungen … Mein Name stand mal für Erfolg und Qualität, und wer spielt sich heute als große Retterin auf? Eine Drehbuchschreiberin. Die noch dazu vom Fernsehen kommt.«

»Und Romanautorin«, ergänzte Capestan, um ihre Freundin zu unterstützen, ohne zu wissen, ob das besser oder schlechter war.

»Pff.« Tom wandte sich wieder seinem Handy zu, nachdem er Rosière ein knappes »Nein, danke!« entgegengeschleudert hatte.

Die wurde knallrot, allerdings eher aus Enttäuschung denn aus Scham. Capestan wartete, bis das Ekelpaket sich entfernt hatte, dann fragte sie sanft, aber verärgert: »Du bist auf den Regieposten aus?«

»Ja.«

»Also hast du noch ein zweites Motiv?«

Rosière schwieg, verbissen in ihre Hoffnungen.

»Ehrlich, Eva, du hilfst uns kein Stück.«

17.

»Äh … könnten wir Sie vielleicht getrennt vernehmen?«, fragte Brigadier Lewitz.

»Natürlich«, antwortete Véronique Malabarre, während sie ihre Bürsten und Kämme und Klammern in eine goldene Kosmetiktasche räumte.

Reflexartig fegte sie mit der Hand über den Frisiertisch in der Maske. Ihr T-Shirt verrutschte und ließ den Träger eines blauen BHs erkennen, der in die weiche Schulter schnitt. Sie musterte die Polizisten kurz, dann fing sie an, in einem Friseurkoffer herumzukramen.

»Sicher«, bestätigte Inès Chamarret, die Kleider auf Stangen sortierte. Unter die Polaroids der kostümierten Schauspieler pinnte sie über und über mit unverständlichen Zeichen, Ziffern und Buchstaben bedeckte Schildchen. In ihre Arbeit vertieft, murmelte sie leise vor sich hin: »Bei den ganzen Ausfällen müssen wir alles zurückschicken und neu besorgen, was für eine Plackerei.«

»Mhm«, brummte Zélie Rœlsberg zustimmend, einen Pinsel zwischen den Lippen.

Sie sammelte Concealer, Make-up und Puder in diversen Farbtönen ein, unter den großen, runden Glühbirnen, die die glänzenden Spiegel rahmten. »Maskenraum: Haare, Make-up, Kostüm«, hatte Lewitz oben auf sein Vernehmungsprotokoll geschrieben.

Die Damen waren alle einverstanden, aber keine verließ das Zimmer. Lewitz rutschte auf seinem Stuhl herum und drehte sich zu Dax, der sich wiederum zu ihm drehte. Anschließend drehten sie sich beide zu den drei Frauen und kapitulierten.

»Kannten Sie Michel Aramédian schon lange? War es angenehm, mit ihm zu arbeiten?«, fragte Lewitz Zélie, Inès und Véronique, die ihm wie geschickte Wetterhähne nacheinander den Rücken zuwandten.

Um sich für diese Aufgabe Mut zu machen, hatte der Brigadier sich vorgestellt, am Steuer eines Peugeots 908 zu sitzen, in der Poleposition beim 24-Stunden-Rennen von Le Mans, wo auch Amateure antreten und sogar den Sieg erringen konnten. Es war sein erstes Mal, seine erste Verdächtigenvernehmung. Dax, sein treuer Freund und selbst Debütant, übernahm die Rolle des Kopiloten. Capestan hatte ihnen noch einmal ihr Vertrauen geschenkt. Vor dem Eintreten hatte Lewitz seinem Freund geraten, die Strecke im Kopf durchzugehen, Kurven und Geraden vorherzusehen. Im Geiste waren sie in die mit Sponsorenlogos bestickten Anzüge geschlüpft und hatten die weichen Lederhandschuhe übergestreift. Als die Helme an die Reihe gekommen waren, hatte Dax lieber seine Frisur schützen wollen, aber Lewitz hatte das Plexiglasvisier geschlossen. Er war so bereit wie noch nie. Er hatte nur nicht mit zwei zusätzlichen Autos gerechnet.

»Er war professionell«, antwortete Zélie, während sie

mit einem dünnen Kosmetiktuch über ihre Fläschchen und Schminksets wischte.

»Sehr professionell«, bestätigte Inès mit einem Lächeln, das eher der Bedeutung ihrer Aufgabe zu gelten schien als dem verstorbenen Regisseur.

»Ein echter Profi«, trumpfte Véronique auf, ohne die Ironie in ihrer Stimme zu verbergen.

Lewitz wurde unruhig. Man brauchte keine Erfahrung, um das Offensichtliche zu erkennen: Die Frauen hörten gar nicht zu, sondern leierten nur Floskeln herunter. Damit würde er den Kofferraum seines Peugeots bestimmt nicht zumüllen.

»Okay. Aber war er nett oder nicht?«

In seiner Stimme hatte wohl leichte Panik durchgeklungen, denn die drei wirbelten gleichzeitig herum und schauten ihn mitleidig an. Der Brigadier lockerte unauffällig die Schultern aus und streckte den Rücken durch.

»Ganz in Ordnung.« Zélie setzte sich mit einer Pobacke auf die Tischplatte. »Aber ziemlich träge.«

Véronique ließ sich auf einen Drehstuhl plumpsen.

»Und langsam.«

Inès lehnte sich an die Tür der Ankleide.

»Und langweilig.«

»Als Actionfilmregisseur?«, hakte Lewitz erstaunt nach. Sein *Transformers*-T-Shirt verriet, welches Interesse er dem Genre entgegenbrachte.

»Ja, da ist er irgendwie zufällig gelandet«, erklärte Zélie. »Er hat als Assi bei einem Gangsterfilm angefangen, danach hat ihn der Regisseur noch für einen Krimi angeheuert und ist krank geworden. Michel ist eingesprungen, der Film ist durch die Decke gegangen, und seitdem hat jeder Agent bei Testosteronstreifen direkt an ihn gedacht.«

»Warum hat er nicht abgelehnt?«, fragte Dax.

Die Maskenbildnerin warf ihm einen nachsichtigen Blick zu.

»Na, wegen des Gelds wahrscheinlich. Und um weiter im Geschäft zu bleiben. Aber er hat oft von einem persönlicheren Projekt in der Pipeline erzählt …«

»Ja, ein Kammerspiel für zwei.« Véronique schmunzelte, bevor sie wieder ernst wurde. »Der Arme, jetzt werden wir nie erfahren, ob er das Zeug zum Autorenfilm hatte.«

»Wussten Sie, dass er immer Mittagsschlaf gehalten hat?« Dax sorgte sich nicht um Überleitungen. »Also, im Produktionsbüro?«

»Das wusste jeder«, antwortete Inès.

»Also, ich nicht.« Véronique drehte sich zu Zélie. »Du?«

»Weiß nicht.«

»Du weißt nicht, ob du's wusstest?«

»Ich weiß nicht, ob er's mir irgendwann mal erzählt hat, aber da es mir scheißegal war, wusste ich es wohl, ohne es zu wissen …«

»Er hat es Ihnen erzählt?«, startete Lewitz wieder durch, nachdem er die letzten paar Minuten nur zwischen den dreien hin- und hergeschaut hatte wie ein Stockcar, das sich um die eigene Achse drehte. »War Michel Aramédian ein aufdringlicher Typ, hat er Sie belästigt?«

Der Brigadier war froh, wenigstens eine der Fragen anbringen zu können, die Lebreton ihnen zur Sicherheit auf Karteikarten geschrieben hatte.

»Nein, eigentlich nicht«, meinte Zélie. »Hier gibt's Frauenhasser und Kotzbrocken, aber keine Grapscher oder Schlimmeres.«

»O ja, Kotzbrocken definitiv!«, sagte Véronique, und die drei nickten einhellig.

»Tom.«

»Tom.«

»Tom.«

»Tom?«, fragte Lewitz.

»Tom«, bestätigte die Hairstylistin. »Ehrlich, wenn schon ein Serienmörder vorbeischaut, hätte er doch den kaltmachen können.«

»Véro!«, rief Inès.

»Ja, sorry. Wirklich schrecklich, was da passiert ist.« Véronique zog eine Miene, als hätte sie sich mit neunzig in der Stadt erwischen lassen.

Lewitz beschloss, sich an die Haarnadelkurve zu wagen.

»Wie die Überwachungsvideos und mehrere Zeugen bestätigen, haben Sie die Kantine jeweils für circa acht Minuten verlassen. Acht Minuten, in denen Sie niemand sieht. Acht Minuten, die locker ausreichen, um zum Produktionsbüro zu laufen, wo Aramédian schlummert, ihn zu erstechen und zurückzukehren. Was haben Sie in diesen acht Minuten gemacht?«

Das alles in einem Atemzug, ohne Motorstottern, ohne Schleudergefahr. Bestärkt durch die Großtat, musterte Lewitz die Damen mit seiner Harter-Cop-Miene.

»Wir waren auf dem Klo.«

Lewitz und seine Miene tauchten ab. Um Fassung ringend, blätterte der Brigadier in seinen Unterlagen und suchte nach einem Weg, ohne Nöte über Notdürfte zu reden. Er dachte an seine Mission, an die Chefin, die auf ihn zählte, und holte tief Luft.

»Das behaupten Sie, aber Sie haben keinen Beweis. Kein Alibi.«

Dax schaute seinen Kumpel an. Sicher fragte er sich, warum Lewitz plötzlich so Gas gab.

»Stimmt wohl«, gestand Véronique.

»Doch, klar haben wir Zeugen«, warf Zélie ein.

Halb entsetzt starrten ihre Kolleginnen sie an.

»Zeugen?«

»Mindestens zehn Leute haben uns um zwölf unseren Tee trinken sehen. Und wenn man um zwölf einen Liter Tee trinkt, muss man garantiert zwischen eins und zwei aufs Klo.«

Dax betrachtete eingehend seine Sneaker. Anscheinend baute er darauf, dass Lewitz sie aus dieser peinlichen Situation herausmanövrierte. Der Brigadier blinzelte mehrmals, bevor er weitersprach, als wäre die Sache geklärt.

»Sie bedauern also, dass der Mörder es nicht auf Tom abgesehen hatte ...«

»Ich bedauere es nicht, es wundert mich«, stellte Véronique klar.

»Okay, aber trotzdem: Ohne Produzenten gäbe es keinen Film mehr, oder?«

»Doch, natürlich.« Zélie strich mit dem Daumen über den Pinsel, den sie immer bei sich trug. »In unserem Fall würde Clara Dicate übernehmen, Toms Schwester, die Kogeschäftsführerin der Firma.«

»Und die ist besser?«

»Nicht nur besser, sondern gut«, meinte Inès.

»Also, die Arbeit mit ihr ist nicht gerade ein Annie-Cordy-Chanson«, wandte Véronique ein, »aber was für ein Talent, was für ein Riecher, was für eine Sorgfalt!«

Lewitz beugte sich zu seinem Kumpel und fragte leise: »Wer ist diese Schwester? Haben wir da was?«

Dax schlug sein Notizbuch auf, las seelenruhig die Seiten, fuhr mit dem Zeigefinger eine Zeile nach. Dann schlug er es wieder zu, beugte sich seinerseits zu Lewitz und verkündete laut: »Den Namen hat uns die Empfangsdame für den Besucherausweis genannt. Clara Dicate.«

Zufrieden mit ihrer Leistung säuberten sich die beiden Polizisten die Schuhe auf dem Fußabtreter, den Lewitz aus dem Porsche geholt hatte, und stiegen ein. Dax spürte ein leichtes Jucken am Arm – die Frischhaltefolie über seinem allerersten Tattoo. Für Évrards Geburtstag hatte er sich ihren Namen in einem Herz stechen lassen. Er betete sie an. Neben ihrer strahlenden Schönheit verblassten alle anderen. Der Lieutenant konnte sein Glück immer noch nicht fassen. Endlich hatte er es gefunden, das anständige Mädchen, auf das er gewartet hatte.

Er brannte darauf, das Geschenk seinem Kumpel zu zeigen, der gerade zum dritten Mal die Spiegel des Porsches einstellte.

»Guck mal.« Er enthüllte seinen gewölbten Bizeps.

Lewitz lächelte, dann lehnte er sich abrupt vor und schaute genauer hin.

»Das kannst du doch nicht schreiben!«

Dax verdrehte den Arm, um den Schriftzug zu überprüfen.

»Warum denn nicht? Das ist ihr Name.«

»Ja, in der Brigade! Aber für ein Herz nimmt man nicht bloß ›Évrard‹.«

»Ach so. Okay.«

18.

»Big Cat Productions, Clara Dicates Büro, Sylvie Mousquet, was kann ich für Sie tun?«

»Guten Tag, hier spricht Commissaire Anne Capestan. Ich hätte ein paar Fragen an Madame Dicate, es dauert auch nicht lange. Ginge es vielleicht heute Abend oder morgen früh?«

»Lassen Sie mich kurz nachsehen … Madame Dicate wäre am 24. August um vierzehn Uhr dreißig verfügbar.«

Am 24. August. In drei Wochen. Diese Filmleute fielen Capestan allmählich gehörig auf die Nerven. Eigentlich setzte sie immer auf Freundlichkeit, aber bei denen musste man alles ausbuchstabieren, um sich verständlich zu machen. Dabei war es gar nicht kompliziert: Die Polizei wollte eine Verdächtige vernehmen und war so liebenswürdig, vorher Bescheid zu geben, also nahm sich die Verdächtige gefälligst drei Minuten Zeit, oder sie holten sie in Uniform mitten aus der Vorstandssitzung. Oder luden sie vor, damit sie auf einem Stuhl im Billardzimmer in der Rue des Innocents vor sich hin schmoren konnte. Jedenfalls würde Capestan sich nicht länger auf der Nase herumtanzen lassen.

»Leider muss ich darauf bestehen. Es handelt sich um

eine kriminalpolizeiliche Ermittlung, es ist zwingend erforderlich, dass wir Madame Dicate vernehmen. Je eher, desto besser.«

»Dann also am 24. August um vierzehn Uhr fünfzehn?«

Joséphine, die zehn Minuten lang friedlich eine Plüschgiraffe angehimmelt hatte, sprintete urplötzlich los, auf die Mehrfachsteckdose des Druckers zu, in vollem Krabbeltempo, Knie, Ellbogen, Knie, Ellbogen. Capestan konnte gerade noch ein »Perfekt!« in den Telefonhörer rufen, ehe sie ihren G. I. Joe im Blümchenkleid wieder einfing.

Dieser Baum war allein eine Landschaft, man verlor sich in seiner Betrachtung. Jedes Blatt des Riesen war einzigartig wie die Wogen des Ozeans. Henri Saint-Lô war an diesem Mittag, wie so oft, die Rue Saint-Denis hinunter und über die Île de la Cité und die Quais de Seine bis zum Square René-Viviani spaziert, um dort in Gesellschaft seines Freunds, der Robinie, des ältesten Baums von Paris, sein Mahl einzunehmen.

Der Capitaine öffnete die dicke Tüte vom Metzger, holte das halbe Hähnchen heraus und machte sich darüber her. Nach jedem herzhaften Bissen säuberte er sich Bart und Mund mit seinem Stofftaschentuch.

Das Studio und die Kameras gestern hatten eigenartige Erinnerungen geweckt, die sich um keinen Preis ihren Ursprung entlocken lassen wollten. Vielleicht würde die Zeit seinen Geist erhellen. Indes freute er sich schon darauf, an den Set zurückzukehren und dem süßen Lärm der Filmproduktion zu lauschen.

19.

Beim Anblick des Materials vom Vortag verfluchte Luna Sellia sich innerlich. Sie war schlecht in dieser Szene, richtig scheiße. Ihre Stimme klang falsch, ihr Blick war fliehend. Dabei hatte Michel ihr beim Dreh noch versichert, sie sei großartig. Anscheinend hatte er sie auch nur für eine hohle Ische gehalten. Er hatte nicht einmal versucht, mehr aus ihr rauszuholen. Bei ihrer Lederleggings waren ihm die Ohren heißgelaufen, und er hatte ihren Protest nicht mehr gehört. Na ja, die Sache hatte sich erledigt.

Zeit für Plan B. Luna hatte Eva Rosière Anspruch auf den Regiestuhl erheben hören, und seither ließ die Vorstellung ihr keine Ruhe. Mit Rosière wäre vielleicht alles anders. Sie mochte die Frau. Klar, sie war ein Bulle, aber womöglich war das die Lösung: neuer Folterknecht, neues Glück. Luna wurde in drei Monaten siebenundzwanzig, sie hatte nichts mehr zu verlieren.

Seit frühester Kindheit war sie darauf programmiert, Idioten zu lieben, Männer wie ihren Vater, abwesend, gewalttätig, gleichgültig, bei denen zwischen zwei Schlucken Bier allein Schönheit einen Funken Interesse erregen konnte. Ihre Mutter empfand eine Art Stolz dabei, diesen

Rohling zu fürchten. Von Anfang an hatte sie ihrer Tochter eingebläut, dass man nur mit Sex Macht über Männer bekam. Oder Frieden. Oder zumindest Sicherheit. Schon mit dem trüben Fruchtwasser hatte Luna das Stockholm-Syndrom in sich aufgesogen. Es war wie ein Keil in ihrem Gehirn, eine Schraube in Frankensteins Schädel. Sie musste sie herausreißen. Und zwar bevor das Alter ihr die einzige Waffe raubte, die sie sich hatte schmieden können. Zuerst würde es bluten, aber danach besser werden. Seit über zehn Jahren kämpfte sie wie eine Löwin, um sich aus dem Morast zu befreien, in dem ihre Wiege gestanden hatte. Dank des Erfolgs und der Kohle hatte sich immerhin die Kulisse geändert. Doch ihr Status als Nummer eins war bedroht, die neue Generation klebte ihr schon an den Hacken. Heiß, heißer, am heißesten, sie sang seit Ewigkeiten splitternackt und tanzte in Käfigen. Was kam wohl als Nächstes, um auf dem Siegertreppchen zu bleiben? Ihrem größten Fan live einen blasen? Luna konnte nicht mehr, die Wände kamen immer näher, und sie rannte noch darauf zu, getrieben von ihren Followerhorden, die genauso tyrannisch waren wie ihr Manager. Die Pornoindustrie war tot, die CD auch, und sie, die Spezialfusion des neuen Jahrtausends, klammerte sich an die Spitze des Eisbergs wie an eine Poledance-Stange. Sie wollte loslassen. Aber zahmer zu werden, hieße, älter zu werden, ihren Platz zu räumen. Hochgeschlossen war nicht ihr Rollenfach, und kein Agent wollte den Kurswechsel einleiten. Für die entgegengesetzte Richtung, vom schüchternen jungen Mädchen zur sexy Muse, gab es mehr Freiwillige, man fand immer ein Genie, das einen nackt auf einer Abrissbirne schaukeln ließ, aber um ein Playmate in eine Grande Dame zu verwandeln, konnte man nur auf sich selbst zählen. Blieb noch die Filmkarte, vorausgesetzt, sie wurde gut gespielt. Eine neue Jungfräulichkeit, Sex transzendiert durch Action. Badass-Tritte, gangsterdurchlöchernde Maschinengewehre, makelloser Mascara, strahlend weiße Zähne. Dieser Streifen war Lunas Chance. Und das wusste der Produzent auch. Seine Andeutungen wurden immer unverhohlener. Sie sollte dran glauben. Ein letztes Mal, damit sie ihre Ruhe hatte? Nein, sie wollte nicht mehr, sie konnte nicht mehr.

Es gab noch eine Option, die Michels Tod zur Supercombo machen würde. Die Sache war riskant, denn Luna musste Tom die Stirn bieten. Intellektuell und emotional, und sie war sich nicht sicher, ob sie zu Letzterem fähig war: ob sie es schaffen würde, ihre Klappe gleichzeitig aufzureißen und zu halten.

Sie wollte locker und bestimmt auftreten, wie ein Popsong. Leicht unverfroren, damit er mitspielte und ebenso antwortete. Die Drohung fernhalten, hoch über seinem Kopf schweben lassen: Krieg war nicht immer unausweichlich, man konnte sich verständigen, indem man nett miteinander redete. Genau so würde sie es anstellen, dachte sie mit feuchten Händen, als sich Toms Gestalt am anderen Ende der Halle von der Kulisse löste. Der Produzent reagierte kaum, als er sie bemerkte. Er kam auf sie zu, aber nur, weil sie ihm im Weg stand, vor dem Notausgang. In jeder Hand trug er ein Handy, wie Ziegelsteine, die er gleich gegeneinanderschlagen würde. Sein Mund verzerrte sich zu einem Lächeln. Sie war als Einzige noch an Bord, er wollte sie ein bisschen pampern.

Das war ein positives Zeichen.

Luna setzte an: »Du hast mir doch neulich was von Girlpower erzählt, Tom, und na ja, ich glaube, du hast recht. Deswegen wäre es eine gute Idee, wenn die Drehbuchautorin für Michel einspringt.«

Tom grinste und legte ihr liebevoll eine Hand an die Wange. »Du bist süß. Was für ein Glück, dass ich dich habe, dass sich noch irgendwer für den Film interessiert, das tut gut. Aber wenn der Produzentenjob so einfach wäre, könnte ihn ja jeder machen, meine Schöne. Du hast keine Ahnung, wie viel Druck auf mir lastet. Sender, Verleiher … denen muss ich mehr bieten. Nein, ich finde eine andere Lösung. Aber wir können uns gern noch mal zusammensetzen, um über deine Rolle zu reden. Ich hätte auch nichts dagegen, wenn wir sie noch ein bisschen ausbauen, ein paar Szenen zusätzlich, gar kein Problem, du bist hier der Star, vergiss das nicht.«

Das hatte sie nicht vor. Es wurde Zeit, dass Tom sein Testosteron woanders verspritzte und die Frauen das Steuer übernahmen. Luna erkannte eine Waffe, wenn sie sie in der Hand hielt, sonst wäre sie heute nicht hier. Sie würde diesem Schleimscheißer die Selbstgefälligkeit vom Gesicht klatschen.

»Hm, ich erinnere mich plötzlich gar nicht mehr, ob du beim Mittagessen wirklich die ganze Zeit mit mir im Restaurant warst. Vielleicht sollte ich das der Polizei sagen, wenn sie mich vernehmen.«

»Hä?! Was ist das denn für 'ne miese Tour? Ich hab den Tisch keine Sekunde lang verlassen. Soll das die Rache dafür sein, dass ich dich ein bisschen angegraben habe? Wenn du keinen Bock auf Komplimente hast, dann spiel nicht die Sexbombe!«

Wie eine Hyäne witterte Tom Lunas Angst, sobald er die Stimme erhob. Instinktiv schlug er einen noch härteren Ton an, um seine Dominanz zu unterstreichen und ihr den Todesstoß zu versetzen.

»Für wen hältst du dich eigentlich? Von dir lasse ich mich nicht bedrohen! Du wirst die Wahrheit sagen und sonst gar nichts. Du weißt genau, dass ich Michel nicht umgebracht habe. Aber ein lästiges Miststück kann ganz schnell, keine Ahnung, die Treppe runterfallen, zum Beispiel. So was passiert schließlich ständig.«

Luna fixierte ihn einen Moment lang ungerührt, dann wiederholte sie, als würde sie das Thema ändern: »Rosière wäre perfekt als Regisseurin. Es ist ihr Film, ihre Geschichte, ihre Vision. Und Drehbuchautoren, die hinter die Kamera wechseln, die gibt es jeden Tag. Genau wie Produzenten, denen man im Knast den Arsch wund fickt.«

Toms rechte Augenbraue zitterte, und seine männliche Selbstsicherheit bröckelte. Schlussendlich war es gar nicht so schwer gewesen, ihn ins Bockshorn zu jagen. Zur Abwechslung stand Luna mal auf der anderen Seite des Schreckens, und das gefiel ihr. Sie konnte die nächste Gelegenheit kaum erwarten.

Tom starrte sie an. Sein Atem ging schnell, seine Pupillen suchten hektisch nach einem Hinweis, dass sie bluffte. Luna biss die Zähne zusammen und erwiderte seinen Blick kalt. Endlich ließ sie nicht nur in ihren Videos die Peitsche knallen. Langsam hob Tom ein Handy an und scrollte durch seine Kontakte. Ohne die Augen von der Sängerin abzuwenden, schlich er zum Notausgang und schob die Tür mit der Hüfte auf. Während der Alarm losheulte, sagte er ins Telefon: »Hallo, Eva, Tom hier. Ich habe noch mal über dein Angebot nachgedacht. Für die Hälfte der Gage gebe ich dir die Chance.«

20.

»Wow«, rief Dax, begeistert über den riesigen Fernseher.

»Ausgezeichnete Bibliothek«, bemerkte Orsini anerkennend.

Michel Aramédians Wohnzimmerwände waren über und über mit Regalen bedeckt, in denen sich Filmbücher reihten – Bildbände, Biografien von Truffaut, Prévert und Visconti –, aber auch eine stattliche Sammlung von CDs, vor allem klassische Musik, und meterweise DVDs. Commissaire Capestan las ein paar Titel, um sich ein Bild vom Geschmack des Opfers zu machen. Bergman, Godard, Pasolini, Lynch, Kubrick, Resnais … Und die Filme dienten nicht der Deko: Ihre Hüllen wirkten abgegriffen, das Plastik hatte seine Biegsamkeit verloren, war eingerissen. Sie waren zahlreiche Male über diesen gigantischen Schirm geflimmert, der Dax so faszinierte. Die drei Frauen, die von Lewitz und ihm vernommen worden waren, hatten recht gehabt, Michel hatte tiefgründigere Ambitionen gehegt.

Luxuriöse Futons, dicker Teppich, ein Couchtisch, auf dem zwei große marokkanische Aschenbecher inmitten von Zeitschriften thronten: Außerdem war er ein Freund von Komfort in Bodennähe gewesen.

»Wie in drei Teufels Namen lebt man dergestalt?«, fragte Saint-Lô. »Hier gibt es nichts, um sich aufrecht zu halten, weder Tisch noch Stuhl noch Sekretär.«

»Das nennt man Lounge«, erklärte Lewitz.

»Ich nenne es träge.«

»Daraus kommt man unmöglich wieder hoch«, meinte Orsini.

Lewitz scherzte: »Ich mag's, aber mein Rücken ist ja auch noch jung.«

»Hab du erst mal meine vierhundert Jahre auf selbigem, dann treiben dir deine Gelenke die Spötteleien schon aus, du Lümmel«, erwiderte Saint-Lô, der Leichtfüßigste und Flinkste der ganzen Brigade.

»Trotzdem ein bisschen düster. Wenn die Wand zur Küche weg wäre, hätte man mehr Licht.« Orsini klopfte prüfend dagegen.

»Wir wollen die Wohnung nicht kaufen, sondern durchsuchen«, erinnerte Capestan ihn, während sie mechanisch mit Joséphines drallen Fingerchen spielte, die links und rechts aus der Trage ragten. »Dax, du suchst Computer, Tablets, Festplatten, alte Handys, wir nehmen alles mit. Lewitz, du findest raus, ob er neben dem Motorrad vom Studioparkplatz noch ein Auto hatte, und überprüfst Kilometerstand, GPS-Daten, Serviceheft und so weiter. Schau nach, ob irgendwo Garagenschlüssel sind. Wir haben keinen Schimmer, was er außerhalb der Drehzeiten getrieben hat. Gewohnt hat er allein, da gab es zwar eine Geschichte mit einer Schauspielerin, aber …«

»Die hat ihn laut meinem Freund von der *Paris Match* vor drei Monaten verlassen, und seitdem hatte er nichts Neues.

Anscheinend konnte er seine Frauen nie lange halten. Sein Status als erfolgreicher Regisseur hat ihm die Gunst diverser Schauspielerinnen eingebracht, aber seine Gesellschaft hat sie schnell wieder abgeschreckt. Er war, ich zitiere, ›sterbenslangweilig, trist bis zum Gehtnichtmehr, eine erstklassige Spaßbremse und Dumpfbacke vor dem Herrn‹.«

»Stammt das von deinem Freund oder von Rosière?«

»Von beiden«, antwortete Orsini lächelnd. »Aramédian ist wenig ausgegangen, hat nur selten Einladungen von Sponsoren angenommen, gesellschaftliche Verpflichtungen. Ab und zu hat er eine Film- oder Theaterpremiere besucht, aber sonst war er ein Stubenhocker mit einem braven, aufgeräumten Leben.«

»Und kulturbegeistert, im alleinigen Konsum. Gewürzt mit Gras.«

Die Futons waren noch ganz neu, aber schon von Löchern und Cannabiskügelchen übersät. Und wenn man genau hinsah, erkannte man auf dem Vintagemuster auch Flecken von Chips, Schokolade, Kaffee … Der Cordsamt war wohl so saugfähig, dass Michel auf Servietten verzichtet hatte. Die Sauberkeit seiner Wohnung war zweifelsohne das Werk einer Reinigungskraft, die ihr Gehalt mehr als verdiente.

»Dax, was haben die Telefonabrechnungen ergeben?«

Der junge Mann versteifte sich kurz, ehe er lächelnd herbetete: »Sehr wenig Anrufe, aber viele SMS, unter anderem eine Verabredung im Produktionsbüro am Tattag um dreizehn Uhr dreißig.«

Capestan wirbelte herum. »Was? Aber das ist eine wichtige Spur, warum hast du uns das nicht früher gesagt?«

Joséphine gluckste, entzückt über die Karussellfahrt, und klatschte in die Hände, um noch eine Pirouette zu fordern.

»Du hast mich nicht gefragt«, erwiderte Dax gekränkt.

Capestan schaute dem jungen Informatiker ein paar Sekunden lang tief in die Augen und wartete auf eine Art Erleuchtung, aber nichts geschah.

»Hast du die SMS dabei?«

»Nein, die sind im Büro, aber es waren sowieso nur Vorschläge für einen Treffpunkt.«

Na schön. Dann würde sie gleich nach Feierabend noch einmal in die Rue des Innocents fahren und sich ein eigenes Bild machen. Selbst wenn der Inhalt kaum Informationen preisgab, dürfte der Name des Gesprächspartners die Ermittlung einen Riesenschritt voranbringen.

»Und mit wem hat er geschrieben?«

»Droopy.«

»Wie bitte?«

»Droopy. So heißt der Kontakt. Ich dachte, den gibt's gar nicht wirklich, aber Aramédian hatte seine Nummer«, erklärte Dax, ehrlich überrascht.

Orsini rückte den Kragen über seinem Krawattenschal zurecht und erklärte blasiert: »Berühmtheiten codieren die Namen ihrer Kontakte in der Regel, um sie zu schützen. Ich meine, stell dir die Telefonbücher vor: nur VIPs. Die Hälfte des sechsten Arrondissements müsste bei jedem Diebstahl die Nummer wechseln, das geht natürlich nicht.«

Capestan tätschelte ihrer Tochter durch den dicken Stoff der Trage den Bauch.

»Verstehe. Könntest du die Nummer bitte zurückverfolgen, Dax? Ich vermute mal, dass du dabei nicht auf Droopy stößt«, fügte sie mit einem freundlichen Lächeln hinzu.

»Klar. Ich dachte mir schon, dass der ja mittlerweile uralt sein muss.«

Eine Verabredung genau zur Tatzeit, allmählich kamen sie der Sache auf den Grund. Capestan frohlockte innerlich. Niemand würde Droopy als Spitznamen für die lebhafte Rosière wählen, also würde sich der Fall hoffentlich schnell und in ihrem Sinne aufklären.

»Bei Gott, welch ein Chaos!«

Rasch wich Saint-Lô der Lawine aus, die seinen zierlichen Körper beinahe unter sich begraben hätte. Hinter den Türen eines Schranks verbarg sich ein Riesenberg Krimskrams: Hotelaschenbecher, ein Golfschläger, Restaurantsalzstreuer, ein Mokassin, dreißig Kulis, von stinknormalen Plastikdingern bis hin zu silbernen Montblancs, Pullis, Lampen, Besteck, ein BH, ein Duftbäumchen, eine Grabblume aus Porzellan, eine Kantinenkarte …

Capestan wagte sich vor. »Was ist das für ein Zeug?«

Sofort zerrte Joséphine an den Riemen ihrer Trage und streckte neugierig die Hände aus. Capestan trat wieder einen Schritt zurück, und ihre Tochter kreischte frustriert. Ein goldener Karabinerhaken an einem Lederhalsband erregte Capestans Aufmerksamkeit. Sie griff seitlich danach, um dem Schrank nicht zu nahe zu kommen. Am Halsband hing eine Leine mit einer glänzenden Marke, die stolz verkündete: »Pilote Rosière«.

»Das ist Pilous Leine. Eva hat sie wochenlang gesucht. Was hat das zu bedeuten?«

»Das ist das Mordmotiv!«, rief Dax, begeistert über seine Klarsicht.

»Na ja, eine Leine ist ein bisschen dürftig als Grund, um einen Kollegen um die Ecke zu bringen. Andererseits …«

Capestan hob Joséphine aus ihrem Thron und drückte sie Orsini in die Hand, der die glucksende Kleine nach einem kurzen Moment der Entrüstung im Arm wiegte und ihr den Bauch kitzelte. Seine Chefin zog unterdessen wahllos Gegenstände aus dem Schrank, bis sie ganz unten zwei große Müllsäcke bemerkte. Der erste enthielt Hunderte Briefumschläge, der zweite Brieftaschen und Geldbeutel. Capestan nahm je drei Stichproben und breitete sie auf dem Couchtisch aus.

»Eine Postkarte, eine Wasserrechnung und der Auszug eines Treuepunktekontos. Nichts davon ist an Aramédian adressiert. Die Brieftasche gehört einem Selim Djila, die Geldbeutel Georgina Felou und Sienna Prat. Ich glaube, unser Opfer war Kleptomane, und wir haben gerade seine Diebesbeute gefunden. Wir packen alles ein«, sagte sie an Orsini gewandt und streckte die Arme nach Joséphine aus, um sie wieder an die mütterliche Brust zu holen.

Der Capitaine gab seine pausbäckige Bürde mit einem Anflug von Bedauern ab und nahm dann seinerseits den Schrank unter die Lupe. Behutsam legte er etwas Smaragdgrünes frei, das unter einem Haufen Feuerzeuge begraben war, bis er schließlich ein prächtiges Armband aus Edelsteinen und Weißgold in der Hand hielt.

»Das sind echte Steine, die sind ein Vermögen wert«, diagnostizierte er. »Als Kleptomane war der Kerl offenbar verflixt talentiert. Und was das Motiv angeht, scheint mir dieser Armschmuck vielversprechender als Pilous Halsband.«

Capestan nickte nachdenklich. »Vielleicht hatte er noch andere Verstecke. Ich sehe mal nach, ob es ein Büro gibt. Ihr kümmert euch um Wohnzimmer, Schlafzimmer, Küche, Bad …«

Das Büro war ebenso groß wie das Wohnzimmer, und ein zweiter Flachbildfernseher bedeckte die halbe Wand. In einer offenen Truhe links daneben türmten sich achtlos Action-DVDs: *The Expendables, Transformers, Rambo, Taxi*. Keinerlei Einheitlichkeit von Genre oder Alter, aber eine gleichmäßige Verachtung für diese Art von Filmen, die nur den Lebensunterhalt sicherten.

Mit Ausnahme der Truhe war das Büro relativ ordentlich, die Papiere waren sortiert und abgeheftet. Hinter dem Schreibtisch hing eine Korkplatte mit Storyboard-Zeichnungen und Dutzenden nummerierten Karteikarten. Joséphine strampelte mit den Beinchen. Nach einer Stunde in der Trage wurde sie immer unruhig. Capestan musste bald aufbrechen. Sie summte ihrer Tochter *In dem Walde steht ein Haus* vor, während sie sich drei Ordner mit der Aufschrift »Versicherung«, »Finanzamt« und »Bank« schnappte und ins Wohnzimmer zurückkehrte.

»Capitaine …« Sie überreichte Orsini ihren Fund. »Sie bringen die Durchsuchung zu Ende, ich bin weg.«

Michel Aramédians Wohnung befand sich nur einen Katzensprung vom Park in der Rue de Bretagne entfernt, dort konnte Joséphine im Sandkasten spielen, auch wenn Capestan sie im Anschluss von Kopf bis Fuß mit der Nagelbürste abschrubben musste.

Eben im Büro vor der Korkplatte hatte ihr Töchterchen genau in dem Moment zu zappeln angefangen, als sich ein Gedanke in Capestans Hirnwindungen geregt hatte. Das stutzige Gefühl war immer noch da, aber es wollte ihr partout nicht gelingen, seiner Quelle auf die Spur zu kommen. Und als Joséphine die erste Handvoll Sand und Bakterien schluckte, rückte alles andere in den Hintergrund.

21.

Sie waren am Strand und sahen das Meer nicht. Das befand sich bestimmt ganz am Ende des künstlichen Küstenstreifens. Da sich allerdings auch die Sonne nicht blicken ließ, war das nicht so schlimm. Ein Schild verkündete, dass Picknicke und Hunde verboten seien. Das war zwar unschön, aber zur Not hätte Anne Capestan dafür Verständnis aufbringen können, wäre nicht weiter hinten, wo das Wasser sein musste, eine Reihe von Reitern in aller Seelenruhe auf dem Rückweg zum Gestüt gewesen. In Deauville durften Kinder nicht in ein Sandwich beißen, aber Pferde sechs Kilo Äpfel auf Sandburgen schmeißen. Ansonsten war es hier natürlich wunderschön, die Straßen waren breit, die Grünflächen groß, die Luft war frisch. Alles verströmte Ordnung und Opulenz, man erhielt die geschmackvollen Fassaden, um die kitschigen Boutiquen zu kompensieren. Wie Saint-Tropez gehörte auch Deauville, dieses einundzwanzigste Arrondissement von Paris, zu den Orten, an denen man leichter Sandalen für tausend Euro bekam als Sandspielzeug für vier fünfzig. Trotzdem hatte Capestan begeistert den Buggy durch die schicken Fußgängerzonen geschoben, in denen selbst im August kein Gedränge herrschte, die Ellbogen ausgefahren, um den Platz zu genießen, und für ein paar Stunden den Frust einer Pariser Maman vergessen, die ständig Abbitte leisten oder aggressiv sein musste, um vom Gemüseladen zum Minimarkt zu kommen. Dieselbe Erleichterung hatte sie auch bei Basile Diament neben sich gespürt, diesem Mount Everest von Mann, der endlich die Schultern straffen und die Brust strecken konnte, ohne befürchten zu müssen, der gesamten Stadt die Sonne zu rauben. Sie hatten beim Bäcker an der Place de Morny haltgemacht. Eine alte Dame mit einem gepflegten Dutt vor ihnen hatte sich über die Knappheit des Feingebäcks ereifert. »Keine Brioches à Tête mehr?! Und das um zehn Uhr morgens!« Schließlich hatte sie sich für ein Croissant entschieden und beim Bezahlen jede Münze zweimal umgedreht, um mit ihren müden Augen den Wert zu überprüfen. Dabei hatte sie vor sich hin geschimpft: »Hoffentlich ist bald September, dann kehrt wieder das normale Leben ein.« Also ein Leben mit Brioches à Tête.

Den Mund voll Pains au Chocolat, die zwar bestimmt nicht so gut waren wie die Brioches, aber Körper und Geist erquickten, waren Capestan und Diament am Hotel Le Normandy und dem Casino vorbei über die Allee zur Strandpromenade spaziert und folgten ihr nun bis zum Außenset, wo Gaétan einen Tag lang arbeitete. Er spielte eine Nebenrolle im Film eines Freunds. Und statt die Vernehmung auf den nächsten Tag zu verschieben, hatte Capestan spontan diesen kleinen Ausflug organisiert.

Sie erreichten den Drehort mit den unvermeidlichen jungen Assistenten ringsum, die die Zugänge überwachten. Sie trugen blasierte Mienen unter zerzausten Frisuren zur Schau und präsentierten lässig ihre Walkie-Talkies, aber jeder merkte ihnen die Freude an, hier zu sein, ganz vorne zu stehen, wo die Schaulustigen sie beneiden konnten. Damals, vor ihrem ersten Absperrband, mit der nigelnagelneuen Waffe und Polizeiarmbinde, hatte Capestan sich sicher ähnlich gegeben. Weniger prahlerisch als noch in ihren Frischlingsjahren wiesen Diament und sie sich aus und sahen sich sogleich nach Gaétan um.

Der tauchte auf, verschwand wieder, tauchte auf und so weiter und so fort, ungefähr ein Dutzend Mal. Als sie näher kamen, entdeckten sie ein großes Trampolin und darauf den Schauspieler, angeschirrt mit zwei dicken Gummibändern, die ihrerseits an zehn Meter hohen Stangen befestigt waren. Mit ernstem, durchdringendem Blick hinter einer schwarzen Augenmaske flog Gaétan im rot gemusterten Superheldenkostüm durch die Luft. Von Zeit zu Zeit versuchte er sich an einem gewagteren Sprung oder einer Schraube, und unweigerlich zügelte ihn die Stimme des Regisseurs aus dem Megafon: »Nein, cleaner, nicht so effekthascherisch.« Nach einer Weile ließ Gaétan sich ein paarmal abfedern, bevor er ganz zum Stillstand kam und sich an seinen Freund wandte.

»Also echt, Rémi, noch cleaner, und ich bin ein Flummi. Du musst mir schon ein bisschen Spielraum geben.«

»Okay, okay, noch mal von vorn.«

»Einen Moment!«, rief Capestan schnell, ehe Gaétan wieder den Himmel stürmte. »Monsieur Bulinski, Commissaire Capestan, Lieutenant Diament, wir hatten noch ein paar Fragen, erinnern Sie sich?«

Gaétan trat mit angemessen gummiartigem Gang an den

Rand des Trampolins und legte sich auf den Bauch, um mit ihnen zu reden.

»Natürlich, guten Tag. Es ist bloß …« Er beugte sich vor und flüsterte: »Ich habe nur diesen einen Tag, um die Szene abzudrehen, davor war mein Terminkalender voll, und danach ist das Budget verbraucht. Wenn es Sie also nicht allzu sehr stört, würde ich gerne mit der Probe weitermachen. Sie können mir die Fragen zurufen, wenn ich hier unten aufkomme, das höre ich problemlos.«

»Abababa!«, verkündete Joséphine zustimmend aus ihrem Buggy.

»Danke, sehr nett.« Gaétan kehrte in die Mitte des Sprungtuchs zurück.

»Aber …«

Capestan wandte sich an ihre fröhlich in die Hände klatschende Tochter, um sie höflichst zu bitten, sich um ihre eigenen Angelegenheiten zu kümmern. Diament zuckte mit den Schultern.

»Zu spät.«

Gaétan sprang schon wieder drauflos und nutzte seinen Spielraum mit rühmlicher Energie aus. Auf Capestans Nicken hin begann Lieutenant Diament die Vernehmung. Sein Stimmvolumen machte der Größe seines Brustkorbs alle Ehre.

»In welcher Beziehung standen Sie zum Opfer?«, rief er, als Gaétans Füße das Trampolin berührten.

Der Schauspieler hob ab und antwortete während des anschließenden Falls.

Rund ein Dutzend Rückwege waren nötig, um das rein professionelle, aber freundliche Verhältnis zu schildern, das ihn über drei gemeinsame Projekte hinweg mit Michel Aramédian verbunden hatte. Trotz leichter Nackenschmerzen lauschten die Polizisten interessiert. Gaétan Bulinski schien ganz offen zu sprechen. Erst als Diament sich nach seinem Verbleib zwischen dreizehn und vierzehn Uhr erkundigte, wurde er vager. Angeblich hatte er »ein Schläfchen gehalten«.

»Und es dann mittendrin unterbrochen?«, fragte Diament schärfer, kurz bevor Gaétan wieder auf dem Sprungtuch aufsetzte.

Der Schauspieler flog von dannen, und diesmal spürten die Polizisten, dass er die Zeit auch nutzte, um über seine Antwort nachzudenken.

»Unterbrochen, sagen Sie?«

Nächster Höhenflug. Gaétan hatte sich besonders fest abgestoßen.

»Die Überwachungskamera hat Sie um dreizehn Uhr achtzehn und dreizehn Uhr dreiundzwanzig in der Eingangshalle erfasst.«

»Ach ja? Sind Sie sicher?«

Der Set leerte sich allmählich, wahrscheinlich Mittagspause, doch Gaétan sprang weiter. Er ist außergewöhnlich gut in Form, dachte Capestan bei sich. Allerdings lieferte er schon seit zwei Sprüngen keine Antwort mehr, und in Diament schwelte die Ungeduld. Seit seiner Ankunft in der Brigade zwang der Lieutenant sich immer seltener zu dieser stoischen Ungerührtheit aus der Zeit vor seiner Verbannung. Der Gladiator drängte unter der Rüstung hervor.

»Ja«, bestätigte er drohend.

Der Regisseur und die Drehbuchassistentin traten an den

Fuß des Trampolins und diskutierten mehrere Minuten lang über digitale Effekte und die Nachbearbeitung der Gummibänder, bevor sie, immer noch ins Gespräch vertieft, in Richtung Regiewagen verschwanden. Gaétan gönnte sich unterdessen keine Sekunde Pause.

»Daran erinnere ich mich nicht, wahrscheinlich habe ich geschlafwandelt«, stieß er, inzwischen leicht atemlos, hervor. »Alles Weitere können Sie mit meinem Anwalt klären.«

Diament drehte sich kurz zu seiner Chefin und wartete auf ein Zeichen der Zustimmung. Mit einem Lächeln gab sie ihm grünes Licht. Sofort schoss der linke Arm des Lieutenant zum Trampolinrand. Mit einem Schwung hievte er sich hoch und packte Gaétan am Geschirr, dann ließ er sich mit seinem gesamten Kampfgewicht wieder zu Boden fallen und zerrte den überraschten Schauspieler mit sich. Die Gummibänder waren bis zum Zerreißen gespannt. Diament brachte Gaétans Gesicht ganz nah zu seinem. Die Arme und Beine des Superhelden ruderten hilflos durch die Luft.

»Jetzt halt gefälligst mal zwei Minuten still und erklär mir, was du zwischen dreizehn und vierzehn Uhr getrieben hast!«

»Ist er verrückt geworden? Ich erstatte Anzeige!«, japste Gaétan.

Die aufgerissenen Augen unter der Maske wandten sich an diejenige, die er als Vorgesetzte erkannt hatte.

»Ach, wissen Sie, ich bin in Elternzeit«, meinte Commissaire Capestan. »Aber an Ihrer Stelle würde ich schnell antworten, sonst heißt es *Reiseziel Mond*.«

Diament zog noch ein wenig stärker am ächzenden Gummi und löste, dicht neben dem Kinn des Schauspielers, langsam einen Zeigefinger vom Geschirr. Gaétan geriet in Panik.

»Ich habe Seife gekocht!«

Diament schüttelte den Kopf und ließ den Daumen folgen.

»Aaah! Das ist die Wahrheit, ich schwör's, ich koche Seife während der Mittagspause, zur Entspannung!«

Gaétans Stimme zitterte so ängstlich, dass Diament ihm schließlich glaubte. Er festigte seinen Griff wieder und hakte nach.

»Wie das?«

»Mit Natrium, Olivenöl, ein bisschen Kokosöl, destilliertem Wasser und Lavendel. Ich arbeite im Kaltverfahren, dafür braucht man ein sehr genaues Thermometer. Das hatte ich im Kofferraum vergessen, deswegen musste ich noch mal zu meinem Auto.«

Gaétan hatte seine Rede in einem Atemzug hervorgestoßen. Jetzt, da sein Gewissen erleichtert war, trat eine neue Sorge in den Vordergrund.

»Das alles bleibt aber vertraulich, oder? Kein Wort zur Presse?«

»Ja, Ermittlungsgeheimnis«, bestätigte Diament. »Haben Sie Beweise? Seifen vom Tag X, die Sie uns zeigen können?«

Gaétan wich dem Blick des Lieutenant aus, und Diament rüttelte auffordernd am Geschirr. Da beschloss der Schauspieler, die ganze Wahrheit zu sagen.

»Ja, ja, die habe ich. Ich lasse sie aushärten und ritze die Namen von Schauspielern ein, die gerade im Kommen sind. Dann wasche ich mir die Hände damit und sehe zu, wie sie nach und nach verschwinden«, vertraute er ihnen träumerisch an. Kurz darauf kam er wieder zu sich und schleuderte dem Lieutenant entgegen: »Na bitte, jetzt haben Sie, was Sie wollten, also lassen Sie mich los!«

Diament gehorchte, ohne nachzudenken. Er öffnete die Fäuste, und der Schauspieler schoss davon wie ein kreischender Pfeil. Nach einem Moment der Sorge entspannte der Lieutenant sich wieder, als Gaétan mit schlaffen Gliedern eine Bruchlandung auf dem Sprungtuch hinlegte. Das rote Superheldenkostüm glänzte in der Sonne.

»Er riecht wirklich gut nach Lavendel«, bemerkte Diament.

22.

Alle Schauspieler waren weg. Die Technik hatte, nachdem sich die erste Panik gelegt hat, Vernunft angenommen, immerhin war kein weiteres Verbrechen gefolgt. Fünfhundertsieben Stunden Arbeit pro Jahr, um den Anspruch auf Arbeitslosengeld nicht zu verlieren, hielten davon ab, bei jeder kleinen Leiche gleich die Flucht zu ergreifen. Die Schauspieler allerdings wollten ihr Image nicht gefährden. Ein Mord ginge ja noch an, der könnte dem Film sogar eine Extraportion Nervenkitzel verleihen und die Promo ankurbeln, aber der Abflug der beiden Stars machte das Ganze zum Himmelfahrtskommando. Achille hatte die Gelegenheit beim Schopf gepackt, seine Agentin hatte im richtigen Moment die richtige Klausel ausgegraben, und er war auf und davon. Gaétan hatte zuerst auf den Regiestuhl spekuliert, aber als Eva Rosière schneller gewesen war, hatte auch er dieses von seinem Kumpel für fahruntüchtig befundene Schiff verlassen. Dass Luna mit der Unterstützung der Fernsehsender geblieben war, hatte ihre übrigen Kollegen nicht überzeugt. Klar: Ein Film, den die Stars der Branche verschmähten, aber eine RnB-Sängerin ehrte, kam einem zweifachen Verlust der Schauspielehre gleich.

Aktuell hatte Rosière also niemanden mehr vor der Linse außer Luna. Nicht einmal Komparsen, denn auf dem Drehplan standen die Innenszenen im trauten Kommissariat. Heute sollte sie die erste Szene ihres Lebens drehen – vor leerer Kulisse. Sie war weder traurig noch enttäuscht, nicht einmal besorgt wegen der schwerwiegenden Ermittlung gegen sie. Nur völlig neben der Spur. Ohne jede Lösung.

Tom hatte ihr die Neuigkeit gerade, kurz vor Arbeitsbeginn, verkündet. Rosière war schon seit fünf Uhr morgens da. Mit einem schlaftrunkenen und miesepeterigen Pilou im Schoß hatte sie in einer Ecke des Sets gesessen und alles geplant, notiert, antizipiert, ganze Notizbücher vollgekritzelt, Listen erstellt, tausend Dinge in den auf die Schnelle gekauften Handbüchern nachgeschlagen. Wie viele hochkatapultierte Autoren wusste sie eigentlich, dass sie auf ihr Technikteam zählen konnte, aber sie hatte sich schon immer alles selbst beigebracht. Deshalb hatte sie mit 16- und 32-mm-Objektiven herumprobiert und ein grobes, so schlecht gezeichnetes Storyboard entworfen, dass nur sie darauf einen Hocker von einer Cancan-Tänzerin unterscheiden konnte. Aber sie hatte sich für ihre neue Aufgabe gerüstet. Ein Film VON Eva Rosière. Sie war die Chefin.

Und zack, innerhalb von drei Minuten erklärte Tom, dass niemand mehr da sei, den sie führen könnte.

»Ich hab ganz Paris abtelefoniert, die Agenten machen dicht oder versuchen, mir Nulpen fürs Dreifache anzudrehen. Du wolltest den Job unbedingt, also besorg dir selbst deine Juwelen zum Discountpreis. Aber ich warne dich, wenn ich auch nur für einen einzigen Drehtag zusätzlich blechen soll, schmeiße ich alles hin. Jetzt kannst du beweisen, was du draufhast.«

Sie hatte weder die Zeit gehabt noch das Risiko eingehen wollen, ihm zu raten, einen anderen Ton anzuschlagen. Sie war still in Panik ausgebrochen, aus ihrer Ecke herausgekommen, um sich umzuschauen, und seitdem stand sie hier untätig herum. Kurz hatte sie darüber nachgedacht, Capestans Mann Paul anzurufen, aber der saß im Gefängnis, war also verhindert. Die geschminkte, gestylte, drehbereite Luna beobachtete sie skeptisch, was sie noch mehr entmutigte.

Plötzlich tauchte Louis-Baptiste Lebreton auf. Pilou schoss pfeilschnell los und schlitterte kläffend über den Wachsbeton, bis er gegen die Beine des Polizisten prallte. Anschließend sprang er freudig im Kreis und wedelte so heftig mit dem Schwanz, als wollte er einen Hubschrauber abheben lassen. Sein Freund war da, er war wirklich da! Lebreton warf dem Hund ein Lächeln zu. Beim Anblick seiner vertrauten Hollywoodschönheit fiel Rosière ein Stein vom Herzen. Da war er, ihr Schauspieler, ihr Hauptdarsteller, ihr Star. Dieser Mann war wie geschaffen für die große Leinwand.

»Hallo, Eva, wir sind heute zu siebt, wir schauen uns weiter um, nicht wundern. Bis …«

»Wie lange brauchst du, um zwei Seiten Text zu lernen?«

»Wie bitte?« Lebretons Lächeln wurde unsicher.

Mit drei wogenden Schritten war Rosière neben ihm.

»Nein, warte, wir drucken alles groß aus und halten es neben die Kamera. So arbeitet Depardieu auch, wenn er blau ist, also nimmt es dir als Debütant sicher keiner krumm.«

»Was krummnehmen? Wieso Debütant?«

Rosière legte Lebreton die reich beringten Hände auf die Schultern. »Du bist meine neue Hauptrolle, Louis-Baptiste, du musst einfach Ja sagen, du bist meine letzte Rettung. Du hast doch bestimmt schon immer davon geträumt, Schauspieler zu werden, oder?«

»Nicht sonderlich. Eigentlich überhaupt nicht. Ich glaube, dafür bin ich der Falsche, frag einen Profi. Es ist ja nett, dass du gleich an deine Freunde denkst, aber nein. Wirklich nicht. Danke, Eva.«

»Es geht nicht drum, dir einen Gefallen zu tun. Hör zu.«

Rosière erklärte ihrem Partner, wie alles zusammenhing. Der bemerkte mit einer gewissen Ironie, dass bei ihr im Moment so einiges gerettet werden müsse, Unschuld, Karriere, was Rosière weder ein Lachen noch Protest entlockte, sie wollte nur eins: Louis-Baptiste Lebreton, das Ebenbild aller Halbgötter, vor ihre Linse bekommen, ihren Text sprechen hören. Nach langem Hin und Her gab der Commandant widerwillig nach.

Inzwischen waren sie beim dritten Take. Nach und nach waren auch Dax, Évrard, Lewitz, Orsini, Diament und Saint-Lô an den Set geschlendert. Sie hatten ihre Ermittlung für ein paar Minuten unterbrochen und frönten dem simplen Vergnügen, sich über einen Kollegen lustig zu machen, der den großen Zampano markierte.

Rosière allerdings starrte sprachlos auf ihren Monitor, die Augen aufgerissen wie ein Fisch auf dem Trockenen. Keine Texthänger oder Positionsfehler, Aussprache und Sprechintention wirkten nicht übertrieben, Lebreton klang noch ein bisschen amateurhaft, aber das war nicht tragisch. Trotzdem hatte er so viel Ausstrahlung wie eine Stehlampe ohne Glühbirne. Der charismatischste Mann, den sie kannte, behielt seine Leuchtkraft dem echten Leben vor. Vor der Kamera wurde er zum Stock, zum Ektoplasma, zum Model für Socken und Schlafanzüge. Der Aufnahmeleiter mit seinen dreißig Jahren Erfahrung beobachtete Rosière aus dem Augenwinkel, die Anfängerin, die gerade erst die Macht der Objektive entdeckte, Partikel zu filtern und Moleküle neu zu verteilen, um zu verklären oder zu vergraben.

Weil sie ganz sichergehen wollte – und keine Ahnung hatte, was sie sonst tun sollte –, drehte sie einen Take nach dem anderen, bis sie schließlich kapitulierte. Sie dankte ihrem Partner überschwänglich, nahm ihn am Handgelenk und führte ihn taktvoll ein Stück weg.

»Du bist der Beste, mein Großer, aber du hast recht, die Dreharbeiten dauern noch Wochen, und ich will unsere Freundschaft nicht überstrapazieren. Ich reiße mich zusammen und überleg mir was anderes.«

Lebreton musterte sie schweigend, verlagerte das Gewicht aufs andere Bein und sagte: »Ich war schlecht.«

»Richtig beschissen.« Und ohne weiteres Federlesen wandte Rosière sich an ihre übrigen Kollegen, die sich, sehr zur Verärgerung der Filmcrew, feixend um den Set drängten. »Hält sich hier irgendwer für Al Pacino?«

Évrards Hände stießen einen verwirrten Dax nach vorn. Rosière traute sich nicht zu fragen, ob wirklich niemand anderes wollte.

»Okay, dann gebe ich dir den Text.«

»Welchen Text?«

»Den für die Szene gerade.«

»Ach so, nein, danke, die haben wir schon so oft gesehen, ich habe keine Lust, sie noch mal zu lesen.«

»Erinnerst du dich denn gut genug, um sie zu spielen?«

Dax deutete mit dem Daumen auf Luna. »Klar, ich kann sogar ihre Antworten mitmachen.«

»Nein, nein, nur den Part des Manns. Ich zeige dir deine Markierungen, und Zélie pudert dich ein bisschen ab.«

»Okay, aber meine Haare bleiben, wie sie sind«, meinte der Lieutenant und strich sich über die steif gegelte Frisur.

Zwanzig Minuten später gab Eva Rosière atemlos und starr vor Erstaunen das Kommando für den zweiten Take.

»Ist er nicht schön?«, flüsterte Blanche Évrard.

Rosière nickte perplex.

»Ja. Wunderschön.«

Am Set spielte Dax gerade völlig natürlich den Ball zurück an Luna. Er strahlte Stil, Lässigkeit, eine seltene Präsenz aus. Ganz männlich schaute er ihr in die Augen, bis sie mit einer ungewohnt frischen Vergnügtheit die Große Versöhnung einläutete, wie Rosière es nannte. Sofort wurde Dax rot und senkte den Blick, was seiner Figur etwas bezaubernd Schüchternes verlieh. Er trat von einem Fuß auf den anderen und betrachtete die Sohlen seiner Schuhe, während er seinen Text sprach.

»Und dazu noch gut«, fügte Évrard liebestoll hinzu.

»Ja!«, bestätigte Rosière, die es immer noch nicht fassen konnte.

Ihre Augen huschten zwischen Set und Monitor hin und her, als müsste sie überprüfen, dass es sich tatsächlich um denselben Mann handelte.

»Sein Blick ist so …« Évrard suchte nach dem richtigen Wort.

»Wach! Sein Blick ist hellwach, und er wirkt intelligent«, beendete Rosière ungläubig ihren Satz.

Sie drehte sich zum Kameramann und flüsterte ihm etwas zu. Der kontrollierte ein paar Einstellungen und schüttelte den Kopf, woraufhin Rosière sich wieder vor ihrem Regiemonitor postierte und die Szene mit einem breiten Lächeln auf dem verblüfften Gesicht verfolgte.

Blanche Évrard fragte sich, warum ihre Kollegin so überrascht war. Natürlich war Dax großartig. Wie diese Luna ihn anschaute, gefiel ihr allerdings ganz und gar nicht. Die sollte ihr nur nicht ins frisch abgesteckte Gehege kommen. Sie spielte zwar eine knallharte Polizistin, aber die echte knallharte Polizistin war Évrard. Luna war bloß Sängerin. Und Schauspielerin. Und potenzielle Mörderin. Trotzdem …

Évrards Augen verschleierten sich vor Glück. Dax. Anfangs hatte sie ihn, genau wie alle, für unglaublich dumm, unterbelichtet, hirnverbrannt gehalten. Aber nach und nach war ihr noch etwas anderes ins Herz gesprungen: Dax war mutig, zuverlässig, aufmerksam, freundlich und absolut ehrlich – Qualitäten, die kein noch so hoher IQ garantieren konnte. Und er war witzig. Klar, meistens unfreiwillig, aber das war nicht weniger amüsant, und er hatte ein dickes Fell.

Zum ersten Mal in ihrem Leben fühlte Évrard sich gesehen, gehört, geliebt. Der Nichtsnutz Dax war ihr Ein und Alles, ein Wunder.

»Danke!«, beendete Rosière die Szene und klatschte begeistert Beifall.

Die gesamte Crew stimmte ein und würdigte die Verwandlung eines hilfsbereiten Polizisten in einen außerordentlich vielversprechenden Schauspieler.

»Bravo, Dax, das war hervorragend«, rief die Regisseurin und studierte ihren neuen Hauptdarsteller mit konzentrierter Miene auf dem Monitor.

»Vielen Dank, Capitaine. Müssen wir nicht noch mal von vorn anfangen? Ich habe vergessen, wo meine Markierungen sind, und den ganzen Boden abgesucht, aber nichts gefunden.«

»Nein, keine Sorge, das war perfekt so.«

Dax' Kollegen aus der Brigade klatschten nicht, sondern schwiegen fasziniert und betrachteten den Lieutenant mit neuen Augen. Blanche Évrard strahlte vor Stolz. Rosière gesellte sich zu ihnen.

»Na, wer will noch sein Glück versuchen?«

Langsam hoben sich die Hände, und die Münder verzogen sich fröhlich. Ein Stück abseits strich Louis-Baptiste Lebreton sich das Haar zurück und bemerkte: »Ich ermittele dann wohl mal allein weiter.«

23.

Blanche Évrard war glücklich, sie war verliebt, sie fühlte sich unbesiegbar an diesem Nachmittag. Sie brannte darauf, wieder zu spielen. Bei so viel Massel auf ihrer Seite hörte sie schon die Automaten klingeln und die Roulettetische bersten, sah die Karten fliegen, Asse, Hofkarten, jede Runde einundzwanzig Punkte, jede Hand ein Blackjack. Ihr Glück war ein hoher Einsatz, vielleicht würde sie untergehen, so wie vorher, in ihrem alten Leben, ihrer früheren Identität. Die Versuchung war kribbelnd nah, nur ein paar Bahnstationen entfernt in Enghien-les-Bains.

Doch es gab noch einen schnelleren Weg, um alles zu verlieren: Luna. Für die Vernehmung hatte die Sängerin ihre gesamte Entourage einbestellt und thronte wie eine Königin inmitten ihres Heers von Riesen in Anzug und Kapuzenpulli. Dazwischen zwei Normalsterbliche: Anwalt und Manager. Nur Männer. Aber das machte ihr keine Angst, redete Évrard sich ein. Luna besaß diese alles beherrschende, alles unterwerfende Schönheit, um die die Polizistin andere manchmal beneidete. Man sah sie so selten, sie schlüpfte unmerklich in den Raum wie ein laues Lüftchen, die Worte glitten durch sie hindurch, man unterhielt sich über sie, über ihre Meinung hinweg, ohne ihr zu widersprechen, ohne sie anzuschauen, ohne sie vergessen zu müssen, denn man hatte sie nicht einmal bemerkt. Nur durch die Würfel in ihrer Hand existierte Évrard. Und natürlich durch Dax. Ihr sanfter Lieutenant, den sie ganz für sich allein gehabt hatte, ehe Rosière ihn ins Licht der Scheinwerfer, in Lunas Glanz getrieben hatte.

Ohne die Würze dieser Feindseligkeit wäre die Vernehmung sterbensfade gewesen. Vorformulierte Antworten, einstudierte Gefühle, eine Sprache, die direkt aus dem Gesetzbuch zu stammen schien: Luna sang Play-back. Ja, zum Zeitpunkt des Mords hatte sie mit dem Produzenten zu Mittag gegessen, der sie zwar bedrängt, den sie aber zurückgewiesen hatte, nein, sie war nicht mit einem Messer zum Produktionsbüro gelaufen, ja, der Regisseur hatte sie fördern wollen, nein, sie hatte keinerlei Interesse daran gehabt, ihn aus dem Weg zu räumen. Évrard dehnte die Angelegenheit über die Grenzen des Vertretbaren aus und beschäftigte den Star und sein Gefolge seit über zwei Stunden für nichts und wieder nichts. Sie wollte die Mauer zum Einsturz bringen, jonglierte mit der Geduld der Gruppe und riskierte dabei ständig ein Einschreiten des Anwalts. Ein Glücksspiel wie jedes andere.

»Schön, schön«, sagte sie in einem Ton, der normalerweise ein Gespräch beendete. »Kommen wir noch einmal zurück zum Anfang. Sie sind in La Courneuve geboren, und Ihr Vater ist …«

Luna explodierte. Trotz der ausgestreckten Anwalts- und Managerhände sprang sie auf und baute sich zehn Zentimeter vor den ausgetretenen Chucks der Polizistin auf.

Kalt wie eine Statue funkelte sie sie von oben herab an und kippte ihr den Inhalt ihrer Handtasche auf den Schoß.

»Geh mir nicht länger auf den Sack, Scheißbullenschlampe. Bitte schön, bedien dich, da hast du meinen Pass, meine Versicherungskarte, meine Bankkarten, meinen Lippenstift mit ordentlich DNA dran, für den Film hier haben die mich dreimal geröntgt, mir zweimal Blut abgenommen und ein Belastungs-EKG gemacht, die Ergebnisse brauchst du bloß bei der Krankenkasse anfordern, was mein Strafregister angeht, weißt du ja, wo du suchen musst, und jetzt verpiss dich, hau ab!«

Luna vollführte eine halbe Drehung, als stünde sie auf einer großen Showbühne, und rauschte aus der schmucklosen Garderobe.

Ja, dachte Évrard, während sie die Sachen einsammelte und sorgfältig untersuchte, dein Strafregister habe ich schon, und es ist mitteilsamer als du.

24.

Das Büro des Generalstaatsanwalts Fabrice Michandier befand sich immer noch im Ancien Palais. Wobei »Büro« eigentlich nicht das richtige Wort war: Es handelte sich vielmehr um einen Abstellraum, in dem sich die Akten bis unter die Decke stapelten. Nach der Lage zu urteilen, müsste das Fenster hinter den Kartons auf die Seine hinausgehen, schätzte Louis-Baptiste Lebreton.

Der Commandant war in Begleitung von Dax, der an diesem späten Nachmittag Drehpause hatte. Die Bemerkungen des Lieutenant, die mit ihrem Hang zum Absurden knapp an der Dichtkunst vorbeischrammten, würden die perfekte Ablenkung für Michandiers Jähzorn bilden. Der sonst so pingelige und verbitterte, aber objektive Mann des Rechts bewegte sich in diesem Fall hart an der Grenze der Befangenheit. Lebreton hatte sich die Folgen der Fernsehserie angesehen, in denen Rosière ihn porträtiert hatte, und eine solche Behandlung brächte selbst die sanftmütigsten Egos auf die Palme. Michandier, der sich im realen Leben oft mit dem Kuli am Kopf kratzte, hatte dummerweise einen Verdächtigen wieder auf freien Fuß gesetzt, den einer von Rosières Freunden zuvor heroisch verhaftet hatte. Dafür hing ihm die halbe Staffel lang ein Stift aus der Nase.

Mit gereizten Bewegungen blätterte der Staatsanwalt die Akte durch, ohne die Unterlagen zu lesen. Irgendwann hielt er inne und fragte: »Was sind das für Telefonabrechnungen? Ich habe nichts unterschrieben.«

»Das war ich, die sind gehackt«, antwortete Dax stolz.

Michandier hob verwirrt den Blick.

»Aber warum? Ich hätte Ihnen einen Beschluss ausstellen können, dann hätten Sie sie legal bekommen. Jetzt sind sie vor Gericht unzulässig.«

Verärgert beugte Dax sich vor.

»Unzulästig? Das hätten Sie mir doch sagen müssen, woher soll ich das denn wissen? Okay, dann packe ich sie zurück und fordere sie mit Ihrem Beschluss an.«

Der Jurist musterte den Polizisten einen Moment lang unschlüssig, so wie alle Menschen, die zum ersten Mal mit Dax zu tun hatten. Schließlich vertiefte er sich wieder in die Akte und suchte ein Dokument, das offensichtlich nicht da war.

»Wann wollen Sie Capitaine Rosière in Gewahrsam nehmen? Sie ermitteln schon vier Tage, worauf warten Sie noch? Dass ich es anordne?«

Mit einem solchen Frontalangriff hatte Lebreton nicht gerechnet. Dieser Fall bereitete ihm, der akribisch das Gesetz achtete und allergisch gegen Mauscheleien war, wachsendes Unbehagen. Die Brigade fischte ungeniert im Trüben, indem sie einen Großteil der Tatbestandselemente bewusst aussparte. Allerdings legitimierten die vielfältigen Spuren, dass sie sich bisher nicht auf so abschüssiges Terrain wie den Polizeigewahrsam gewagt hatten, deshalb konnte Lebreton ruhig antworten.

»Zu diesem Zeitpunkt haben wir noch keinen ausreichenden Beweis für ihre Schuld. Außerdem kooperiert sie bereitwillig, und es besteht keine Fluchtgefahr. Dementsprechend gibt es keinen Grund …«

Michandier schlug mit der flachen Hand auf den Schreibtisch, was Dax zusammenzucken ließ.

»Sie ist die Einzige, die ein Motiv hat! Ihr Mangel an Urteilsvermögen grenzt an Begünstigung. Der Interessenkonflikt liegt klar auf der Hand. Ich begreife einfach nicht, wie Fomenko Ihnen diesen Fall anvertrauen konnte.«

»Im August ist keiner da außer Ihnen und uns, Monsieur le Procureur«, erwiderte Lebreton besänftigend.

»Sie waren schon im Juli weg, was?«, bemerkte Dax, während er den Stiftehalter betrachtete. »Da war das Wetter wohl richtig gut, die Haut an Ihrer Stirn hat sich geschält. Wo waren Sie?«

»Öh … in der Nähe von Quiberon, aber das tut hier nichts zur Sache«, meinte Michandier ausweichend. »Ich habe gehört, Rosière dreht gerade ihren Film?«

»Genau. Sie ist beurlaubt.«

Ein schmales Raubtierlächeln verzog die Lippen des Staatsanwalts.

»Eine solche Verpflichtung hätte sie lieber nicht eingehen sollen, ohne zu wissen, was die Zukunft für sie bringt.«

Er strich langsam mit dem Daumen über die Kante der Akte und ließ das Gummiband schnalzen, das die Dokumente zusammenhielt.

»Ich gewähre Ihnen noch zwei Tage, um Eva Rosière zu

vernehmen, danach erlasse ich einen Vorführungsbefehl«, erklärte er.

Lebreton lehnte sich zurück und legte den Kopf schief, verkniff sich aber jede Bemerkung. Michandier musterte ihn herausfordernd, ehe er sich jäh zu Dax drehte, der überhaupt nicht zugehört, sondern stattdessen den Finger ausgestreckt hatte, um die Mine eines blauen Druckbleistifts zu befühlen.

»Was fällt Ihnen ein?« Seit Rosières Serie war der Staatsanwalt empfindlich, was seine Stifte anbelangte.

»Die sind echt spitz«, sagte Dax verblüfft.

José Torrez setzte sich auf das Bett seines Sohns im Kinderzimmer der Jungs und rückte die Inhalationsmaske auf dessen Gesicht zurecht. Durch die Salbutamol-Schwaden hindurch schaute der kleine Antonio einen Trickfilm, in dem unechte, kerngesunde Kinder tobten, lachten und mit dem Fahrrad um die Welt reisten.

Der Lieutenant spielte im Geiste immer wieder das Kommen und Gehen der Verdächtigen durch und fragte sich, warum sie sich nicht begegnet waren.

Die Stoppuhr piepste nach den eingestellten fünfzehn Minuten, und Torrez befreite die Nase seines Sohnemanns, der nahtlos anknüpfte, wo er aufgehört hatte.

»Papa, warum kriegen wir kein Wombat als Haustier? Haben die in Chile wirklich Netze, die den Nebel fangen? Darf ich wieder ins Schwimmbad, wenn ich nicht mehr huste?«

Papa wusste es nicht. Er gab sein Bestes, aber er hatte keine Antworten.

25.

Um einundzwanzig Uhr gab die Sonne noch immer nicht auf, auch wenn ihre Strahlen inzwischen ziemlich schräg einfielen. Der Parkplatz hatte sich geleert. Der neue, vollelektrische Lexus wartete einsam und reglos auf der riesigen Betonfläche zwischen seinen beiden weißen Linien. Der ferne Stadtlärm wurde allmählich leiser, und das Summen der Abendluft ließ erahnen, dass der Verkehr auf der Ringautobahn floss. Eva Rosière hörte nur ihre klackernden Absätze und Pilous klickende Krallen dicht dahinter. Als sie ihren Wagen erreichte, entriegelte der sich automatisch und lautlos. Die Frau der grellen Farben und schnellen Worte liebte diese Momente der Ruhe, die nichts mehr mit dem langsamen Tod ihrer früheren Einsamkeit zu tun hatten, diesen abendlichen Frieden, das Aufatmen von Ohren und Gehirn, den Moment, in dem der Körper vernahm, was das Unterbewusstsein sagte, diesen wundervoll fließenden Zustand, in dem die Worte fröhlich sprudelten, wenn man den Mut aufbrachte, sich auf den Hosenboden zu setzen und nach einem Stift zu greifen. Seit sie den Thron bestiegen hatte, quoll sie nur so über vor Ideen, konnte allerdings keine davon verwirklichen. Immer fehlten ein Technikmensch, ein Statist, eine Schauspielerin, ein Kostüm, zehn Minuten oder drei Kröten. Es war das reinste Chaos, und sie durfte sich weder aufregen noch ihre abgrundtiefe Angst offenbaren, damit nicht auch noch das letzte bisschen Energie im Team verpuffte. Rosière schrieb nicht mehr, sie wankte von Freigabe zu Freigabe, von Verwaltungsproblem zu Süßholzgeraspel für Schauspieleregos, und fragte sich inzwischen, ob dieser Job, den sie unbedingt gewollt hatte, überhaupt etwas für sie war.

Sie öffnete die Hintertür, damit ihr Hund in den aufgeheizten Wagen springen konnte, doch statt wie eine Rakete abzuzischen, blieb Pilou stehen und bellte. Die winzige Brust aufgeblasen, die kurzen Beinchen fest in den Boden gestemmt, die kleinen Zähne gefletscht, begrüßte er Tom Dicate mit einer Unverblümtheit, von der die gesamte Crew träumte. Der Produzent kam mit seinem bemüht lässigen Gang angeschlendert, obwohl er wie immer wirkte, als hätte er Hummer im Hintern. Mit einem Kopfzucken warf er eine verirrte Strähne nach hinten, zog an seiner Zigarette und wartete, bis er nah genug war, um nicht schreien zu müssen.

»Hey, Eva, bevor du fährst, wollte ich mit dir über eine Sache reden, die mir heute eingefallen ist …«

Er hielt inne und pflückte sich eingebildete Tabakfäden von der Zungenspitze. Rosière hob eine kunstvoll gezupfte Augenbraue, um ihm zu bedeuten, dass sie ganz Ohr war.

»Es ist nicht sonderlich dringend oder so, ich würde es nur gern wissen: Meine Mutter hat mir eine Porzellanschale vermacht, an der ich sehr hänge, und ich glaube, deine Kollegen haben sie eingepackt, aber …«

»Bittest du gerade eine Polizistin mitten in einem Mordfall, dir deinen Stoff zurückzugeben?«

»Nein, nein … na ja, irgendwie doch, immerhin hat er dreitausendzweihundertsiebenundfünfzig Tacken gekostet.«

»Vergiss es, Tom, dein Koks siehst du nie wieder, aber wo wir schon mal beim Thema sind: Wann hast du das letzte Mal was geschnupft?«

Der Produzent schien erst lügen und behaupten zu wollen, dass er nie kokste, dass es auch gar keine Drogen seien, sondern Backpulver, aber Rosière hatte sein Näschen schon viel zu oft so weiß gepudert gesehen wie die Kurtisanen Ludwigs XV., also war es sinnlos, ihr etwas vorzuspielen. Da setzte er lieber auf Ehrlichkeit.

»Am Abend vor dem Mord gegen Mitternacht, nach Drehschluss. Vor vier fange ich ja nie an.«

Rosière hätte eher auf zwei getippt, nach dem Mittagessen, ein bisschen Puderzucker zum Kaffee. Aber vormittags hatte sie ihn tatsächlich noch nie zugedröhnt erlebt.

»Gutes Zeug?«

»Eins a, ich nehme nur Topqualität.«

»Von wem hast du's?«

»Das weißt du doch … Aber wenn du mich offiziell fragst, dann von niemandem, es war ein Geschenk, ich hab's auf meinem Schreibtisch gefunden.«

»In der Porzellanschale deiner Mutter?«

»Ja, wirklich aufmerksam, nicht?«

»Ist dein Dealer immer noch dieser Bijou?«

Rosière schob sich hinters Lenkrad und betätigte die Fensterheber, um ein wenig frische Abendluft hereinzulassen.

»Jep. Kriege ich sie jetzt wieder?«, knurrte Tom.

»Versprochen. Wir packen sie vorher bloß noch in die Spülmaschine, wir wollen sie dir ja nicht dreckig zurückbringen.«

Toms Mund verzerrte sich zu einer hässlichen Grimasse. Er ließ seine Zigarette fallen und trat sie mit all der Drohung aus, zu der seine Sohle fähig war. Anschließend wirbelte er herum und stapfte zurück zum Studio und seinem Leben als arme, verkannte Ratte.

Eva Rosière steckte sich den Bluetooth-Knopf ins Ohr, bevor sie losfuhr, und rief Merlot in der Brigade an.

»Merlot? Wie wär's mit einer Clubtour im Triangle d'or, um Toms Dealer aufzustöbern? Tom glaubt anscheinend, dass in seiner Schale nur Koks war. Wir müssen rausfinden, was genau dieser Bijou ihm vertickt hat und wann.«

Louis-Baptiste Lebreton holte seine Schlüssel aus der Jeanstasche, während er mit Fomenko telefonierte. Der Divisionnaire sorgte sich um Capestans Erholung, aber Lebreton beruhigte ihn, sie fordere die Akten aus reinem Vergnügen an. Fomenko lachte und versprach, sich darum zu kümmern. Der Commandant legte auf und hörte nur noch die Stille in seiner Wohnung, wo sich in den fast drei Jahren der Trauer nichts bewegt, nichts verändert hatte, wo alles gleich geblieben war. Lebreton führte ein regloses Leben. Als Beobachter, Zuhörer, Konservator. Er dachte an Rosières Leidenschaft, ihre Begeisterung für die Regie, während er auf seine Anlage zusteuerte und den Arm des Plattenspielers anhob. Der Teller begann seinen Reigen, der Saphir berührte knisternd das Vinyl. Der Commandant hielt inne und setzte den Arm wieder zurück. Langsam durchquerte er den Raum. Sein E-Bass hing, tödlich gelangweilt, an der Wand. Lebreton nahm sich nicht einmal die Zeit, ihn zu stimmen, ehe er das Riff von *Come together* spielte, gefolgt von Lou Reed. Es war höchste Zeit, neu anzufangen.

Basile Diament hängte sein Baseballcap an die Garderobe neben der Tür. Seine Wohnung roch sauber, und ein Stapel gebügelter Wäsche erwartete ihn zusammen mit der Post auf dem Couchtisch. Seine Maman war hier gewesen, wie jeden Dienstag, um aufzuräumen und den Kühlschrank mit prall gefüllten Tupperschüsseln zu bestücken. Sofort griff der Lieutenant nach dem Umschlag mit dem Sichtfenster. Nervös riss er ihn auf, überflog ein paar Zeilen des Schreibens darin und legte es niedergeschlagen wieder weg. Seine Versetzung in die RAID war erneut abgelehnt worden.

Natürlich fühlte er sich wohl unter seinen neuen Kolleginnen und Kollegen in der Rue des Innocents, aber er kam einfach nicht darüber hinweg, dass die Eliteeinheit der BRI ihn aufs Abstellgleis geschoben hatte. Seiner Mutter hatte er es noch immer nicht gestanden. Nach all den Jahren, die sie für ihn geopfert hatte, verdiente sie so etwas nicht. Er schämte sich schrecklich.

26.

»Ihr werdet schon sehen, wie leicht man die verwechseln kann …«

Fuchsteufelswild marschierte Eva Rosière auf den Studiokomplex zu. Am Vorabend war sie noch einmal beim Kommissariat vorbeigefahren, um ihre innerste Überzeugung zu verfechten: dass sich der Mörder im Opfer vertan hatte. Natürlich kam ihr die Theorie entgegen, aber sie war auch absolut plausibel und verdiente es zumindest, dass die Brigade sich damit befasste. Trotzdem hatten gestern wieder alle nur gespottet oder, schlimmer, peinlich berührt den Blick abgewendet, weil sie zu solchen Ausflüchten griff. »Es war ein Messerstich, kein Speerwurf, die Klinge misst zwanzig Zentimeter, auf die Entfernung erkennt man sein Opfer.«

Bloß, dass das Opfer auf dem Bauch gelegen hatte, in den Sofapolstern eines anderen.

Und dass es die Nase in dessen Koksvorräte gesteckt hatte.

Und dass die beiden sich so ähnlich sahen wie ein Pinguin dem anderen, solange sie stillhielten. Gleiche Größe, gleiche Frisur, gleicher schlaffer Körper, wie ein Lauch aus dem Gewächshaus.

Wie Würstchen. Chipo und Merguez.

Rosière hatte Dax unauffällig gebeten, ein paar Fotos zu bearbeiten, die sie anschließend zu Hause ausgedruckt hatte, in 22 x 30 und Farbe auf Hochglanzpapier.

Zu viel stand auf dem Spiel. Zunächst einmal die Ermittlung, die ihr wirklich wichtig war, egal, was ihre Freunde dachten. Außerdem ihre Autorität beim Dreh. Solange Michel das Opfer war, blieb Rosière in den Köpfen der Crew die Schuldige. Und es war mühsam, ein Team zusammenzuhalten, allen Feuer unterm Hintern zu machen und seine Vision umzusetzen, wenn man ein Schild mit der Aufschrift »Strafaufschub« auf der Stirn kleben hatte. Rosière musste ihre Ehre retten, nichts weniger.

Und zwar fix, sonst würde dieser Volltrottel Michandier sie mit Vorführungsbefehlen zukleistern wie eine Litfaßsäule kurz vor der Wahl.

Die Regisseurin presste sich die Bilder an die ausladende Brust. Man konnte Chipo und Merguez verwechseln, und sie würde es beweisen.

Sie klopfte an die Tür der Maske und trat ein. Zélie stand gerade über Luna gebeugt und zog mit sicherer Hand einen geschwungenen Lidstrich.

»Hallo, Mädels. Zélie, darf ich dir ein paar Fotos zeigen, und du antwortest ganz schnell, ohne nachzudenken?«

Die Maskenbildnerin warf Luna einen fragenden Blick zu. Die Schauspielerin hatte ein weißes Papiertuch um den Hals, und ihr Gesicht war bereits mit einer dicken Schicht Make-up und grünem Concealer bedeckt. Falsche Wimpern unter goldenem Lidschatten, der das Lindgrün ihrer Iris betonte, vergrößerten ihr rechtes Auge, das linke war noch nackt. So verfolgte sie die rasanten Scrollbewegungen auf dem iPhone-Display. Ihr Daumen war wie auf Speed. Sie hob die linke Hand ein paar Zentimeter, um Zélie zu bedeuten, dass sie alle Zeit der Welt hatte. Die platzierte Pinsel, Lidschattenpalette und rechte Pobacke auf dem Schminktisch und forderte Rosière mit einem Lächeln auf loszulegen.

Die Regisseurin mischte die Fotos durch und schob sie wieder zu einem Stapel zusammen. Jedes davon zeigte entweder Michel Aramédian oder Tom Dicate, von hinten oder von der Seite. Dax hatte jeweils die Umgebung verfälscht, damit sie nicht bei der Identifizierung half, und auf ein paar Bildern der Leiche sogar das Messer entfernt.

Rosière holte tief Luft und präsentierte das erste Foto.

»Michel oder Tom?«

»Tom«, sagte Zélie wie aus der Pistole geschossen.

Es war Michel. Nächstes Bild.

»Michel oder Tom?«

»Michel.«

Diesmal hatte sie recht. Noch eins.

»Michel oder Tom?«

»Tom.«

Es war wieder Michel, zweiter Fehler.

»Darf ich auch mitspielen?«, fragte Luna amüsiert.

»Na klar«, antwortete Rosière. »Weiter geht's!«

Sie drehte das nächste Foto um.

»Michel oder Tom?«

»Tom!«, rief Zélie, und Luna: »Michel!«

Die beiden Frauen grinsten und warteten mit angespannten Körpern auf den folgenden Test. In diesem Moment kamen Véronique und Inès herein, und Zélie gab ihnen ein

Zeichen, sich zu ihnen zu gesellen. Zu viert fieberten sie einem weiteren Bild entgegen.

»Michel oder Tom?«

»Chipo!«

»Chipo!«

»Nein, Merguez!«

»Chipo! Wer war das noch mal? Wer von beiden?«

Rosière wollte die Fehler nicht verbessern, sie schüttelte den Kopf, um zu signalisieren, dass das Spiel noch nicht zu Ende war.

»Chipo oder Merguez?«

Das Gelächter schallte bis in den Flur und lockte die Arbeitstiere in der Quasipause und die Faultiere bei der Fastarbeit an. Bald drängte sich eine ganze Schar in der Maske, und Rosière musste einen Stuhl erklimmen, um ihren Versuchskaninchen die Fotos zeigen zu können.

»Chipo!«

»Merguez!«

Alle brüllten durcheinander, die Stimmung heizte sich immer weiter auf, und Rosière fragte sich, wie viele wohl einen Sangria als Belohnung für drei richtige Antworten erwarteten. Plötzlich meldete sich ihr Gewissen zu Wort. Ein Mann war ermordet worden, sie hatte seinen Job übernommen, und jetzt veranstaltete sie mit seinem Namen und seinem Bild ein Ratespiel, als wäre er nur eine Zeichentrickfigur von Tex Avery. Eine Welle der Scham überrollte sie. Ja, niemand konnte Michel und Tom auseinanderhalten. Und sie hatte es bewiesen, genau wie geplant. Aber sie wurde das dumpfe Gefühl nicht los, dass sie ihre Ehre dabei noch mehr beschmutzt hatte.

27.

»Eva!!!«

Tom Dicate kam so verärgert zum Set marschiert, dass er ganz vergaß, seinem Gang etwas Zugedröhntes zu verleihen.

»Eva, Ben Big Ben hat mir gerade erzählt, dass …«

Rosière schämte sich noch immer für den Rummel, den ihre Fotos am Morgen ausgelöst hatten, deshalb senkte sie den Blick und murmelte: »Ja, ich weiß, Chipo und Merguez, das war geschmacklos, aber …«

Ringsherum brachte die Crew alles in Stellung. Zwei von der Technik bauten die Kameraschienen auf, Inès schoss mit ihrem Kleiderständer vorbei wie eine Rakete, die Drehbuchassistentin kritzelte auf ihren rosafarbenen Formblättern herum, und Zélie lief mit dem Marderpinsel ihrer flüchtigen Schauspielerin hinterher.

»Wovon redest du da?«, fragte Tom mit gerunzelter Stirn.

Rosière musterte ihn kurz. Anscheinend hatten ihn die Gerüchte noch nicht erreicht, deshalb wich sie aus: »Ach, nichts.«

Die Maskenbildnerin unterbrach sie.

»Habt ihr vielleicht Luna gesehen?«

Rosière stürzte sich auf die Ablenkung. »Nein.«

Zélie kraulte Pilou den Kopf. »Guck mal, du hast ja deine Leine wieder!«

»Ja, die hatte Michel eingesackt, wir haben sie in seiner Wohnung gefunden.«

»Was bedeutet Chipo und Merguez?«, hakte Tom neugierig nach.

Zélie tat, als hätte sie die Frage nicht gehört, und machte sich aus dem Staub. Rosière wollte ihr gerade folgen, als der Produzent sie am Ärmel packte.

»Halt, halt, hiergeblieben. Ben Big Ben hat mir erzählt, dass du deine Bullenfreunde als Schauspieler rekrutiert hast.«

»Er hat sie Bullenfreunde genannt?«

»Nein, ich nenne sie Bullenfreunde. Spielen sie jetzt in meinem Scheißfilm, ja oder nein?«

»Ja.«

Tom wedelte mit den langen Armen wie ein Geisteskranker, zerzauste sich das braune Haar noch ein bisschen mehr und besprühte Rosières Föhnfrisur mit Speichel.

»Willst du mich verarschen? Und das, nachdem ich meine Hand für dich ins Feuer gelegt habe, für eine blutige Anfängerin?«

Die Regisseurin holte ihr Tablet unter dem Arm hervor, schaltete das Display ein und tippte auf das Filmmaterial von gestern. In einem besänftigenden Tonfall sagte sie: »Schau's dir an, dann verstehst du's.«

Dax' hübsche Boxervisage nahm die vielen Pixel ein, und plötzlich verstummte der Produzent, gefangen von der Geburt des neuen Belmondo. Das Material endete mit Saint-Lô, der mit bloßen Händen die Fassade eines Hauses erklomm, während Diaments wandgleiche Brustmuskeln unten fünf Gegner auf einmal in Schach hielten.

Tom kaute auf einem eingebildeten Kaugummi herum, bevor er sich versicherte: »Die bezahlt ja schon der Staat, also kosten sie mich keinen Cent, oder?«

28.

Eva Rosière knallte den Stapel Fotos auf den Couchtisch des Kommissariats und rief laut durch den Raum: »Zweiundsiebzig Prozent falsche Antworten, da kann man Ahörnchen und Behörnchen besser auseinanderhalten als Michel und Tom!«

»Pssst«, zischten ihre Kollegen im Chor.

Nach einem vollen Drehtag waren sie in die Rue des Innocents zurückgekehrt, um gemeinsam die Tatbestandselemente durchzugehen, die sie am Set gesammelt hatten. Rosière hatte noch schnell den Laden dichtgemacht und war ihnen gefolgt.

»Wieso pst?«, fragte sie ein wenig leiser.

Lebreton deutete auf Joséphine in ihrem Laufstall. Offenbar hatte sie im Sitzen gespielt und war dann langsam zur Seite gesunken. Jetzt lag sie auf einem Plüschkaninchen und schlummerte tief und fest. Anschließend zeigte der Commandant lächelnd auf ihre Mutter, die, den Kopf auf die Arme gebettet, an ihrem Schreibtisch schlief.

»Kaum hat sie gesehen, dass ihre Tochter eingenickt ist, war sie selbst weg. Noch schneller, und man hätte ihre Stirn aufs Holz knallen hören«, flüsterte er.

Die übrigen anwesenden Polizisten hatten sich wieder geräuschlos in die Unterlagen vertieft, mit Ausnahme von Merlot, der friedlich schnarchend in einem Clubsessel lehnte, sein Weinglas noch in der Hand.

»Und wie machen wir es mit der Besprechung? Gehen wir ins Billardzimmer?«

»Da haben wir keinen Platz, da steht das Babybett für Joséphines Mittagsschlaf.«

»Und warum schläft sie jetzt nicht dort?«

Lebreton zuckte mit den Schultern und äußerte, immer noch im Flüsterton, eine Vermutung. »Sie hat einen leichten Schlaf, wahrscheinlich wollte Anne nicht riskieren, sie zu wecken, wenn sie sie bewegt. Aber wir werden es wohl nie erfahren, Anne war nicht mehr lang genug wach, um es uns zu verraten.«

»Und Merlot?«

»Der ist der eigentliche Auslöser des Ganzen, sein Schnarchen hat anscheinend eine entspannende Wirkung.«

Rosière wirbelte hin und her auf der Suche nach einer Zuflucht und ließ ihr königsblaues Kleid im orangefarbenen Licht des frühen Abends flattern.

»Wo sollen wir dann hin?«

»In die Küche vielleicht, wenn wir uns quetschen …«

»Warten wir auf Anne?«

»Wir können uns ja schon mal ums Grobe kümmern.« Lebreton sortierte die langen Glieder, um möglichst wenig Lärm beim Aufstehen zu machen. »Am schwierigsten wird es wohl, Merlot wach zu bekommen, ohne dass er die halbe Welt aufschreckt.«

»Das erledige ich.«

Eva Rosière näherte sich dem Capitaine behutsam. Es genügte, ihm das Glas aus der Hand zu nehmen. Die Augenlider des Schlafenden flatterten, und Rosière beugte sich vor, den Finger an den Mund gelegt. Merlot runzelte die Stirn und fuhr sich mit der Hand übers Gesicht. Dann hievte er sich in die Höhe und folgte seinen Kollegen, die im Gänsemarsch, aber ohne Geschnatter in die Küche schlichen.

Saint-Lô stemmte sich mit einem schnellen Klimmzug auf den Kühlschrank, Rosière und Merlot schnappten sich die beiden einzigen Stühle, Orsini, Dax und Évrard setzten sich auf die Arbeitsfläche, und Diament und Lewitz begnügten sich mit dem Boden vor dem Spülschrank. Lebreton blieb stehen, eine Schulter gegen das Fenster gelehnt, und Torrez verdrückte sich nach draußen auf die Dachterrasse, wobei er gut aufpasste, niemanden zu streifen.

»Haben sie dich nicht schlafen lassen?«, fragte Évrard Merlot.

»Ach, was soll man machen, leider zollt man in diesem Land nur der Mutterschaft Respekt, nicht dem schweren Tagwerk der Männer. Aber gut, die Frauen müssen gedeihen und unsere ländlichen Gegenden wiederbevölkern.«

»Merlot, ich werde …«

»Nur ein Scherz, meine Gute, ein Scherz! Ich weiß sehr wohl, dass unsere Chefin im Herzen der Hauptstadt wohnt. Nun denn …« Er rieb sich die Hände. »Wir wollen unsere Versammlung doch nicht mit trockener Kehle eröffnen, oder?«

Diament rückte den breiten Rumpf zur Seite und Lewitz holte eine Flasche unter der Spüle hervor. Der Brigadier präsentierte Merlot das Etikett, der wohlwollend nickte, obwohl er auf diese Entfernung einen Bourgueil nicht von Granatapfelsirup unterscheiden konnte.

Das nutzte Rosière, um noch einmal ihre Theorie darzulegen.

»Man sieht immer, was man sehen will. Der gesamte Planet funktioniert über Vorwegnahmen, Vereinfachungen, Vorurteile. Genau wie unser Mörder, hundertpro. Letzten Dienstag zwischen dreizehn und vierzehn Uhr hat er sich mit einem nachgemachten Schlüssel Zutritt zum Produktionsbüro verschafft und eine reglose Gestalt auf dem Sofa vorgefunden, wie erwartet, weil er das Koks durch Ketamin ersetzt hatte. Er hat sich angeschlichen und still und leise Michel Aramédian erstochen, in der festen Überzeugung, dass es sich um Tom Dicate handelt.«

Merlot verzog skeptisch den Mund, während er die Weinflasche öffnete. Den Korkenzieher hatte Saint-Lô dem Capitaine direkt in die Hand gedrückt, weil er ihn ganz bestimmt nicht gefangen hätte.

»Von hinten kann die beiden Männer nämlich niemand unterscheiden, das garantiere ich euch«, schloss Rosière.

»Aber bevor man jemanden ersticht, beugt man sich doch vor, um das Gesicht zu sehen«, meinte Orsini.

»Nein! Nicht, wenn …«

»Pssst«, machten Évrard und Lebreton.

»Nein«, fuhr Rosière leiser fort, »nicht, wenn du Panik hast, dass dich jemand überrascht. Wenn du davon überzeugt bist, dass das auf dem Sofa Tom ist, dann ist es auch Tom. Außerdem war das Gesicht halb im Polster vergraben, da hätte selbst ein Kontrollblick nichts gebracht.«

»Hör endlich auf damit, Eva«, flüsterte Orsini. »Warum hätte es der Mörder eher auf Tom als auf Michel abgesehen haben sollen? Das könnte man ja bei jedem Verbrechen behaupten ... Der Kerl wirkt doch so nett, da war bestimmt der Nachbar von unten gemeint, ermitteln wir in diese Richtung, das passt uns besser in den Kram.«

»Pah! Du undankbarer Korinthenkacker hast wohl schon wieder vergessen, wie wir dir den Arsch gerettet haben«, brummte Rosière wütend.

»Von wegen gerettet, eher fälschlich verdächtigt«, gab Orsini halblaut zurück.

Rosière blies die Wangen auf. »Also, jetzt ...«

»Pssst«, mahnten Saint-Lô und Diament.

»Kann man sich in dieser Brigade nicht mal mehr in Ruhe anpflaumen?«, schimpfte Rosière.

»Darum geht es nicht, nimm es nicht persönlich«, flüsterte Orsini.

»Wie denn sonst?«, flüsterte Rosière schnaubend zurück.

Merlot fuchtelte mit den Armen, um die allgemeine Aufmerksamkeit zu erlangen, dann tauchte er die rechte Hand in die gekrümmte linke.

»Was?«

Der Capitaine wiederholte die Bewegung.

»Eine hohle Hand machen? Handschellen anlegen? Wem denn? Himmel, ich verstehe ihn nicht mal bei der Pantomime!«

»Chips«, erklärte Merlot schließlich.

Dax zog eine Tüte aus dem Hängeschrank, die er mit einem geräuschvollen Knistern aufriss.

»Pssst!«

»Ach ja, tut mir leid!«, rief er laut, nur um sich anschließend mit einer Handvoll Chips zu knebeln und so energisch zu kauen, dass Torrez draußen auf der Terrasse noch das Krachen hörte.

»Mit den großen Theorien sollten wir auf Capestan warten«, meinte Évrard zögerlich. »So lange können wir uns ja über unsere bisherigen Ergebnisse austauschen.«

Wie so oft, wenn die junge Frau sprach, wusste man nicht so genau, woher die Stimme eigentlich kam, aber der Vorschlag klang sinnvoll, deshalb setzten sie ihn in die Tat um.

»Ich habe alle Waffenhändler in Paris aufgesucht, und keiner kann sich daran erinnern, die Klinge feilgeboten zu haben«, berichtete Saint-Lô, der mit den Nachforschungen über die Tatwaffe betraut war.

»Ich habe die GPS-Daten von Aramédians Auto überprüft«, schaltete Lewitz sich ein. »Alle Fahrten waren rein beruflich, der arme Geländewagen hat sich nicht oft die Felgen schmutzig gemacht.«

Ein leises Klopfen an der Glastür ließ die Köpfe zur Terrasse herumwirbeln. Torrez presste den Laborbericht der sichergestellten Schale aus Tom Dicates Büro gegen die Scheibe: Das Kokain war tatsächlich von einer dicken Schicht Ketamin bedeckt gewesen.

Rosière wandte sich an Merlot. »Hast du Bijou gefunden?«

»Aber hallo! Die Sache war innerhalb von sechs Whiskeys geritzt. An den Champs-Élysées und dem Pont Alexandre III war Fehlanzeige, aber ich habe ihn in einem Club in der Nähe der Étoile aufgespürt. Seine Antwort war klar und deutlich: Er hat Tom Dicate nur feinstes Koks verkauft. Vierzig Gramm, zwei Tage zuvor, frei Haus, genau wie Tom es bestellt hatte. Bei einem so treuen Kunden beliebt Bijou nicht zu tricksen.«

»Dicate hat bestätigt, sich zum letzten Mal am Vorabend gegen Mitternacht bedient zu haben. Irgendwelche Besonderheiten hat er nicht erwähnt, deswegen gehe ich davon aus, dass die Schale zu diesem Zeitpunkt noch reines Kokain enthielt. Die Ketaminschicht muss also zwischen null und dreizehn Uhr dazugekippt worden sein.«

»Wahrscheinlich im Lauf des Vormittags, auf den Überwachungsvideos sind keine nächtlichen Besucher zu sehen«, bemerkte Diament.

Lebreton hatte ein kleines Notizheft aus der Gesäßtasche seiner Jeans gezogen und hakte die Punkte der Reihe nach ab. Schließlich drehte er sich zu Orsini, dessen Absturz der allzu großen Nähe zur Presse geschuldet gewesen war.

»Was sagt die Gerüchteküche bei den Insidern?«

Orsini zupfte die Bundfalte seiner beigefarbenen Gabardinehose zurecht, ehe er bedächtig antwortete: »Die gedruckte Presse hütet sich vor Spekulationen, aber in den Redaktionen und sozialen Medien geht es hoch her.«

»Irgendwelche glaubwürdigen Thesen?«

»Achille wollte weg, Gaétan Regie führen, Tom schneidet sich gern ins eigene Fleisch, Luna pflegt schlechten Umgang, Michel hat passionierteren Regisseuren den Platz geklaut, gekränkte Egos und Diven und so weiter und so fort. Natürlich ist nichts davon falsch. Aber bei den starken Alibis der einen und den schwachen Motiven der anderen sollten wir wohl nicht allzu viel Zeit auf die Überprüfung verschwenden. Ich habe ein paar Köder ausgeworfen, was die Kleptomanie betrifft, aber da hat niemand angebissen. Dafür habe ich in den Fotoarchiven das hier entdeckt.«

Der Capitaine tippte auf seinem Tablet herum, um ihnen Bilder vom roten Teppich einer Vorpremiere zu zeigen. Michel Aramédian vor einer mit Logos übersäten Wand. Er trug ein schwarzes Jackett zu einer Cargohose mit Taschen, stand schief wie immer und lächelte ausdruckslos. Ein paar Bilder später vor derselben Wand: Luna in einem durchsichtigen Kleid, das sich wie Frischhaltefolie um ihre wohldefinierten Rundungen spannte und tief blicken ließ. An ihrem Handgelenk funkelte ein smaragdbesetztes Armband.

»Das Kleinod aus der Wohnung«, rief Saint-Lô.

»Exakt«, bestätigte Orsini. »Ich habe eine Moderedakteurin aus meinem Bekanntenkreis kontaktiert, die mich direkt zu Chaumet geschickt hat. Stellt euch vor, das Armband war nur eine Leihgabe, zu Werbezwecken, und Luna und ihre Entourage sind des Diebstahls bezichtigt worden. Das Schmuckstück war natürlich versichert, aber Lunas Stolz musste eine dicke Selbstbeteiligung zahlen …«

»Und ihr Ruf. Da haben wir ein hübsches Motiv und Profil«, jubelte Évrard.

»Aber sie war am Tattag die gesamte Mittagspause über mit Tom Dicate zusammen, ihr Alibi ist wasserdicht«, erinnerte Lebreton.

Évrard wiegte den Kopf. Anscheinend gefiel ihr der RnB-Star als Verdächtige.

»Bis auf die sieben Minütchen, bevor Dicate und Marteau die Leiche entdeckt haben. Das reicht, wenn man schnell läuft und gut vorbereitet ist.«

»Pssst!«, zischte Lewitz.

»Ach, hör auf, ich war überhaupt nicht laut«, protestierte Évrard.

»Doch, schon ein bisschen.«

»Leise …« Diament hob den Zeigefinger, um ihnen zu bedeuten, dass er etwas gehört hatte.

Aber kein Geräusch aus dem Wohnzimmer wies auf das Ende des Nickerchens hin. Mutter und Tochter holten gemeinsam den fehlenden Schlaf der kurzen Nächte nach, die Magen oder Tyrannei der Kleinen ihnen noch immer aufzwangen.

»Nein, alles in Ordnung«, fuhr der Lieutenant gedämpft fort. »Bei der Schwester, Clara Dicate, wissen wir durch den Besucherausweis, wann sie gekommen und gegangen ist, aber gibt es auch Augenzeugen?«

»Nein, wir haben rumgefragt, niemand hat sie gesehen«, meldete sich Merlot zu Wort. »Allerdings war es eine ungünstige Zeit, alle saßen in der Kantine. Viel interessanter ist, dass sie auf keinem der Überwachungsvideos auftaucht.«

»Offenbar legt sie großen Wert auf Diskretion«, bemerkte Orsini. »Wann vernehmen wir sie?«

»Das übernimmt unsere reizende Chefin selbst«, antwortete Merlot.

»Ohne offizielle Befugnis?«, hakte Évrard erstaunt nach.

»Ich begleite sie«. Lebreton trommelte mit dem Kugelschreiber gegen sein Heftchen.

Die Küchentür ging auf, und Capestan schob den Kopf herein. Ein neugieriges Lächeln erhellte ihr Gesicht, als sie die zusammengedrängte Brigade entdeckte.

»Was treibt ihr da?«

»Wir wollten dich nicht wecken«, erklärte Lebreton.

»Lieb von euch, danke. Tut mir leid, dass ich eingenickt bin.«

Behutsam lehnte sie die Tür an, stieg über Diament und Lewitz hinweg und gesellte sich zu Lebreton auf der einen und Torrez auf der anderen Seite der Fensterscheibe.

»Joséphine schläft noch. Könnt ihr mich ganz schnell und ganz leise auf den neuesten Stand bringen?«

Alle wiederholten knapp ihren Bericht: Ketamin, Auto, Armband, Schwester. Capestan nickte, aber man wusste nicht genau, ob sie wirklich zuhörte oder nur überlegte, wo sie einen verirrten Schnuller zuletzt gesehen hatte. Erst als sich ihr Blick auf Rosière richtete, realisierte die Regisseurin, dass die wenigen verfügbaren Gehirnzellen genügten, um den gesamten außergewöhnlichen Apparat am Laufen zu halten. Zum x-ten Mal präsentierte sie ihre Fotos und ihre Sicht der Dinge.

»Jeder verwechselt die beiden, und die Drogen waren mit einer gefährlichen Substanz versetzt. Ich bin mir absolut sicher, dass der Mörder Tom und nicht Michel im Visier hatte.«

Capestans Gesicht verschloss sich für eine Millisekunde, was äußerst selten vorkam und deshalb umso bedeutsamer war. Eva Rosière straffte die Schultern gegen die Zweifel, die ihre Chefin überfielen, immer wenn sie den schwerwiegenden Verdacht gegen ihre Person mit dieser Theorie noch erhärtete. Anfangs hatte Capestan unerschrocken hinter ihr gestanden, aber in dieser Situation am Set mit Tom hatte Rosière beinahe gehört, wie in ihrem Kopf etwas Klick gemacht hatte. Rosières Eifer, Michel zu ersetzen, war zu zwanghaft, zu unangebracht gewesen. Eine solche Leidenschaft, die Anstand und Gefahr völlig ausblendete, könnte sie auch zum Mord treiben, warum nicht? Vielleicht waren Capestans Gedanken nicht exakt diesem Wortlaut gefolgt, aber Rosière hatte die Flugrichtung des Pfeils erkannt, der durch ihr Gehirn geschossen war.

Anne Capestan antwortete nicht, sondern ließ sich den Rücken an der Fensterscheibe wärmen.

»Anne, bitte glaub mir, ich will mich nicht rausreden. Tom war das Ziel, das spüre ich!«

Capestan musterte ihre Kollegin. Sagte sie die Wahrheit, oder wollte sie sie auf die falsche Fährte locken? Normalerweise vertraute Capestan ihrem Instinkt blind, aber sie war im Augenblick nicht voll funktionsfähig und dachte womöglich mit dem Herzen, nicht mit dem Hirn.

Alles sprach gegen Rosière. Sogar Rosière selbst, ihr Verhalten seit der Tat. Und wie Capestan aus bitterer Erfahrung wusste, waren selbst die Menschen, die ihr am nächsten standen, zu einem Mord fähig. Wenn sie tief in sich hineinforschte, jeden Stein umdrehte, würde sie bestimmt auch die Möglichkeit entdecken, dass ihre Kollegin schuldig war. Warum sollte sie unter diesen Bedingungen zulassen, dass Rosière die Ermittlung in eine andere Richtung lenkte? Warum Zeit, Glaubwürdigkeit, die Geduld des Staatsanwalts aufs Spiel setzen? Nur um zu sehen, wie weit Rosière gehen würde? Oder weil sie müde war und ihr alles entglitt?

Sie riss sich zusammen. Nein. Weil Eva ihre Freundin war und sie nichts unversucht lassen wollte, ehe sie ihre Schuld ins Auge fasste.

»Okay, Planänderung. Ab jetzt ermitteln wir im Fall des versuchten Mords an Tom Dicate. Wir treffen uns morgen am Set, stochern in seinem Leben herum, überprüfen noch einmal alle Motive. Und wir setzen ihn ins Bild, das wird ihm gefallen.«

29.

Der Schuss ertönte, und alle erstarrten schneller als nach der Klappe des Regieassistenten. Eine Sekunde verstrich, während Lebreton, Dax, Saint-Lô, Diament, Évrard und Merlot einen Blick wechselten. Capestan hatte sich bereits schützend über den Buggy geworfen und erteilte mit einem Blinzeln ihre Anweisungen. Louis-Baptiste Lebreton führte die Brigade im Eilschritt in Richtung des Knalls und überließ den Set seiner Chefin.

Auf dem Weg trafen sie Rosière.

»Das kam von ganz hinten, aus den Garderoben!« Sie folgte ihrem Hund, der kläffend vorauswetzte.

Merlot blieb mit hochrotem Kopf stehen, hob eine Hand und stützte sich mit der anderen auf den Oberschenkel.

»Lauft weiter, ich sichere den Bereich hier«, keuchte er.

Seine Kollegen rannten bis zu Achille Niessens ehemaliger Garderobe, wo sie so abrupt anhielten, dass sie ineinanderstolperten. Die Tür stand offen. Tom Dicate saß kreidebleich auf einem Bürostuhl mitten im Zimmer, wie eine Insel im flachen Meer. Völlig geschockt starrte er die Polizisten an und umklammerte die Armlehnen, als wollte er sie nie wieder loslassen.

Zwei Meter rechts von ihm hatte eine Kugel ein zwanzig Zentimeter großes Loch in die Sperrholzwand geschlagen.

Évrard näherte sich dem Produzenten vorsichtig. »Monsieur Dicate, alles in Ordnung? Antworten Sie, Monsieur Dicate!«

Er nickte und unterdrückte ein Aufschluchzen, als er selbst die Einschlagstelle entdeckte.

»Was ist passiert? Sind Sie verletzt?«, fragte die Polizistin weiter.

Der Produzent tastete sich ab. »Nein, ich glaube nicht. Zumindest spüre ich nichts.«

Bei Letzterem schien er sich allerdings nicht sicher zu sein, was Lebreton sofort an das Kokain denken ließ. Auf dem Schminktisch glänzten feuchte Fingerabdrücke, die noch das letzte Körnchen aufgepickt hatten. Da Toms Büro versiegelt war, hatte er nach Achille Niessens Abgang dessen Garderobe in Beschlag genommen. Dax war überhaupt nicht auf die Idee gekommen, sie als der neue offizielle Hauptdarsteller für sich zu beanspruchen.

Eva Rosière schaltete sich ein. »Jemand hat vom Flur aus auf dich geschossen? Hast du was gesehen?«

»Ja. Nein. Ich habe hier vorm Spiegel gesessen und nachgedacht, als mein Handy geklingelt hat, da drüben in meiner Jacke.« Tom deutete auf einen zerknitterten Stoffsack an einem Kleiderhaken auf der anderen Seite des Zimmers. »Also habe ich mich abgestoßen, um rüberzurollen, und plötzlich wäre mir beinahe das Trommelfell geplatzt.«

Wieder drehte er sich zum Loch in der Wand. Seine nikotinfleckigen Finger auf den Armlehnen zitterten.

»Ohne den Stuhl wäre ich tot.«

»Hast du den Schützen erkannt?«

»Nein, ich saß mit dem Rücken zur Tür.«

»Nicht einmal einen Umriss, die Frisur? In welche Richtung ist er geflüchtet?«

Lebreton, Évrard und Rosière waren in der Garderobe geblieben, während der Rest der Brigade sternförmig ausgeschwärmt war, um die Umgebung nach einer Spur oder möglichen Verdächtigen abzusuchen. Tom Dicate, dessen vom Koks aufgeputschtes Gehirn bestimmt auf Hochtouren lief, versuchte, sich zu erinnern.

»Dem Klang nach würde ich sagen, nach rechts. Ziemlich schwere Schritte.«

»Okay«, meinte Commandant Lebreton. »Wir sperren den Bereich ab. Monsieur Dicate, wenn Sie sich dazu in der Lage fühlen, würde ich Sie nach draußen auf den Flur bitten, bis ein Arzt eintrifft. Erhalten Sie oft Morddrohungen?«

Der Produzent erhob sich so unbeholfen wie ein Bettlägeriger. »Ich habe einen Twitter-Account.«

Rosière musterte ihn. »Seit wann hast du so einen Stuhl?«

»Der stand vor den Müllcontainern auf dem Parkplatz. Make-up hat ihn weggeschmissen, weil er eingerissen war, stell dir das mal vor. Dabei musste er nur genäht werden, dafür habe ich Kostüm rangeholt. Voilà, wie neu. Ich habe ihn behalten, damit sie ihn nicht heimlich wieder loswerden. Zum Glück!« Er bedachte seinen Retter mit einem liebevollen Blick.

Dessen graue Sitzfläche überzog eine lange Narbe, notdürftig geflickt mit dem hässlichsten Schnürband, das Inès hatte auftreiben können.

Beim zweiten Schuss reagierten sie schneller als beim ersten. Louis-Baptiste Lebreton sprintete sofort auf die Requisite zu, aus der der Knall gekommen war. Dort fand er Dax mit einer Pistole in der Hand und einem verblüfften Ausdruck auf dem Gesicht.

»Guck dir die mal an! Total gut nachgemacht, die feuert sogar echte Kugeln ab. Irre, was die mittlerweile alles hinkriegen. Hier, ich zeig's dir!« Er zielte erneut auf die Wand.

Im letzten Moment entriss der Commandant ihm die Pistole. Sie hatten gerade die Tatwaffe gefunden.

In sechs Stunden und achtundzwanzig Minuten war Orsini mit einer Dame verabredet, und die Krawattenschalfrage ließ ihm keine Ruhe. Das Tuch verlieh ihm etwas Altmodisches, etwas Düsteres und Strenges. Er trug es seit gut dreißig Jahren, seit Ende der Achtziger, als BCBG in Mode gewesen war. Damals hatte er gerade seine Frau kennengelernt, die eine Schwäche für den Schick des jungen Musiklehrers gehabt hatte. Inzwischen hatte sich die Mode geändert, seine Frau und sein Sohn waren tot, und der Krawattenschal wärmte nur noch den Hals.

An diesem Abend würde der Capitaine ein weißes Hemd mit offenem Kragen und eine blaue Gabardinehose tragen, ganz ohne Accessoires. Sein Entschluss stand fest. Unmerklich straffte er die Schultern und hob das Kinn.

30.

Anne Capestan beobachtete Rosière, die ihren Triumph nur schwer verbergen konnte. Zwar musste ihr Dreh wegen der Ermittlung erneut eine Zwangspause einlegen, aber ihre Theorie hatte einen unerwarteten Aufschwung erfahren. Vom hohen Ross einer Frau herunter, die recht gehabt hatte, stellte sie mit neuem Eifer eine ganze Reihe von Nachforschungen an und durchforstete Tom Dicates Leben.

Diament, der mit seinem Handy in der Hand ebenso viel Platz einnahm wie eine Telefonzelle, ging der Ballistik auf die Nerven, während Merlot gerade vom Staatsanwalt zurückgekehrt war und jetzt vor dem Kühlschrank stand und seinen Durst mit tüchtigen Schlucken Whiskey-Perrier stillte, eine Hand ausgestreckt, um sich die Ungeduldigen vom Leib zu halten, die sich einen sofortigen Bericht erhofften.

Dax durchquerte das Wohnzimmer mit hochgekrempelten T-Shirt-Ärmeln, die sein brandneues Tattoo entblößten. Das immer noch rote und geschwollene Herz verkündete in zarten, geschwungenen Buchstaben den Namen seiner Auserwählten: »Lieutenante Évrard«.

Blanche Évrard betrachtete die Hommage zum wiederholten Mal mit entwaffnetem Blick, ehe sie sich zu Rosière gesellte, die mit der einen Hand Dokumente durchblätterte und sich mit der anderen Süßkram in den Mund schob.

»Sieht lecker aus, was ist das?«

Rosière hielt ihr die Tüte hin. »Périgord-Walnüsse im Schokoladenmantel. Mundfäule und dicker Hintern garantiert, aber einfach göttlich.«

Endlich hob jemand ab. Commissaire Capestan stellte auf Lautsprecher und warf einen Blick zum Fernseher hinüber. Fünfzehn Uhr. Bei den Versicherungen gingen die Mittagspausen im August, wie überall, fast nahtlos in den Kaffeeklatsch über.

»Hélène Brunet, Schadensleitung«, drang es knisternd aus dem Apparat.

»Ha, die Schadensleitung hat einen Leitungsschaden«, prustete Orsini und schaute sich nach jemandem um, der seinen Witz zu würdigen wusste.

Er wiederholte ihn noch zweimal halblaut – vergeblich. Schließlich entdeckte er Saint-Lô am anderen Ende des Zimmers, der sich den Bauch hielt und schallend lachte. Hochzufrieden vertiefte der Capitaine sich wieder in die Strafregister von Tom Dicates Mitarbeitern.

»Guten Tag, Madame, Commissaire Capestan hier. Ich hätte ein paar Fragen zum Feuer, das letztes Jahr am Set von Tom Dicate ausgebrochen ist.«

Im vorherigen Sommer war die gesamte Produktion niedergebrannt, als schon zwei Drittel des Films abgedreht waren. Orsini hatte die Info aus den Pressearchiven ausgegraben, und Rosière hatte sich an den Wirbel darum erinnert, deshalb wollte Capestan der Sache auf den Grund gehen. Sie hatte den Namen der Versicherungsgesellschaft in Erfahrung gebracht und bemühte sich nun schon seit über zwei Stunden, die zuständige Sachbearbeiterin an den Apparat zu bekommen.

»Ach, unser Lieblingskomiker! Zum Glück leben wir mittlerweile im digitalen Zeitalter, bei all den Mahnungen und Drohbriefen müsste sonst ein ganzes Wäldchen pro Jahr dran glauben. Beim letzten Strohhalmziehen hat Marguerite Tom Dicate abgekriegt, aber die ist gerade im Urlaub, die erreichen Sie nicht.«

»Ich würde es trotzdem gern versuchen, es handelt sich um eine dringende polizeiliche Ermittlung. Haben Sie vielleicht ihre Privatnummer?«

»Ja, natürlich. Meiner Meinung nach hätten Sie zwar bessere Chancen mit Brieftauben oder Buschtrommeln, aber probieren Sie es ruhig. Ich schicke Ihnen Handynummer und Mailadresse.«

Sekunden später ploppte die Nachricht auf Capestans Display auf.

»Vielen Dank, Madame, dann störe ich Sie jetzt nicht weiter.«

»Ach, Sie stören gar nicht. Heute Nachmittag mache ich nicht viel mehr als Büroklammerketten basteln.«

»Auf Wiederhören. Ich rufe Ihre Kollegin an.«

»Auf Wiederhören.«

Ehe Capestan auflegte, vernahm sie noch ein gemurmeltes: »Schicken Sie lieber ein Flugzeug mit Spruchband.«

Nach diversen Sprachnachrichten, SMS und E-Mails musste sie sich eingestehen, dass Hélène Brunet recht gehabt hatte. Wenn Marguerite im Urlaub war, verbuddelte sie ihr Handy anscheinend im Sand. Anne Capestans Blick fiel auf ihren Lieutenant von der CyberCrim, den Joséphine mit einem süßen Lächeln abgefangen hatte.

»Dax, du kannst nicht zufällig ein Handy nur über die Nummer orten, oder?«

Dax bedeutete Joséphine, sich zwei Minuten zu gedulden, er würde gleich zurückkommen.

»Och, wenn das GPS an ist, kann ich ein bisschen stöbern.«

»Super. Hier ist die Nummer.«

Capestan riss ein Blatt aus ihrem Notizbuch und kritzelte darauf die Ziffern mitsamt dem Vermerk: »Beseitige deine Spuren! Verrate es nicht dem Staatsanwalt! Danke für deine Mühe! :)«, dreimal unterstrichen.

Dax nickte ebenfalls dreimal, als er den Zettel las, antwortete: »Bitte«, und machte sich auf den Weg zu seinem Computer. Schon nach ein paar Schritten verschwand er hinter dem hünenhaften Lieutenant Diament, der seinerseits auf dem Weg zu Capestan war.

»Die Ballistik hat den Besitzer der Waffe ermittelt«, sagte er in seinem typisch militärischen Tonfall, vermischt mit einem Hauch kindlicher Aufregung.

»Und?« Capestan spielte mit und übernahm die Rolle der vor Neugier brennenden Chefin.

»Es ist Gaétan Bulinski.«

»Interessant.«

»Wird ihm bestimmt nicht gefallen, mich wiederzusehen«, meinte Diament düster.

Tatsächlich hätte der Lieutenant den Schauspieler bei ihrer letzten Unterredung beinahe ins All geschossen. Aber in diesem Fall würde Gaétan sich sicher zuvorkommender zeigen.

»Da muss er sich wohl zusammenreißen.«

Kaum war Diament weg, kehrte Dax zurück und streckte ihr mit stolzgeschwellter Brust und strahlendem Zahnschmelz den Ausdruck eines Satellitenbilds von Marguerites metergenauem Aufenthaltsort hin.

»Bravo, Dax, vielen Dank. Das Urlaubsparadies der Guten ist ja nicht weit weg. Könntest du mir noch eine Nummer für diesen Eisstand da raussuchen?« Capestan deutete auf eine winzige Hütte mit Streifenmarkise.

Dank der Eroberung des Weltalls und der Hartnäckigkeit der Polizei brachte der Eisverkäufer der Dame ein paar Minuten später eine Kugel Vanille im Hörnchen und bat sie, sofort die Brigade zu kontaktieren. Während Capestan ihren Hacker noch lobte, bemerkte sie plötzlich das schwarz-blau-grün gestreifte Gesicht ihrer Tochter.

Sie stürzte zum Laufstall. »Was ist denn hier los?«

Begeistert taggte das Baby alles in Reichweite mit einem wasserfesten Marker: Laufstall, Schreibtisch, Beine, Kopf, Kleider, Fußboden, Spielsachen. Dax plusterte sich mit beinahe väterlichem Stolz neben dem kunterbunten Kind auf.

»Ihr war langweilig, also habe ich ihr meine Filzstifte geliehen.«

»Aber … warum? Warum?«

»Na, zum Malen. Gestern hat sie doch auch gemalt.«

»Ja, mit ihren abwaschbaren Kinderstiften!«

Dax' verwirrte Miene entschärfte Capestans Ärger, sie zwang sich, ruhig zu atmen.

»Schon gut, nicht schlimm, nicht schlimm.« Sie rieb sich

die Augen, nur um gleich darauf die Hand wieder wegzureißen, weil sie geschminkt war und ihren Mascara verschmierte.

Nachdem sie ihrer verstimmten Tochter die Stifte abgenommen hatte, kehrte sie an ihren Schreibtisch zurück und griff seufzend nach ihrer Tasse. Zum Glück gab es Kaffee schon mindestens genauso lang wie Kinder.

Benoît Marteau hatte nicht übel Lust, das Becken zu schlagen – mit dem Kopf des Betriebsarztes dazwischen. Der Typ kapierte echt gar nichts, Ben musste lauter werden.

»Ich kann kein Hörgerät tragen, ich bin Toningenieur!«

Wenn man ihn mit dem kleinsten Fitzelchen Plastik im Ohr erwischte, konnte er seine Karriere begraben.

»Na eben, als Toningenieur wollen Sie doch nicht taub bleiben.«

»Jedenfalls eher, als ein Hörgerät zu tragen.«

»Hat das denn noch nie jemand gemerkt?«

»Einmal, ein Regisseur. Als er mein Handy klauen wollte, hat er es versehentlich fallen lassen, und ich habe es nicht mitbekommen. Aber kein Problem, die Sache ist geregelt, der sagt nichts mehr.«

31.

»Ist notiert, bis später.«

Capestan tippte auf das Display, was viel unbefriedigender war, als den Hörer mit voller Wucht auf einen Festnetzapparat zu knallen.

Manchmal hatte sie solche albernen Anfälle von Nostalgie, auch wenn sie das Leben im Allgemeinen heute besser fand.

Nachdem es vier Personen, darunter ein Hacker, bedurft hatte, um Marguerite überhaupt zu erreichen, hatte sich die Dame geweigert, irgendwelche Fragen am Telefon zu beantworten: Sie müsse die Menschen sehen, um mit ihnen zu sprechen. Bei der Arbeit ertrug sie all die gehässigen, überheblichen Gestalten, die sich hinter ihren Hörern versteckten, deshalb war es im Urlaub undenkbar für sie, Gespräche, die länger als zwei Sekunden dauerten, anders als von Angesicht zu Angesicht zu führen.

Also hatte Capestan vorgeschlagen, zu ihr zu kommen. Das GPS-Signal lokalisierte sie am Seineufer, Torrez und sie wären in weniger als zehn Minuten dort. Doch Marguerite hatte sofort einen Rückzieher gemacht: Sie genieße gerade eine wohlverdiente Siesta und habe nicht vor, das herrliche Sonnenbad gegen ein Arbeitstreffen einzutauschen.

Sie würde sie erst nach neunzehn Uhr unter ihrem Sonnenschirm empfangen.

Capestan hatte nachgegeben, obwohl sie das Verhältnis zwischen Bürgern und Polizei im August deutlich zu locker fand. Zusammen mit Torrez hatte sie die Wartezeit genutzt, um die finanzielle Lage von Tom Dicate genauer unter die Lupe zu nehmen. Der Produzent war empört gewesen, so vertrauliche Daten offenlegen zu müssen, hatte die Polizei der Schikane beschuldigt, und sie hatten ihm erklären müssen, dass sich die Ermittlungen in Ermangelung eines Täters nun auf das Opfer konzentrierten, es ihm jedoch freistehe, nicht zu kooperieren. Was er prompt getan hatte. Daraufhin war die Brigade erst recht auf die Dokumente gespannt gewesen, die Dax inzwischen aufgestöbert hatte.

Die Bankauszüge hatten zunächst einmal den ungewöhnlichen Appetit des Produzenten auf jede Art von Rückerstattung gezeigt. Zeilen über Zeilen mit Gutschriften für Sonderangebote aus dem Nahrungsmittelsektor. Erstaunlich, dass Tom Dicate überhaupt noch Zeit fand, Filme zu produzieren. Jede Bankgebühr, selbst kleinste Centbeträge, tauchte wenig später als Geldeingang wieder auf, und man konnte sich unschwer die dafür notwendige Zahl an E-Mails und SMS vorstellen. Außerdem benötigte man natürlich ein gut gefülltes Konto, das einen Vermögensberater begeisterte. Dieser Reichtum allerdings hatte letztes Jahr einen spektakulären Einbruch erlitten: Innerhalb eines Monats hatte Tom seine gesamten beruflichen und privaten Rücklagen aufgebraucht, unmittelbar nach dem Brand. Der Geizhals war dem Ruin und bestimmt auch einem Herzinfarkt nur knapp entgangen. Schnell hatte man damals vermutet, der Brand könnte absichtlich gelegt worden sein, den ersten Angriff eines gefährlichen Feinds darstellen.

Warum hatte die Versicherung nicht gezahlt? Welche Informationen hatten sie dazu veranlasst, keine Leistung zu erbringen?

Marguerite könnte Antworten liefern, man musste sie eben nur zu fassen kriegen. Mit Torrez im Schlepptau schob Capestan den Kinderwagen in Richtung Seine. Vor ihnen lag Paris Plage und bot ein schönes, wenn auch absurdes Bild: Liegestühle, Sonnenschirme und Unmengen feiner Sand wie in der Südsee, aber am rechten Seineufer, mit Blick auf Strafgericht und Conciergerie. Hier kamen die Bewohner der Hauptstadt in Jeans oder Badeanzug in den Genuss eines kontrastreichen Panoramas.

Die zwei Polizeibeamten liefen den schmalen, von Topfpalmen gesäumten Asphaltstreifen entlang und suchten das sonnenbebrillte Völkchen nach der Versicherungsangestellten ab. Auf Höhe der Spitze der Île de la Cité, wo ein bronzenes Reiterstandbild von Heinrich IV. emporragte, blieben sie stehen. Während des Telefonats hatte sich Marguerite laut GPS-Signal genau hier aufgehalten, unter diesem blauen Sonnenschirm. Jetzt saß dort ein junger Mann, der in *Le Monde* blätterte und so aussah, als wollte er bloß das Horoskop finden.

Torrez zuckte mit den Schultern und deutete auf zwei Liegen ein paar Meter weiter, die gerade frei wurden. Unter den Möwen und den Voluten des Pont-Neuf spielte Joséphine mit den nackten Füßchen im Sand, während Capestan und Torrez auf die Rückkehr ihrer widerspenstigen Zeugin warteten. Der Lieutenant beobachtete die Tochter seiner

Partnerin, als würde er bedauern, dass er sich nicht doch zu einem siebten Kind durchgerungen hatte. Er hob sich schon durch seine Garderobe von der sommerlichen Umgebung ab, aber noch viel mehr durch die Anspannung, die seine gedrungene Gestalt ausstrahlte. José Torrez, der Unglücksbringer, der schwarze Kater, hatte irgendwann Capestans Gesellschaft akzeptiert, die sich nicht um Aberglauben scherte und trotz der Gefahr auf eine Zusammenarbeit pochte. Während des ersten Jahrs hatte er die Partnerschaft mit Misstrauen und Dankbarkeit hingenommen. Aber jetzt, wo Capestan sich um ein kleines Kind kümmern musste, quälten ihn wieder die alten Ängste bei der Vorstellung, Joséphine könnte etwas zustoßen. Im Büro der Brigade arbeiteten so viele Leute, dass die Wahrscheinlichkeit, sein Pech könnte sie treffen, gering war, aber hier draußen war sonst niemand, und Torrez knirschte derart laut mit den Zähnen, dass Capestan es einen guten Meter neben ihm noch hörte.

So saßen die drei eine Weile herum, bis Marguerite sich dazu bequemte, ihnen Gesellschaft zu leisten. In Flipflops und Sommerkleid, mit braun gebrannten Beinen, an denen Sand klebte, Sonnencreme auf der Nase und ölglänzenden Haaren schlappte sie über den Strandstreifen, einen Campingstuhl im Schlepptau. Nach ein paar höflichen Floskeln klappte sie ihn auf und ließ sich hineinfallen.

»Die Touristen besetzen alle Liegen, da muss man für sich selbst sorgen.«

Als sie weder Zuspruch noch Mitleid erhielt, seufzte sie tief.

»Also schön. Worum geht es?«

»Tom Dicate«, sagte Commissaire Capestan. »Den Brand

letztes Jahr im Herbst. Auf seinen Kontoauszügen waren keine Zahlungen der Versicherung zu finden. Wie kann das sein?«

Marguerite lachte höhnisch. Offenbar belustigte sie die Erinnerung an die damaligen Ereignisse.

»Ach ja, das war eine witzige Geschichte.«

»Dann freuen wir uns umso mehr darauf, sie zu hören.«

»Und warum sollte ich sie Ihnen erzählen?« Marguerite rutschte ihren Stuhl ein Stück nach rechts, um mit geschlossenen Augen die letzten Sonnenstrahlen zu genießen.

»Die eigentliche Frage lautet: Warum nicht?«

»Weil Sie mich genötigt haben, meinen Strandtag zu verkürzen.«

Torrez warf einen schnellen Blick auf seine Uhr. »Es ist halb acht!«

»Eben.«

Capestan schaltete sich wieder ein: »Gut. Tut mir leid, dass wir Sie um Ihr Mondbad bringen. Wenn Sie Ihre Aussage lieber vor dem Untersuchungsrichter machen wollen, direkt da drüben, auch kein Problem, das kann ich sofort arrangieren.«

»Sie regen sich ganz umsonst auf«, bemerkte Marguerite überrascht.

Dann musterte sie Joséphine zu ihren Füßen und fuhr sich mit dem Zeigefinger über die Wange.

»Ist das Ihre Tochter? Was hat sie da? Filzstiftflecken? Kinder sollte man sauber halten, sonst sehen sie vernachlässigt aus.«

Capestan musste sich beherrschen, um ihr nicht an die Gurgel zu springen und sie kopfüber, mitsamt dem Campingstuhl am Hintern, in den Sand zu stecken. Stattdessen zog sie dezent die rechte Augenbraue hoch, woraufhin Marguerite ihr schroffes Gehabe ablegte, mit dem sie die Polizei ohnehin nicht beeindrucken konnte.

»Schon gut, schon gut, ich beantworte Ihre Fragen. Geht es bei Ihrer Ermittlung darum, ihm zu schaden?«

»Nein, eher darum, ihn zu retten.«

»Sie geben mir wirklich keinen Grund, Ihnen zu helfen, aber von mir aus.«

»Sie mochten ihn wohl nicht.«

»Dieser Kerl hat mich jahrelang gequält. An jeder einzelnen Klausel jedes einzelnen Vertrags hatte er etwas auszusetzen. Immer hat er mich beleidigt, wenn er nicht recht bekam, sich wegen jeder noch so winzigen Kleinigkeit bei der Geschäftsführung beschwert, mich mit juristischen Spitzfindigkeiten überhäuft, ich musste zigmal mahnen, bis er seine Rechnungen beglichen hat. Ich hasse ihn.«

Vielleicht sollten sie sich am Ende des Gesprächs erkundigen, wo Marguerite sich am Tag des Mords aufgehalten hatte, dachte Commissaire Capestan.

»War es eine persönliche Entscheidung, ihn für den Brand nicht zu entschädigen?«

»Nein, natürlich nicht.«

»Gab es Ausschlussklauseln? Sind Sie auf Ungereimtheiten gestoßen?«

»Nein, überhaupt nicht. Die Verträge waren eindeutig und haben alle Arten von Schäden abgedeckt. Im Fall des Brands mussten wir nicht einmal einen Sachverständigen beauftragen.«

»Wie bitte?«

Allmählich fragte sich Capestan, was das für eine Firma war, die keine Sachverständigen beauftragte, keine Entschädigungen zahlte und deren Angestellte am Paris Plage auf einem Campingstuhl saßen und sich noch darüber lustig machten.

»Sie haben schon richtig verstanden: keinen Sachverständigen. Und wissen Sie, warum?«

»Nein, aber ich werde es hoffentlich gleich erfahren, da ich Ihnen die Frage schon mehrmals gestellt habe.«

»Weil er nicht versichert war: Er hatte die Prämie nicht bezahlt.« Marguerite grinste breit, ehe sie sich wieder zusammenriss. »Zwei Tage vor Drehbeginn habe ich ihn angerufen. Zum fünften Mal. Er hat sich beklagt, dass ich ihn belästigen würde. Rumgeschrien, dass man bei einer so hohen Summe Zeit bräuchte, um das Geld aufzubringen, wir würden ihn ausnehmen, unsere Macht missbrauchen, beim nächsten Film würde er zur Konkurrenz wechseln, kurz, das typische Theater. Bis dahin hatte er nicht gezahlt, und wir haben auch nicht mehr nachgehakt.«

»Soll das heißen, er hat alles verloren, weil er seinen Dreh nicht versichert hat?«

»Stimmt genau.«

Zunächst wollte die Versicherung aus reiner Vorsicht doch einen Sachverständigen zum Brandort schicken. Da es sich wahrscheinlich um Brandstiftung handelte, wäre es bestimmt zu einem Rechtsstreit gekommen, wenn sie die Produktionsfirma hätten entschädigen müssen. Tom Dicate wäre schließlich nicht der Erste gewesen, der durch Versicherungsbetrug seine schlecht laufende Firma hätte retten wollen. In diesem Fall allerdings hatte die ausstehende Prämienzahlung ihn entlastet, denn die Schäden kosteten ihn ein Vermögen, er hätte keinen Grund gehabt, sie zu verursachen.

Der Produzent hatte eine Horde Anwälte auf die Versicherung gehetzt, aber vergeblich: Er musste aus eigener Tasche für alles aufkommen, und da sein Geld nicht reichte, hatte seine Schwester den Rest beigesteuert. Und sich ganz nebenbei weitere Anteile an der Produktionsfirma gesichert. So hatte Tom die Mehrheit verloren und besaß jetzt nur noch vierzig Prozent, genau wie seine Schwester. Die übrigen zwanzig lagen bei Aktionären, die einen kleinen Aufsichtsrat bildeten.

Sollten sich Clara Dicate und der Aufsichtsrat irgendwann verständigen, würde es für Tom heikel werden. Der Brand hatte ihn das letzte Hemd gekostet und hinterließ bis heute tiefe Spuren in seinem Alltag.

Capestan musste also herausfinden, wer dem Produzenten schon damals hatte schaden wollen.

Zweifellos jemand, der gewusst hatte, dass der Dreh nicht versichert war, dass Dicate die Prämie nicht bezahlt hatte.

Aber wer?

Marguerite setzte ihre Ausführungen fort, während Torrez, die Stirn in Falten gelegt, konzentriert zuhörte und sich mit beeindruckender Geschwindigkeit Notizen machte.

»Er hat die ganze Firma auf den Kopf gestellt, um den Schuldigen zu finden, und schließlich seine Buchhalterin der Fahrlässigkeit und Schludrigkeit beschuldigt und hochkant rausgeworfen.«

»Und ihr Name?«, fragte Torrez mit gezücktem Kugelschreiber.

»Sarah Marteau.«

32.

»Sarah Marteau?«, fragte Louis-Baptiste Lebreton.

»Das ist die kleine Schwester von Benoît, dem Toningenieur«, erklärte Capestan.

Mit quietschenden Reifen kam die Métro zum Stehen, die Türen öffneten sich und spien ihre tägliche Menschenmasse aus, die entschlossen war, sich notfalls mit Ellbogen und Füßen durch die andere, am Bahnsteig wartende Menschenmasse zu kämpfen. Lebreton fuhr nur selten Métro, er zog den Bus, seine Vespa oder seine Beine vor. Aber sie hatten einen Termin mit Clara Dicate in deren Büro in La Défense – dem Pariser Geschäftsviertel, das sich hoch über die Stadt erhob und selbst in puncto Erreichbarkeit seine Arroganz zur Schau tragen musste. Das Durcheinander aus unterirdischen Parkplätzen und Zufahrtsrampen war für Normalsterbliche ohne Chauffeur undurchdringlich, und auch abenteuerlustige Fußgänger und Radfahrer stellte das Quartier vor Herausforderungen. Blieben also nur der überfüllte RER, der die Pendler mit seinen unzähligen Pannen zur Verzweiflung trieb, und die proppenvolle Métrolinie 1, für die sie sich letztendlich entschieden hatten, denn immerhin entließ die ihre Fahrgäste schneller, sollte sie feststecken.

»Also klettert Benoît auf der Liste der Verdächtigen ein paar Plätze nach oben«, bemerkte Lebreton.

»Ja, wobei sich das ja dauernd ändert, das ist wie beim Leiterspiel.«

Alle Plätze waren besetzt, und während der gesamten Unterhaltung machte Capestan auch keinerlei Anstalten, einen einzufordern. Fassungslos musterte Lebreton die Leute, die die Babytrage ignorierten und einfach sitzen blieben. Die wohlerzogenen Bürohengste und feinen hohen Tiere versteckten sich hinter ihren Smartphones, sobald eine schwangere Frau auftauchte. Jeder schaute Superheldenfilme, aber niemand war bereit, seinen Platz in der Métro aufzugeben.

Eine Dame im Kostüm erbarmte sich schließlich, aber Lebreton hob dankend die Hand.

»Keine Sorge, Madame, das ist sehr freundlich, aber der junge Mann da wollte gerade aufstehen«, sagte er, trat besagtem jungem Mann gegen den Fuß, damit er sich von seinem Display losriss, und bedeutete ihm mit einem Kopfrucken, sich schleunigst zu verziehen.

Capestan bedankte sich lächelnd bei dem Anzugträger, der seine Angst vor dem Commandant als Hilfsbereitschaft zu verkaufen versuchte, und nahm, schützend die Hände um Joséphine gelegt, Platz.

»Versprichst du dir was Bestimmtes von diesem Besuch?«, fragte Lebreton sie.

»Clara Dicate ist die Einzige, die uns bei einigen Punkten weiterhelfen kann. Und sie ist Droopy aus Aramédians Kontakten. Die beiden haben sich Nachrichten geschrieben und für den Tattag verabredet. Ich will wissen, warum.«

An der Station Esplanade de La Défense stiegen sie aus. Auf der Rolltreppe hob sich gegen den Hintergrund aus Glas und Beton ein Geschäftsmann im grauen Anzug ab, der in der Zeitschrift *Der Gartenfreund* blätterte. An der Oberfläche angekommen, bog er links ab, und die beiden Polizisten hatten freie Sicht auf den riesigen schwarzen Büroturm. Er stand quasi in erster Reihe und überragte Paris zu seiner Linken, sodass es schien, als würde die Achse der Prachtstraßen Rivoli, Champs-Élysées, Grande-Armée direkt auf ihn zu laufen.

Lebreton und Capestan betraten die gläserne Eingangshalle, deren Wände über und über mit Plasmabildschirmen bedeckt waren. Aus Gründen der Diskretion zeigten sie nicht ihre Dienstmarken, sondern tauschten ihre Ausweise am Empfang gegen Besucherpässe und einen erstaunten Blick auf Joséphine ein, die inzwischen friedlich schlief, mit einer Stoffwindel über dem Kopf als Schutz gegen die Klimaanlage. In diesem Hochhaus hatten mehrere Firmen ihren Sitz. Big Cat Productions befand sich in der dreiunddreißigsten Etage, man schickte sie zur endlosen Reihe der Fahrstühle für die Stockwerke zwanzig bis vierzig.

Oben führte ein langer Gang zu einer Tür aus dunklem Holz. Links davon hing, neben dem Evakuierungsplan, ein Erste-Hilfe-Kasten. Die beiden Flügel der Holztür gingen automatisch auf und offenbarten eine fantastische Aussicht. Durch ausladende Fenster schaute man auf die unermessliche Weite der Hauptstadt, das verzweigte Straßennetz und das geschwungene Band der Seine. Der Eiffelturm und die Tour Montparnasse wirkten winzig, wie Schlüsselanhänger für Touristen. Auf einmal ergaben die dreiunddreißig Etagen Sinn. Clara Dicate allerdings wandte diesem Blick den Rücken zu. Sie saß hinter einem breiten, blendend weißen Schreibtisch und wartete nach einem kühlen »Guten Tag« ausdruckslos, bis die beiden Polizisten Platz nahmen. Kaum berührten Lebretons und Capestans Hintern die Stühle, bedeutete die Chefin ihrer treuen Assistentin neben sich anzufangen.

»Wir waren doch beim vierundzwanzigsten verblieben.«

»Nein«, erwiderte Capestan mit einem Lächeln. »*Sie* waren dabei verblieben, ich wollte so früh wie möglich kommen. *Heute* liegt genau dazwischen, weil wir gern guten Willen zeigen.«

»Aber …«

Clara Dicate hob leicht den Zeigefinger ihrer flach auf dem Tisch ruhenden Hand, und sofort verstummte die Assistentin. Ohne jegliche Regung richtete die Geschäftsführerin das Wort an ihren Besuch. Beim Sprechen bewegte sie kaum die Lippen, sodass man das Gefühl bekam, es mit einer Bauchrednerin zu tun zu haben.

»Wie kann ich Ihnen helfen?«

»Sie leiten Big Cat Productions?« Capestan eröffnete das Gespräch mit einfachen Fragen, die Tom Dicates Schwester nur schwerlich mit einer Lüge beantworten konnte.

Sie wusste, dass Louis-Baptiste Lebreton, sobald er die Melodie der Wahrheit erst einmal verinnerlicht hatte, instinktiv alle Abweichungen heraushören würde. Seine jahrelange Erfahrung als Verhandlungsführer bei der RAID hatte ihn gelehrt, die Aufrichtigkeit seines Gegenübers mit neunzigprozentiger Treffsicherheit zu erkennen, egal unter welchen Bedingungen. Man konnte ihn schlichtweg nicht anlügen. Man konnte ihn auch nicht bauchpinseln oder trösten oder täuschen, was nicht gerade förderlich für seine zwischenmenschlichen Beziehungen war.

»Nein. Ich leite die Firma gemeinsam mit Tom Dicate und einem kleinen Aufsichtsrat, dem zwanzig Prozent gehören.«

»Könnten wir eine vollständige Liste mit Namen und Angaben zur Person bekommen?«

Clara Dicate hob erneut den Zeigefinger ein paar Zentimeter und deutete damit auf ihre Assistentin.

»Selbstverständlich. Und um Ihnen unsere uneingeschränkte Kooperationsbereitschaft zu zeigen, fange ich gleich mit mir selbst an: Clara Dicate, Produzentin, geboren am 5. März 1973 in Neuilly, verheiratet, drei Kinder.«

Die Assistentin flüsterte ihr etwas ins Ohr.

»Vier Kinder«, korrigierte sich die Geschäftsführerin.

Capestan ließ sich nichts anmerken und fuhr mit ihren Faktenfragen fort.

»Normalerweise sitzt die Filmbranche ja eher in Paris selbst oder in Neuilly.«

»Stimmt. Aber für unsere neuen Räumlichkeiten habe ich La Défense gewählt, weil ich die Atmosphäre hier schätze.«

»Tom und Sie arbeiten nicht an denselben Filmen?«

»Nein, Gott bewahre.«

»Sie mögen keine Teamarbeit?«

»Tom ist dämlich, geizig, faul und unfähig.«

Capestan zuckte kaum merklich zusammen.

»Aber er ist Ihr Bruder.«

»Es ist nicht sehr nett, mich daran zu erinnern. Die Familie ist eine Plage, mit der wir uns irgendwie arrangieren müssen. Die Arbeit ist die andere. Wären Tom und ich nicht durch einen unglücklichen Zufall Erben ein und desselben Vaters, des Gründers dieser Firma, würden wir mit Sicherheit niemals ein und dasselbe Unternehmen leiten.«

Lebreton fragte sich schon seit einer ganzen Weile nicht mehr, warum Michel Aramédian Clara Dicate unter dem Pseudonym Droopy abgespeichert hatte.

»Viele seiner Filme waren doch recht erfolgreich«, wandte Capestan als Advocata Diaboli ein.

»Ja – diejenigen, die unser Vater noch angestoßen hat. Die späteren liefen eher mau. Und das Projekt letztes Jahr war schon lange vor dem Brand die reinste Katastrophe.«

»Ein Brand, der sich für Sie als sehr nützlich erwiesen hat.«

Clara Dicate schwieg eine Weile, ehe sie unbewegt antwortete: »Fraglos. Glück im Unglück, denn dank der fehlenden Versicherung konnte ich weitere Anteile und das Vertrauen des Aufsichtsrats erlangen. Für die Führung der Firma war das ein Gewinn.«

»Das Feuer war das Werk eines Brandstifters.«

»Ganz eindeutig«, bestätigte Clara Dicate mit einer Spur Herausforderung hinter der Maske der Gleichmut.

Capestan ließ nicht locker. »Und es hat Ihnen große Vorteile gebracht.«

»Nein. Eigentlich hätte die Versicherung gezahlt, und ich hätte nichts davon gehabt. Ich wusste nicht, dass Tom seine Prämie nicht beglichen hatte. Er hat sich noch nie mit den richtigen Leuten umgeben. Und wäre die Versicherung für den Schaden aufgekommen, hätte man sofort ihn verdächtigt.«

Lebretons Hände ruhten auf seinem Notizblock, aber seine hoch konzentrierten Sinne fuhren die Antennen aus. Die schweren Parfums von Clara Dicate und ihrer Assistentin überwältigten zwar den Geruch und ließen nicht zu, dass er einen möglichen Anstieg ihrer Körpertemperaturen feststellte, das Gehör allerdings hatte mehr als genug Mikroinformationen zu analysieren, als der Tonfall unmerklich schärfer wurde. Capestans Nacken versteifte sich leicht, was dem Commandant verriet, dass nun die direkteren Fragen an der Reihe waren.

»Am Tag des Mords an Michel Aramédian waren Sie zwischen dreizehn Uhr fünfundzwanzig und dreizehn Uhr fünfunddreißig im Studio. Warum?«

»Ich war um dreizehn Uhr dreißig mit ihm im Produktionsbüro verabredet.«

Clara Dicates Antwort war weder ausweichend noch befangen gewesen. Sie hatte geahnt, dass die Polizei über diese Information verfügte.

»Sie waren zum Tatzeitpunkt mit dem Opfer verabredet?«

»Ich war mit Michel Aramédian verabredet, alles Weitere ist Ihre Sache.«

»Also haben Sie ihn gesehen? Wie lief das Treffen ab?«

»Nein. Ich habe um halb zwei an die Tür des Produktionsbüros geklopft, aber niemand hat aufgemacht. Ich habe kurz gewartet, dann bin ich wieder gegangen.«

»Wofür dieses Treffen?«

»Das weiß ich nicht. Aramédian hatte mir am Tag zuvor eine Nachricht bei meiner Assistentin hinterlassen und diese Zeit vorgeschlagen. Per SMS haben wir anschließend noch den Ort vereinbart. Ich stehe unseren Künstlern, dem Fundament unserer Werke, immer zur Verfügung, deshalb habe ich dem Termin natürlich sofort zugestimmt.«

Louis-Baptiste Lebretons Ohr wurde hellhörig. Es registrierte eindeutig Diplomatie und Aufgesetztheit, außerdem eine gewisse Gereiztheit und, noch versteckter, unbefriedigte Neugier. Womöglich hatte Clara Dicate dieses spontane Gespräch mit der Polizei nur akzeptiert, um selbst mehr zu erfahren.

Capestan war das auch aufgefallen, deshalb würde sie sicher gleich das Thema wechseln, um ihr Gegenüber zu enttäuschen und so dazu zu bringen, sich später noch einmal bei ihnen zu melden oder zumindest zu antworten, sollten sie in Zukunft Fragen haben.

»Und Sie sind niemandem begegnet, der Ihre Version bestätigen könnte?«

»Nein, ich habe Lärm aus dem Restaurant gehört und Stimmen in Achille Niessens Garderobe, aber mehr nicht.«

»Also haben Sie kein Alibi.«

Capestan versuchte, den Panzer zu durchdringen, Nägel an den Gelenken einzutreiben, aber ohne Erfolg.

»Da ich auch kein Motiv habe, sollte das genügen.«

»Wenn man tief genug gräbt, findet man fast immer ein Motiv.«

»Seien wir ehrlich, eigentlich kannte ich Aramédian kaum.«

»Trotzdem hat er sich mit Ihnen verabredet. Und es ist durchaus denkbar, dass der Mörder sich geirrt hat und eigentlich Tom sein Ziel war.«

Clara Dicate verzog keine Miene. Nur der kleine Finger

der auf dem Tisch liegenden Hand zuckte ein wenig. Wahrscheinlich die Nerven.

»Er ist mein Bruder. Ich will ihm natürlich nichts Böses.«

Louis-Baptiste Lebretons Alarmglocken schrillten schon vor dem Schlusspunkt dieser dreisten Lüge.

Gaétan Bulinski seifte sich langsam die Hände ein. Achille Niessens Name, der in das dezent nach Lavendel duftende Stück geprägt war, verschwand unter dem Schaum und tauchte nur gelegentlich hinter einem Bläschen wieder auf. Nach und nach würde die Reibung ihr Werk verrichten, und Gaétan würde Achille endgültig auslöschen, wie viele Schauspieler vor ihm. Nichts war so beruhigend wie dieses stille Ritual, diese therapeutische Waschung.

Als er die Klingel hörte, wusste er schon, dass draußen die Polizei stand und mit ihm über seine Waffe sprechen wollte. Auf diese Möglichkeit war er vorbereitet gewesen. Mit noch feuchten Händen ging er zur Schreibtischschublade, wo er die Kopie der Diebstahlsanzeige aufbewahrte.

Er hatte sich nicht einmal die Mühe gemacht, die Tür zu öffnen oder durch den Spion zu schauen. Seine Intuition war beinahe übernatürlich, er verließ sich blind darauf. Warum nur hatte sie damals bei diesem verdammten Zehn-Millionen-Film nicht angeschlagen?

33.

Am erstaunlichsten war die Stille. Dabei befanden sie sich mitten in Paris, nur wenige Meter vom Louvre und der Comédie Française entfernt. Lastwagen von Güterzuglänge säumten die Bürgersteige, und Metallgitter sicherten die Location. Aushänge der Stadtverwaltung an den Straßenlaternen verboten das Parken zwischen fünf und dreiundzwanzig Uhr aufgrund eines Filmdrehs. Innerhalb der Absperrung unterhielten sich gut hundert Leute flüsternd und bewegten sich so wenig wie möglich. Die meisten rauchten nur.

»Neue Szene! Weiter geht's mit Szene 119, Tag 4!«

Sofort setzte sich die Crew in Bewegung. Junge Männer in T-Shirts, ausgeblichenen schwarzen Jeans und Turnschuhen zogen sich Arbeitshandschuhe an und schnappten sich Sackkarren mit riesigen Gummirädern, um Requisiten zu transportieren, andere schleppten dreißig Kilo schwere Kabeltrommeln von A nach B und brachten mit den schnellen Schritten Schlüsselbunde, Walkie-Talkies und Isolierbandrollen an ihren Gürteln zum Klappern.

»Inès, mein Armband geht nicht richtig zu, es fällt ständig runter«, rief Luna Sellia.

»Sergio, ich bräuchte die Objektive«, bat die Drehbuchassistentin.

»Big Ben, wir haben deine Harley ein Stück weggeschoben«, erklärte einer von der Technik.

»Hat jemand mein Skript gesehen?«, fragte ein Schauspieler.

Inès riss ein Stück gelbes Klebeband mit den Zähnen ab und befestigte Lunas Armband. Benoît Marteau fing geschickt die Motorradschlüssel, die ihm zugeworfen wurden. Die Drehbuchassistentin zündete eine Zigarette nach der anderen an und ließ sie bis zu einer bestimmten Länge herunterbrennen, bevor sie sie sorgfältig in eine leere Schachtel steckte.

Anne Capestan hatte soeben den Außendrehort auf einer der weniger belebten Straßen neben dem Conseil d'État erreicht, nachdem sie durch den Jardin du Palais Royal im Schatten der in Reih und Glied stehenden Linden spaziert und dem knirschenden Sand unter den Rädern des Buggys gelauscht hatte. Es war elf Uhr vormittags.

»Ruhe bitte, wir drehen!«, erklang es aus einigen Metern Entfernung, gefolgt von der Klappe des Regieassistenten. Capestan beschloss, etwas abseits zu bleiben, in der Nähe der Kontrollmonitore, die zeigten, was auf der anderen Seite des Sets gefilmt wurde. Die Drehbuchassistentin setzte sich Kopfhörer auf und nahm neben ihr Platz, vor einem eigenen Bildschirm, auf dem der Timecode in rasender Geschwindigkeit mitlief. Ein Hundekotmobil in der oberen Ecke erregte Capestans Aufmerksamkeit. Wie hypnotisiert beobachtete sie die Szene.

Alles spielte sich haargenau so ab wie vor zwei Jahren,

als die Brigade einen jungen Fahrradfahrer festgenommen hatte. Getarnt als Straßenreiniger in einer Kehrmaschine hatte Lewitz ihn beschattet und in einer irren Verfolgungsjagd über die Bürgersteige von Paris schließlich gestellt – der Brigadier hatte zuvor heimlich den Motor der Maschine frisiert. Capestan und Torrez hatten den wilden Ritt wie erstarrt miterlebt.

Anscheinend hatte sich Rosière für ihren Film von dieser Geschichte inspirieren lassen.

Reflexartig beugte Capestan sich weiter vor und lächelte die Drehbuchassistentin, die erschrocken zusammengezuckt war, entschuldigend an. Das Hundekotmobil auf dem Monitor hatte dem jungen Mann auf dem Fahrrad inzwischen den Weg abgeschnitten. Saint-Lô sprang flink wie eine Katze heraus, während Luna hinter dem Bushäuschen hervorschoss, um den jungen Mann sanft in Gewahrsam zu nehmen.

Wie versteinert versuchte Capestan zu verstehen, was sie da gerade gesehen hatte. Hatte Rosière lediglich eine einzelne Anekdote kreativ wiederverwertet, oder konnte es sein, dass sie die gesamte Geschichte der Brigade in einen Film verpackt hatte, ohne sie zu fragen? Vor Capestans innerem Auge tauchte Michel Aramédians Wohnung auf, die Storyboard-Zeichnungen an den Wänden seines Büros. Die hatten damals ihr Interesse geweckt, aber Joséphine hatte sie von einer genaueren Betrachtung abgelenkt. Die hingekritzelten Titel der einzelnen Szenen fügten sich jetzt zum ersten Fall der Brigade zusammen, zur Entstehung des Kommandos Abstellgleis. Dazu die Beschreibung des Schauplatzes, rot unterstrichen: »Innen. Tag. Kommissariat, große, baufällige Wohnung, Altbau.« Das waren sie. Der ganze Film – sie.

»Nächste Szene!«

Wieder setzten sich alle in Bewegung, und Capestan nutzte die Unruhe, um an den Set zu gelangen, zur Dirigentin des Spektakels: Eva Rosière. Die unterhielt sich gerade mit Orsini, der unter dem dunklen Make-up und dem toupierten Haar kaum zu erkennen war.

»Hast du dir das Material vom Freitag angeschaut?«, fragte er besorgt. »Du hast irgendwie unzufrieden gewirkt, das hat mich beschäftigt. War ich dir zu reduziert, hättest du es lieber spielerischer gehabt?«

»Nein, keine Panik, du warst wirklich gut, genau richtig.«

»Bist du sicher?«

»Absolut.«

Diament und Saint-Lô gesellten sich zu ihnen, und der immer noch nicht ganz beruhigte Orsini zog von dannen, wobei er leise vor sich hin murmelte – wahrscheinlich den Text für seine nächste Szene.

Diament hob an: »Wir wollten mit dir über den Stunt reden, der morgen auf dem Plan steht. Wir haben uns eine andere Abfolge überlegt …«

Saint-Lô schaltete sich ein: »Selbstredend liegt uns nichts ferner, als zu klagen …«

»Eure Ideen sind bestimmt großartig«, unterbrach Rosière sie freundlich, »aber lasst uns das heute Abend in Ruhe besprechen, jetzt muss ich …«

Eine offenkundig verärgerte Luna drängte sich zwischen den ungleichen Männern hindurch und baute sich vor der Regisseurin auf.

»Schon klar, das sind deine Kumpels, aber ich hätte da auch ein paar Fragen.«

Anscheinend gefiel der Schauspielerin Eva Rosières Verbundenheit mit ihren Kollegen überhaupt nicht, und der Stachel der Eifersucht drohte die Stimmung zu stören, wenn die Regisseurin nicht aufpasste.

»Meine Liebe, die zwei sind meine Freunde, aber du bist mein Star, die Künstlerin, die das alles hier trägt. Die Kamera liebt dich, und ich schreibe mir jeden Tag die Finger wund, um deine Szenen noch mehr auszuschmücken. Du vertraust mir doch, oder?«

Luna warf die Mähne nach hinten und kaute eine Weile auf ihrem Kaugummi herum, bevor sie einlenkte: »Ja.«

»Gut. Macht dir irgendetwas Sorgen?«

»Ich kapier nicht ganz, was mit meiner Figur los ist. Mag sie ihren Chef jetzt, oder kann sie ihn nicht ausstehen?«

»Sie beginnt langsam, ihn zu schätzen, zu begreifen, dass er ihre einzige Chance ist. Aber da brauchst du gar nicht viel zu tun – schau ihn einfach an, denk über das Leben nach, und ich fange den Moment ein.«

Dax kam mit seinem Skript in der Hand auf die beiden Frauen zu und deutete auf eine Zeile.

»Muss ich das auswendig lernen oder nicht?«

Rosière legte ihrer unglaublichen Entdeckung mütterlich die Hand auf die Schulter und erklärte: »Nein, alles in kursiv sind Regieanweisungen. Die geben dir mehr Infos zu Gestik und Kontext. Du lernst bloß die Dialoge auswendig.«

Dax starrte sie verständnislos an.

Rosière versuchte es noch einmal: »Das schräg Gedruckte brauchst du nicht zu lernen.«

»Unfassbar, dass das ein und derselbe Typ ist«, brummte Luna und zog ab.

»Also lerne ich das da?« Dax zeigte auf mehrere Stellen.

»Nein, die Dialoge, aber nur die Teile deiner Figur.«

»Das hier?«

»Ja, genau.«

»Okay, dann bin ich drehbereit.«

»In einer Minute geht's los.«

Anne Capestan beobachtete die Regisseurin in ihrem Reich, in dem sie zugleich Königin und Untertanin, Mutter und Zerberus war. Sie führte an, aber folgte auch, hörte den einen zu, schmierte den anderen Honig ums Maul und legte dabei die Gelassenheit einer Frau an den Tag, die nichts mehr erschüttern kann, unterdrückte ihre Zornesausbrüche und übte stattdessen nachsichtige Autorität. Zweifellos musste sie sich ziemlich zusammenreißen, um das bisschen Frieden zu bewahren, das nach dem Mord, den Verlusten und den Schüssen am Set noch herrschte. Sie umhegte sie alle: Dax, Orsini, Diament, Saint-Lô, Lewitz, Évrard. Aber hatte sie es ihnen gesagt? Hatten sie es verstanden? Wer besaß das komplette Drehbuch? Wer spielte sich selbst, ohne es zu ahnen, im Glauben, mit seinem neu entdeckten Schauspieltalent zu glänzen? In der Szene mit dem Hundekotmobil hatte nicht Lewitz, sondern Saint-Lô am Steuer gesessen, und Luna war später hinzugekommen. Die wahren Protagonisten, die echten Zeugen hatten nicht vor der Kamera gestanden. War das Absicht, um die Täuschung länger aufrechtzuerhalten?

Oder war Capestan als Einzige nicht im Bilde? Geschätzt

genug, um sie aus dem Mutterschutz zu holen, aber nicht, um sie einzuweihen – so wie bald eine Million Fremde. Bittere Enttäuschung trübte ihre gute Laune und schwemmte eine vage Traurigkeit an. Sie selbst sah Eva Rosière schon lange als Freundin, nicht nur als Kollegin, und war eigentlich felsenfest davon ausgegangen, dass umgekehrt dasselbe galt.

Rosière, die Glucke mit den schillernden Federn, verhätschelte die Menschen unter ihren Fittichen und forderte dafür deren Vertrauen ein. Aber wie sollte man Vertrauen zu jemandem haben, der einem ohne Vorwarnung das Leben stahl, es durch die eigene Ansicht verzerrte, die wahren Hintergründe wegließ und es dann vor einem Millionenpublikum enthüllte? Schützend legte Capestan eine Hand um Joséphines Köpfchen. Rosière wurde rückfällig, Rosière wusste Bescheid. Rosière beging mit voller Absicht Verrat, bohrte ihre spitze Feder in die Wesensmerkmale aller, um sie für die Augen der Öffentlichkeit zu überzeichnen. Über die Staatsanwaltschaft und ihre früheren Kolleginnen und Kollegen in der Chefetage des Quai des Orfèvres, die sie in *Laura Flammes* auf die Schippe genommen hatte, hatte die Autorin mal Folgendes gesagt: »Ich verneige mich vor ihnen, aber ich will die Leser nicht allzu sehr langweilen.« Jetzt blühte also auch der Brigade eine solche »Würdigung«. Ihre erniedrigte, verstoßene Truppe wurde vom Abstellgleis vor das ganz große Publikum gezerrt, mit Technicolor, Wimax und Wiederholungen im TV.

Capestan trat auf Rosière zu, deren Gesicht sich aufhellte, als sie sie sah, allerdings erst nach einem reflexartigen Blick, ob sich das Hundekotmobil auch außer Sichtweite befand. Die Regisseurin breitete die Arme aus, als wollte sie alles umarmen: die Kulissen, die Technik, die Schauspieler, die vielen Funkgeräte, aus denen Anweisungen rauschten.

»Ich komme mir vor wie eine Puffmutter!«

Die Verletzung hatte Capestans Angriffslust geweckt, arrogant hob sie eine Augenbraue.

»Wieso? Weil du uns alle verkauft hast?«

Rosière verzog den Mund, und Sorge verschleierte ihre grünen Augen.

»Anne, bitte, so darfst du das nicht sehen …«

»Ich sehe es so, wie es ist, Eva. Meine Sicht, meine Sache. Zumindest noch, bis du wahrscheinlich auch damit machst, was du willst.«

»Du hast recht, ich könnte zu Kreuze kriechen, bis meine Knie wund sind, und es wäre nicht genug. Ich habe mich vorher nicht getraut, euch davon zu erzählen, aber jetzt, wo ich die Zügel in der Hand habe, schwöre ich dir, dass sich niemand verraten füh…«

»Ach ja? Weiß Saint-Lô, dass er Lewitz spielt? Und Dax, dass er …«

Capestan hielt inne und runzelte die Stirn. Dax hatte Achille Niessens Rolle übernommen …

»Wen spielt Dax eigentlich?«

Rosière räusperte sich.

»Dich.«

»Wie bitte? Dax spielt meine Figur?!«

Aus Respekt dem befreundeten Lieutenant gegenüber verlor Capestan nicht gänzlich die Fassung, aber ihr Ego schlug einen spektakulären Dreifachsalto.

»Actionkomödien lassen sich mit männlichen Hauptfiguren viel leichter produzieren«, erklärte Rosière.

»Und wen spielt dann Luna?«

»Lebreton. Für homosexuelle Figuren sind Frauen besser, die polarisieren weniger und machen bei Schlägereien mehr her.«

»Ist das dein Ernst? Und Gaétan hat Pilou gespielt, oder was?«

»Nein, erst habe ich alles wahrheitsgemäß wiedergegeben, aber dann musste ich Kröten schlucken.«

»Aber als die Brigade dir aus der Patsche geholfen hat, hast du doch die Rollen verteilt. Wenn Saint-Lô Lewitz spielt, wen spielt Lewitz?«

»Dax, weil der ja dich spielt.«

»Und Orsini spielt sich selbst?«

»Nein. Tatsächlich war er als Orsini gar nicht schlecht, aber in der Rolle des Torrez ist er richtig gut. Hätte ich auch nie gedacht. Man muss die Leute immer vorsprechen lassen …«

Capestan schwieg eine Weile, um die neuen Informationen zu verdauen. Schließlich fragte sie: »Aber sie wissen Bescheid?«

»Nein, natürlich nicht. Ich konnte es ihnen ja schlecht sagen, ohne vorher mit dir zu sprechen.«

»Und du? Wer spielt den rothaarigen Wolf im smaragdgrünen Schafspelz?«

Da sie schon bei angedeuteten Entschuldigungen nicht länger nachtragend sein konnte, hatte sie ihren Spott mit einem Lächeln abgemildert, das nicht so hämisch ausfiel wie beabsichtigt. Sie hatte Eva Rosière auf zwei Merkmale reduziert, um auch aus ihr eine Klischeefigur zu machen, aber der Regisseurin war der versöhnlichere Unterton nicht entgangen.

»Catherine Deneuve.«

»Du lässt dich ja nicht lumpen!« Den Star hatte Capestan allerdings bisher nicht am Set gesehen. Sie hakte nach: »Die ist aber nicht hier, oder?«

»Nein. Sie hat noch nicht unterschrieben, deswegen habe ich meine Figur gestrichen.«

»Verstehe. Du willst selbst nicht das Risiko tragen, das du uns allen aufbürdest.«

»Darum geht es nicht. Nur … mein Alter Ego ist Laura Flammes – klar, minus fünf Jahre, plus zehn Zentimeter Bein, aber sonst ist sie mein Ebenbild. Und ich wollte den Zuschauern nicht dasselbe noch mal auftischen, wie eine Riesennarzisstin. Ich hatte sogar schon angefangen, an einer neuen Serie zu schreiben, *Laura Flammes und das Kommando Abstellgleis*, aber dann fand ich, dass unsere Brigade eine eigene Geschichte verdient. Ich wollte nicht nur an unserer Oberfläche kratzen.«

»*Eurer* Oberfläche, meinst du wohl, schließlich bist du gar nicht dabei. Und wer zahlt in deiner Version für den Billardtisch? Wer hat den dick gefüllten Geldbeutel? Und wenn der Film gut läuft, hast du daran mal gedacht? Wie stehen wohl Torrez' Kinder vor ihren Freunden da, wenn Papa auf der großen Leinwand vom Pech verfolgt wird und im Müllcontainer der Kriminalpolizei landet?«

Mitten in der hitzigen Debatte kam Dax auf die beiden Streithennen zu. Instinktiv verwandelte Rosière sich wieder in die Glucke und antwortete Capestan mit einer beruhigenden Stimme, die Letztere nur selten hörte: »Keine Sorge, Anne, niemand wird euch erkennen.«

Capestan riss dem überraschten Lieutenant mit entschuldigender Miene das Skript aus der Hand. Ihr Zeigefinger suchte nach dem Namen ihrer Figur, dann hielt sie Rosière die Blätter vor die Nase.

»Yann Cabestan?«

34.

»Alle?«

»Alle. Bis auf Lebreton, der gerade Nachforschungen anstellt«, antwortete Torrez, ohne von seinen Unterlagen aufzublicken. »Heute Morgen waren zwei oder drei hier, aber die sind wieder verschwunden.«

Commissaire Capestan hatte Rosière dazu verpflichtet, höchstpersönlich jeden ihrer Polizisten-Schrägstrich-Schauspieler über den Film aufzuklären. Offenbar hatten sie es gut aufgenommen, setzten weiterhin ihr Vertrauen in die Regisseurin und ließen die Brigade im Stich.

»Keiner ermittelt mehr? Wir haben keine Polizisten mehr?«

»Nein. Nur noch Schauspieler.«

Capestan hatte die Abwesenheit der Filmcrew auf Außendreh genutzt, um sich im Studio genauer umzuschauen. Sie hatte die Verleiher zu ihrem Equipment befragt, diskret die Garderoben und Büros unter die Lupe genommen und sich mit den jungen Damen unterhalten, die ihr über den Weg gelaufen waren. Voller Eindrücke, auf die sie sich noch keinen richtigen Reim machen konnte, war sie am späten Nachmittag ins Kommissariat zurückgekehrt, um sich mit ihrem

Team zu besprechen. Als sie allerdings von Zimmer zu Zimmer gewandert war, hatte sie nur verlassene Sessel, leere Gläser, eine dunkle Küche und eine geschlossene Terrassentür vorgefunden. Joséphine, die das Ganze für ein Spiel gehalten hatte, war ihr eifrig glucksend hinterhergekrabbelt und Kopf voraus gegen ihre Wade geprallt, als sie abrupt vor Torrez' Bürotür stehen geblieben war. Pflichtbewusst und einsam wie immer saß der Fels an seinem Arbeitsplatz und ließ sich trotz der sengenden Hitze den Rücken von der Sonne wärmen, die durch die geöffneten Fenster hereinfiel. Begleitet von Nicolas Peyracs *Habanera* aus dem alten Kassettenrekorder, füllte der Lieutenant Seite um Seite. Der Sänger schmetterte sich zu einem liebestollen Akkordeon die Seele aus dem Leib und hatte keinen Schimmer von den Protokollstapeln, die sich neben den Lautsprechern auftürmten.

»Rosière ruft uns an, damit wir ihr den Hintern retten, und jetzt ist ihr alles egal?«

»Künstler«, kommentierte Torrez trocken. »Am Ende zählt nur das Werk, der Rest ist Deko.«

»Hat sie dir Bescheid gegeben, dass es in dem Film um uns geht?«

»Ja.«

»Alles in Ordnung?«

Capestan machte sich Gedanken um ihren Partner, schließlich hatte er von allen den schlechtesten Ruf: Er war der Pechvogel, der Unglücksbringer. Außerdem ein verlässlicher, rücksichtsvoller Ehemann und Vater, der sich immer und jederzeit um seine Familie sorgte. Die öffentliche Zurschaustellung einer so düsteren Reputation würde ihnen das Leben bestimmt nicht erleichtern.

»Ja. Ich vertraue ihr wohl.«

Bei dieser Aussage erkannte Capestan, dass sie selbst allmählich an Eva Rosière zweifelte. Wenn die Autorin imstande war, hinter dem Rücken der Brigade einen Blockbuster zu drehen, der all ihre Wehwehchen vor einem Millionenpublikum offenbarte, wenn die Schreiberei sie so im Griff hatte, dass sie ihr alles unterordnete, könnte sie dann nicht auch im Namen der Kunst einen Mord begehen, ihn verschleiern und zu guter Letzt ihre Kolleginnen und Kollegen bitten, sie zu entlasten?

Endlich schaute Torrez auf und legte den Kuli weg. »Aber ich kann nicht fassen, dass Orsini meine Rolle spielt.«

Capestan verkniff sich ein: »Was soll ich mit Dax erst sagen?« Joséphine war mittlerweile zwischen ihren Beinen hindurchgekrabbelt, um das Büro zu erforschen. Das Kabel der Stehlampe erschien ihr wohl vielversprechend, denn sie steuerte mit einem eroberungslustigen »Jaja!« darauf zu. In Sekundenschnelle scannte Torrez seinen Schreibtisch, leerte sein Federmäppchen bis auf Stiftkappen, die zu groß waren, um sie zu verschlucken, fügte drei zusammengeknüllte Papierkugeln hinzu und warf es dem Baby vor die Nase. Nach einem dankbaren Lächeln für seinen Wohltäter stürzte es sich sofort auf die Minischatztruhe und interessierte sich für nichts anderes mehr. Anne Capestan schwor sich, noch am selben Abend ein Dutzend solcher Mäppchen zu kaufen.

»Was diesen Schauspieler angeht, Achille Niessen: Laut seiner Aussage hat er ein Nickerchen gehalten, oder? Hat er irgendwelchen Besuch erwähnt?«

Torrez beugte sich vor, zog eine Schublade auf und

holte die Protokolle der Vernehmungen heraus, die er rasch durchblätterte.

»Nein, nichts.«

»Clara Dicate, die Schwester des Produzenten, hat behauptet, aus seiner Garderobe Stimmen gehört zu haben. Das sollten wir überprüfen.«

Capestan ließ sich auf den Stuhl vor Torrez' Schreibtisch fallen und beobachtete ihre Tochter, die unermüdlich das Mäppchen leerte und wieder füllte.

»Hast du irgendeine Idee? Wer war es?«

Torrez kratzte sich die Stahlwolle am Kinn, die er jeden Morgen mühsam abrasierte, nur damit sie umso dichter nachwuchs. »Es zeichnet sich was ab, aber ein paar Puzzlestücke passen nicht, ich erkenne noch kein Gesamtbild. Und du?«

»Ich erkenne gar nichts. Mir rutscht alles durch die Finger.«

Capestans Gedanken und Eindrücke steckten in Heliumballons. Immer wenn sie in ihrem Gehirn kramte, flogen sie davon, und die Polizistin, die mit beiden Beinen fest auf der Erde verankert war, konnte dem bunten Reigen nur mit leerem Kopf von unten zusehen. Sobald sie versuchte, sich zu konzentrieren, meldete sich ihre Tochter, forderte lautstark Essen, Trinken, Schnuller, Küsschen, Kuscheltuch, Heia oder Pipi. Sie schlief nicht mehr und schaffte es kaum noch, ihre Aufmerksamkeit auf eine Sache zu richten. Instinktiv zückte sie ihren Taschenkalender, als wäre das Datum nicht sowieso in ihre Pupille eintätowiert und somit dauerhaft in ihrem Sichtfeld. 10. August. Pauls Entlassung. Morgen.

Seufzend steckte sie den Kalender wieder ein und unterdrückte die Tränen der Ungeduld. Sie musste sich um ihren Fall kümmern. Alle Spuren verbinden. Dafür war sie hergekommen.

»Eigentlich hatte ich geplant, die neun Verdächtigen und ihre Motive noch einmal zusammenzuschreiben, gemeinsam alles durchzugehen, aber gut …«

»Ach, das haben sie gestern Abend schon gemacht. Die Partie hat die ganze Nacht gedauert. Natürlich hat Évrard gewonnen, allerdings weiß ich nicht mehr, mit wem.«

Capestan musste wohl ziemlich dumm oder verzweifelt aus der Wäsche geschaut haben, denn ihr Partner stemmte den gedrungenen Körper aus seinem Stuhl, umrundete den Schreibtisch und schnappte sich Joséphine, die sich wiederum ihr Mäppchen schnappte. Anschließend bedeutete er Capestan mitzukommen.

Er drückte auf den Lichtschalter, und das sanfte Orange der Fransenlampe gesellte sich zu den Sonnenstrahlen und tauchte den Billardtisch in eine Festbeleuchtung. Auf dem grünen Stoff lag das *Cluedo*-Spielbrett. Es war doppelt so groß wie vorher, und die Zimmer im alten Herrenhaus hatten inzwischen andere Namen. Das Detektivspiel folgte nun dem Grundriss des Filmstudios.

Der Wintergarten war dem Empfang gewichen, das Musikzimmer der Haupthalle und die Küche der Kantine. Die Felder für Speisezimmer und Keller in der Mitte des Spielbretts hatten sich in Maske und Set verwandelt, ergänzt durch VIP-Garderoben und Regie. Die oberste Zimmerreihe bestand aus Lager, Requisite und Produktionsbüro.

Torrez setzte sich Joséphine auf die Hüfte, um freie Sicht zu haben.

»Was Ausstattung und Entfernungen angeht, ist das Ganze eher grob, aber die Anordnung …«

»Ja.« Capestan staunte. »Das kommt ziemlich genau hin. Und hübsch ist es außerdem. Optisch hat mir *Cluedo* schon immer gefallen, aber den Spielverlauf fand ich ein bisschen langweilig. Zu viel ist dem Zufall überlassen: Jeder kann der Täter sein, unabhängig von Motiv und Wesen.«

»Stimmt, das ist im echten Leben besser.«

»Eindeutig. Schauen wir uns mal die Karten an. Die hat unser Softwaregenie doch bestimmt auch angepasst.«

Die Gesichter der Verdächtigen im Mordfall Michel Aramédian prangten statt der klassischen *Cluedo*-Figuren auf den Spielkarten.

»Gar nicht schlecht«, bemerkte Capestan, die mit der Kreativität ihres Teams bestens vertraut war.

»Ja, aber …«

Torrez zögerte kurz und biss sich auf die Lippe. Darauf folgte nur selten ein erfreulicher Satz.

»Er hat alles bei Copytop in der Rue du Renard drucken lassen.«

In Sekundenbruchteilen spielten sich in Capestans Kopf diverse Szenarien ab. Sie rieb sich die Schläfen.

»Und?«

»Der Angestellte dort hat die Schauspieler erkannt – Achille Niessen, Gaétan Bulinski, Luna Sellia – und sofort den Zusammenhang zu den aktuellen Zeitungsmeldungen hergestellt. Völlig aus dem Häuschen hat er gefragt, ob er das Spiel auf Instagram posten darf.«

»Was Dax natürlich verneint hat«, erwiderte Capestan, obwohl sie längst vom Gegenteil überzeugt war.

»Er hat sogar mit erhobenen Daumen posiert. Und den Hashtag #RealLifeCluedo vorgeschlagen.«

Dagegen ist Joséphine doch ganz artig, dachte Capestan, während sie nach einer Karte griff und sie umdrehte. Auf der Rückseite standen die jeweiligen Zeitspannen, potenziellen Motive und Eindrücke vom Verhör. Sie warf ihrem Partner einen resignierten Blick zu, doch der lächelte beruhigend.

»Nein, der Typ hat nur die Vorderseiten fotografiert. Dax war mit der Rückseite nicht zufrieden: zu viel Text. Er hat die Schriftgröße verringern müssen, das hat ihm nicht gefallen.«

»Ein Hoch auf die Perfektionisten!« Stöhnend stieß Capestan gegen die winzigen Metallwaffen des Gesellschaftsspiels.

Die Pistole legte sie in die frühere Eingangshalle, die jetzt die Requisite war, den Dolch und das Gift ins Produktionsbüro. Dann strich sie mit dem Zeigefinger über die Spielfiguren und hielt einen Moment inne.

»Für Rosière haben sie keine Karte gebastelt?«

Torrez verlagerte das Gewicht aufs andere Bein. Joséphine, die die Veränderung im Tonfall ihrer Mutter bemerkt hatte, hörte auf zu brabbeln.

»Nein.«

Der Lieutenant schwieg kurz, streichelte die Stirn des Mädchens und fragte: »Hätten sie denn eine basteln sollen?«

Commissaire Capestan ließ den Blick über den Billardtisch schweifen und nahm sich Zeit für ihre Lüge. »Nein, natürlich nicht«, sagte sie schließlich.

Sie mischte die Karten und breitete die Verdächtigen aus. Torrez setzte Joséphine in ihr Reisebettchen, verschwand ins Wohnzimmer und kehrte mit den Armen voll Spielzeug aus dem Laufstall zurück. Anschließend schob er zwei Barhocker für Capestan und sich an den Billardtisch. Die Partie konnte beginnen. Capestan rollte eine Kugel über den grünen Stoff und stoppte sie an der Ecke des Spielbretts.

»Der Brand bei Tom Dicates letztem Film gehört auch dazu.«

Torrez wechselte von seiner Rolle des wohlinformierten Polizisten, der alle Details des Falls kannte, in die des Croupiers, platzierte die Karten und stellte sie vor: »Karte 1: Luna Sellia als Fräulein Gloria Roth. Zeit: maximal sieben Minuten zwischen der Rückkehr vom Mittagessen und dem Fund der Leiche, um von der Eingangshalle bis zum Büro zu laufen, den Mord zu begehen und zu flüchten. Motiv: Wurde des Diebstahls beschuldigt, obwohl Aramédian in Wahrheit das fragliche Armband entwendet hatte. Ihre Vernehmung hat nichts ergeben, sie war umringt von Manager, Anwalt, Bodyguards und hat nur in Floskeln geredet«, fasste Torrez zusammen. »Eins wissen wir bei ihr dafür sicher: Sie hätte Michel Aramédian und Tom Dicate nicht verwechselt, weil sie gerade vom Mittagessen mit Letzterem zurückkam. Rein körperlich kann sie es mit jemandem von der Statur des Opfers nicht aufnehmen, was das Ketamin erklären würde, mental allerdings ist sie meiner Meinung nach durchaus zu einem solchen Verbrechen in der Lage. Ihr Vater war schon im Knast, genau wie ihr älterer Bruder, sie selbst hat für kleinere Delikte ein paar Monate auf Bewährung bekommen. Und um sich Drogen zu verschaffen, hätte sie bloß die Handtasche ausleeren müssen.«

Capestan stellte Lunas rote Spielfigur in die Haupthalle.

»Karte 2: Achille Niessen als Reverend Grün. Zeit: fünfzehn Minuten zwischen dreizehn Uhr fünfzehn und dreizehn Uhr dreißig, um von seiner Garderobe ins Büro nebenan zu gelangen, das Opfer zu erdolchen und zurückzuschleichen. Motiv: Sein letzter Film geht gerade durch die Decke, und er wird mit Angeboten überschüttet. Wenn er aus Dicates Film rauskommt, kann er richtig Karriere machen, sogar in den USA. Wir sprechen hier von Millionendeals.«

Fragend reichte Capestan Torrez die grüne Spielfigur. Der Lieutenant platzierte sie in den VIP-Garderoben.

»Er gibt sich lässig und entspannt, aber Merlot hält ihn für einen zu allem entschlossenen Typen mit großem Ego. Der Capitaine hat so getan, als würde er ihn nicht kennen, und ihn kaum zu Wort kommen lassen, das hat ihm gar nicht gefallen. Laut Merlots Erfahrungen bei der Sitte können Erfolgshunger und Machtrausch zu Verbrechen führen, gegen die ein Mord noch harmlos wirkt. Seiner Meinung nach entspricht Achille Niessen diesem Profil …

Karte 3: Gaétan Bulinski als Professor Bloom. Zeit: ungefähr vierzig Minuten, abzüglich der Spanne zwischen dreizehn Uhr achtzehn und dreizehn Uhr dreiundzwanzig, als die Kamera in der Haupthalle ihn beim Verlassen des Gebäudes und der anschließenden Rückkehr filmt. Motiv: unbekannt. Laut Rosière wollte er weg, weil sein Kumpel den ganzen Ruhm einheimste. Das ist zwar dürftig, aber vielleicht gibt es da noch mehr. Wir haben seine frühere

Zusammenarbeit mit Aramédian und Dicate unter die Lupe genommen, allerdings nichts Handfestes gefunden.«

Capestan stellte die violette Spielfigur ebenfalls in die VIP-Garderoben.

»Karte 4: Clara Dicate als Oberst von Gatow. Zeit: zehn Minuten zwischen dreizehn Uhr fünfundzwanzig und dreizehn Uhr fünfunddreißig, direkt vor dem Tatort. Motiv: Nach dem Brand besitzt sie bereits genauso viele Anteile an der Produktionsfirma wie ihr Bruder. Beim geringsten Problem während dieses Drehs, und das wäre ein Mord, würde der Aufsichtsrat ihr die alleinige Leitung der Firma übergeben. Vor allem war sie mit dem Opfer verabredet – und das könnte alles bedeuten: Erpressung und und und. Wie Luna Sellia hat Clara Dicate nicht die körperlichen Voraussetzungen für den Mord, wohl aber das Temperament.«

Torrez platzierte die gelbe Spielfigur eigenmächtig vor dem Produktionsbüro.

»Karte 5: Inès Chamarret, Zélie Rœlsberg und Véronique Malabarre als Frau Weiß. Zeit: jeweils circa acht Minuten, als sie die Kantine verlassen, um zur Toilette zu gehen. Acht Minuten sind ein bisschen knapp für den Weg bis zum Produktionsbüro auf der anderen Seite des Studios und zurück. Dazu noch der Mord, und es wird richtig eng. Motiv: Der Produzent zahlt schlecht. Die drei bekommen nur eine Pauschale, obwohl die Überstunden quasi schon im Drehplan stehen. Tom Dicate ist der gesamten Crew gegenüber beleidigend, nachlässig und despotisch, aber das kennt man beim Film, genau wie in der Wirtschaft, dafür begeht man keinen Mord. Im Moment sieht es hier also ähnlich aus wie bei Bulinski: Wir wissen noch nicht genug.«

»Dax hat nur eine Karte für alle drei gemacht?«

»Ja. Was unsere Ermittlung betrifft, sind die Damen bis dato vergleichbar. Natürlich können wir uns irren ...«

»Okay.« Capestan stellte die weiße Spielfigur in die Kantine. »Letzte Karte.«

»Karte 6: Benoît Marteau alias Ben Big Ben als Baronin von Porz. Zeit: zehn Minuten zwischen dreizehn Uhr vierzig und dreizehn Uhr fünfzig, um von der Maske, wo er nach dem Mittagessen angeblich gelesen hat, zum Produktionsbüro zu kommen. Motiv: Seine kleine Schwester ist von Tom Dicate von einem Tag auf den anderen wegen grober Fahrlässigkeit entlassen und in der gesamten Branche schlechtgeredet worden. Außerdem wusste nur sie von der unbezahlten Prämie beim letzten Film und dass ein Brand den Produzenten ruinieren würde. Womöglich hatten die Geschwister schon damals eine Rechnung mit Dicate offen. Sarah Marteau ist jedenfalls bis heute arbeitslos und leidet an Depressionen.«

»Ein Detail, das Benoît uns bei seiner Vernehmung verschwiegen hat«, merkte Capestan an. Und während sie die blaue Spielfigur in die Maske stellte, fügte sie hinzu: »Die Baronin passt gar nicht zu ihm.«

»Stimmt, aber Lebreton wollte unbedingt, dass Clara Dicate Oberst von Gatow ist, also blieb nichts anderes übrig.«

Capestan nickte, als handelte es sich bei der ganzen Sache um eine völlig gängige Ermittlungsmethode. Anschließend schnappte sie sich drei zusätzliche Spielfiguren aus dem Plastiktütchen und platzierte sie auf dem Spielbrett: eine schwarze für den Regisseur im Produktionsbüro, eine graue für den Produzenten in der Haupthalle, eine rosafarbene für Rosière am Set.

Die Fliesen in Schachbrettoptik, die Bücherregale in der Bibliothek, die grünen Polstermöbel im Salon, die Pflanzen im Wintergarten: Die *Cluedo*-Zimmer standen im harten Kontrast zu den schlichten, modernen Hallen des Filmstudios. Trotzdem machte das mit den Figuren, Waffen und Bildchen versehene Spielbrett Capestans schläfriges Gehirn munter. Wege zeichneten sich ein, kreuzten sich, veranschaulichten und fixierten ihre flüchtigen Gedanken. Ein Sonnenstrahl fiel schräg durchs Fenster herein und beleuchtete die Miniaturpistole.

»Wurde Gaétan Bulinskis Waffe aus seiner Garderobe gestohlen?«

»Ja. Aber lange vor dem Schuss auf Tom Dicate, sogar noch vor dem Mord.«

Auf einmal ertönte das Trampeln einer Elefantenherde aus dem Wohnzimmer. Von der Kunst entbunden, waren die Polizisten in ihr Gehege zurückgekehrt. Schranktüren klapperten, der Kühlschrank ächzte, Wasser rauschte aus dem Hahn in die Spüle, und die Stimmen überlagerten sich zu einer Gesprächssymphonie. Quietschende Gummisohlen näherten sich dem Billardzimmer und damit Capestan, Torrez und Joséphine, die ihre Duplo-Steine sinken ließ.

Évrard steckte den Kopf durch die Tür, und ohne die drei auch nur zu begrüßen, rief sie über die Schulter: »Kommt schnell, die spielen ohne uns!«

Die Elefantenherde setzte sich wieder in Bewegung und stürmte den kleinen Raum, prallte gegen Wände und Möbel. Torrez breitete die Arme aus, um das Spielbrett und die wohlplatzierten Figuren zu schützen, während sich der Rest der Brigade wie Broker an der New Yorker Börse gegenseitig überschrie.

»Oberst von Gatow mit dem Kerzenleuchter in der Maske!«

»Am Set gibt es keinen Kerzenleuchter, Lewitz. Wir haben uns auf Pistole, Dolch und Gift beschränkt«, erinnerte Évrard.

»In der Requisite liegen Seile und Rohre und bestimmt auch ein Kerzenleuchter«, erwiderte Lewitz.

Sofort stellten alle die unglaubwürdigsten Hypothesen auf, aus Spaß am Spiel und der gemeinsamen Freude.

Capestan trat zu Dax, der gerade eine Karte im Mordkuvert verschwinden ließ, und fragte sich jetzt schon, welche.

»Dax, könntest du bitte das Skype-Konto von Reverend Grün knacken und herausfinden, ob er am Tattag zwischen dreizehn und vierzehn Uhr mit jemandem telefoniert hat? Oberst von Gatow hat ihn angeblich reden hören, aber mit dem Handy hat man im Studio keinen Empfang, deswegen müssen wir ein Gespräch über Internet ausschließen, bevor wir einen Besucher und damit einen neuen Verdächtigen in Betracht ziehen.«

»Im Spiel oder in echt?«, fragte Dax, der schon genug Schwierigkeiten hatte, zwischen Film und Realität hin- und herzuswitchen, auch ohne diese dritte Dimension.

»In echt, in echt. Achille Niessens Skype-Konto.«

Das Klingeln des Festnetzapparats schallte durch die Wohnung. Sofort wirbelte Capestan zu ihrer Tochter herum, aber bei so viel Tohuwabohu schlief Joséphine sowieso nicht. Torrez rutschte wie ein schwerfälliger Puma von seinem Hocker und tapste auf Lebretons Schreibtisch im

Wohnzimmer zu, um den Anruf anzunehmen und gleichzeitig dem Pulk seiner Kollegen zu entfliehen, die ihn über das Spiel ganz vergessen hatten. Mit dem Hörer am Ohr bewegte er sich zurück in Richtung Billardzimmer.

Nachdem er eine Weile lang schweigend gelauscht hatte, bedeckte er das Mikrofon mit der Hand und flüsterte Capestan zu: »Der Staatsanwalt. Er hat die Mail mit den neuesten Protokollen gelesen und Rosières Vorführung und eine Hausdurchsuchung angeordnet. Was machen wir jetzt?«

35.

Eva Rosière stand auf dem Absatz ihrer Eingangstreppe und empfing mit ausgebreiteten Armen die Brigade, die mit gebeugten Häuptern das opulente Haus an der Rive Gauche betrat.

»Bitte, bitte, immer herein, meine Lieben. Platz, Pilote, nicht beißen. Unsere Freunde kommen bestimmt in friedlicher Absicht.«

Das galt zwar allen Polizisten, aber Rosière schaute nur Anne Capestan an, die im großen Innenhof anhielt, mit dem Buggy, in dem Joséphine schlummerte. Sie war nicht im Dienst und würde somit auch nicht an dieser Hausdurchsuchung mitwirken. Aber sie war dennoch hier und stellte sich der unbehaglichen Situation.

Sie hatte am Telefon alles gegeben, um Michandier umzustimmen, aber schnell einsehen müssen, dass ihnen nur zwei Optionen blieben: Entweder weigerten sie sich, und eine andere Brigade wurde mit der Durchsuchung betraut, oder sie übernahmen sie selbst. Gemeinsam mit Torrez hatte Capestan überlegt, was ihrer Kollegin wohl lieber wäre, Pest oder Cholera, bei welchen Eindringlingen sie es am ehesten ertragen würde, wenn sie in ihrem Privatleben herumwühlten. Bei jenen, die sie mochte, oder jenen, die sie hasste? Am Ende hatte Capestan ihr gesamtes Team für den nächsten Morgen um sechs Uhr ins Kommissariat bestellt, ohne genauere Erklärung, damit niemand Ermittlungsgeheimnisse ausplaudern konnte.

Schweren Herzens war die Brigade im Morgengrauen losgeschlurft. Capestan hatte sich für diese frühe Uhrzeit entschieden, damit Rosière, die für gewöhnlich zeitig zum Studio fuhr, auch sicher zu Hause war. Sie wollte nicht in Abwesenheit ihrer Kollegin die Tür aufbrechen und alles auf den Kopf stellen.

Aus Angst, die Indiskretion zusätzlich noch mit Pech zu belasten, war Torrez im Kommissariat geblieben, und Louis-Baptiste Lebreton hielt den gezückten Kugelschreiber. Kaum war er eingetreten, lief er sämtliche Zimmer ab, nummerierte sie durch, schloss Fenster und Türen und protokollierte alles in seinem Notizbuch. Anschließend kehrte er zurück in die Eingangshalle, wo der Rest der Brigade sich im Türrahmen herumdrückte, als wollten alle auf die Fußmatte passen. Lebreton wandte sich an seine Partnerin, die mit erhobenem Kinn neben der Truppe stand.

»Gut. Führst du uns kurz herum, und dann trinken wir einen Kaffee?«

Capitaine Rosière nickte und geleitete sie, mit Pilote auf dem Arm, durch das Haus. Wie höfliche Gäste bewunderten die Polizisten die Einrichtung, lobten Rosières guten Geschmack, die Ordnung und den frischen Duft überall, bestaunten ausgiebig dieses Bücherregal und jene Kommode, als würden sie sich rein aus Neugier und Sinn für Schönheit umsehen. Hier und da machte Lebreton sich rasch ein paar

Notizen, und wenn die Polizisten etwas sicherstellen mussten, wie die im Durchsuchungsbeschluss ganz oben genannten Autorenverträge, den Computer und die Festplatten, dann taten sie so, als würden sie einer Freundin beim Umzug helfen, und fragten, in welchen Karton sie die Sachen packen sollten. Auf diese Weise konnte Rosière den Schock des frühmorgendlichen Überfalls langsam verdauen und die Zwickmühle ermessen, in der sich die Brigade am Vorabend befunden hatte. Und gegen Ende der Durchsuchung bot sie ihren Kolleginnen und Kollegen tatsächlich Kaffee an.

Anne Capestan schob derweil den Buggy im Kreis, um Joséphines Nickerchen ein wenig zu verlängern. Auf einmal bemerkte sie ein Funkeln in der dunklen Erde der Beete, die Pilous Pfoten schon x-mal umgegraben hatten: ein silberner Schlüssel, der den blauen Himmel reflektierte, an einem Kunststoffanhänger. Abrupt blieb die Polizistin stehen und kramte einen durchsichtigen Plastikbeutel aus ihrer Handtasche. Sie hatte gerade einen der vielen Schlüssel zum Produktionsbüro entdeckt. Den »Sesam, öffne dich!«, mit dem man in Tom Dicates Refugium eindringen und den friedlich Schlafenden ermorden konnte. Bevor sie ihn einsteckte, schätzte sie noch die Entfernung zu Haustreppe und Hofeingang ab.

Dieser Schlüssel war *der* Schlüssel. Das Fundament für all ihre wackeligen Hypothesen. Ihr fehlte nur eine gute Nacht Schlaf, um Intuition und logisches Denkvermögen zurückzuerlangen, den Fund richtig auszuwerten und das wahre Mordmotiv zu knacken.

Sollte sie das Beweisstück dem Staatsanwalt vorlegen? Was würde er damit wohl anstellen?

Tom Dicate wäre gern cool und glamourös gewesen, jemand, der es aus eigener Kraft geschafft hatte. Stattdessen war er ein Millionärssöhnchen, kaute sich die Fingernägel blutig und beneidete glühend all die Playboys mit dem charmanten Lächeln, die Stars mit den stahlblauen Augen und jenen Schauspielerinnen am Arm, die er selbst für astronomische Summen engagierte. Die meisten konnte er groß rausbringen oder ruinieren, aber er konnte niemals in ihre Haut schlüpfen. Bei Tom erröteten die Frauen nicht, er musste sie immer ein bisschen erpressen, damit sich aus der schlecht gespielten Bewunderung Gefälligkeiten ergaben. Irgendwann hatte er das Interesse verloren. Nur noch die Filme zählten. Und natürlich das Geld. Und der Schein. Er durchquerte die Eingangshalle, um an den Set zu gelangen, für dessen Miete er ein Vermögen blechte. Alles kostete extra, die Tischler setzten jeden Türdurchbruch auf die Rechnung. Wichser. Er betrat den Hangar, der so hoch war wie ein Kirchenschiff. Ein paar vom Kamerateam lümmelten mit Bierdosen auf Schrankkoffern und quatschten mit dem Tonangler, um die Zeit totzuschlagen. Keine Regisseurin, keine Schauspieler, kein Dreh. Tom schaute ungläubig auf die Uhr. Halb zwölf. Ein Drehtag für hunderttausend Kröten, der um halb zwölf noch nicht einmal angefangen hatte.

»Ihr wollt mir echt den Rest geben!«

36.

Die pingelige Spaßbremse wand sich auf dem Stuhl vor Verzückung. Wie Pilou, wenn Frauchen das Entwurmungsmittel vergaß. Man sah deutlich, wie Michandier die Aussicht auf Rache jubilieren ließ, die Gelegenheit, das Großmaul zu stopfen, das der Staatsanwaltschaft die Ohren zum Klingeln gebracht hatte, den Schmierfink zu rupfen, vor dessen Zerrbild das gesamte französische Fernsehpublikum in schallendes Gelächter ausgebrochen war, diese Ungebildeten, die keinen Schimmer vom heiligen Amt der Justiz hatten. So etwas in der Art dürfte das Gerippe im zu großen Anzug sich wohl gerade denken. Blind für die Auswahl, die Rosière im Aquarium des Justizpalastes getroffen hatte. Eine ganze Reihe ehrbarer Fische war durchs Netz geschlüpft und ihrem Klamaukknüppel entkommen. Aber Michandier hatte sie eine Sonderbehandlung angedeihen lassen, und das würde sie heute bestimmt nicht bereuen, wo er vor Rachgier und Endorphinen nur so triefte.

»Sie haben mir Ihren Vor- und Nachnamen genannt, aber nicht Ihren Beruf.«

»Polizeibeamtin.«

»Nein, den anderen.«

»Romanautorin.«

»Den anderen.«

»Drehbuchautorin.«

»Bitte nehmen Sie die Vielfalt der durch die Steuerzahler subventionierten Aktivitäten zu Protokoll«, sagte er zum blonden Pummel im geblümten Hemd neben sich.

»Die ausgebluteten Steuerzahler.«

»Bitte?«

»Wenn Sie sich schon hochtrabend ausdrücken wollen, beschränken Sie sich nicht auf Ihr kümmerliches Talent, benutzen Sie Klischees!«

Der Protokollführer, der sich normalerweise an der Monotonie seiner Tätigkeit erfreute, hielt unsicher inne, die Hände über der Tastatur.

»An Ihrer Stelle würde ich mir die Ironie für Ihre Groschenromane aufsparen, Capitaine Rosière«, zischte Michandier. »Sie werden des Mordes beschuldigt. Wir müssen Ihnen nur noch den Vorsatz nachweisen. Angesichts Ihres Dienstgrads habe ich Ihnen aus Konzilianz die Handschellen erspart, lassen Sie mich meine Generosität nicht bereuen.«

Der Staatsanwalt warf mit großen Worten um sich, um Rosière in Erinnerung zu rufen, dass auch er schöngeistig sein konnte – und noch dazu hochdekoriert. Aber so leicht ließ die Autorin sich nicht beeindrucken. Auch wenn die Wörter »Mord« und »Vorsatz« ihr die Klauen um die Kehle legten und fest zudrückten. Es wurde Zeit, sich professionell zu verhalten und die Erkenntnisse der Ermittlung mit kühlem Kopf zu analysieren.

»Ich habe ihn nicht ermordet.«

»Und da waren es fünfhundert! Diesen Monat gewinnen

wir den Geschenkkorb, lieber Protokollführer. Wie war das mit den Klischees, Capitaine Rosière?«

Rosière senkte den Blick. Er hatte recht. Diesen Punkt hatte sie leichtsinnig verloren. Sie wartete auf den nächsten Angriff.

»Sie haben ihn gehasst, weil er sich Ihres ›Werks‹ bemächtigt hat…«

Michandiers Betonung entsprach drei Paar fetten Anführungszeichen, aber Rosière tat, als hätte sie nichts gehört.

»… und auf dem Regiestuhl saß, wo Sie hinwollten. Wer hat also einen Vorteil aus diesem Verbrechen gezogen? Sie, und zwar nur Sie, niemand sonst!«

»Na schön, dann frönen wir mal unserer gemeinsamen Liebe für die Fiktion. Wie bin ich denn vorgegangen? Habe ich Pilote befohlen, Schuhe überzustreifen, um keine Spuren zu hinterlassen, wenn ich Michel absteche?«

»Sie haben Ihren Köter als Wachhund benutzt. Der Studiokomplex ist riesig, niemand hätte Ihre An- oder Abwesenheit bemerkt, trotz Ihres ausgesucht auffälligen Kleidungsstils…«

Eva Rosière unterdrückte den Drang, über ihre ziegelrote Seidenjacke zu streichen, die den gesamten Raum erwärmte und den Protokollführer, den Staatsanwalt, das Bild des Präsidenten an der Wand, den Stiftehalter und die Aktenkartons gleich hübscher aussehen ließ.

»Sie schleichen sich durch eine der seitlichen Türen weg vom Set, nehmen einen der Flure zum Produktionsbüro, das Sie nur allzu gut kennen und in dem Sie bereits zahlreiche DNA-Spuren hinterlassen haben, umwickeln den Messergriff mit einem Halstuch, da es für Handschuhe noch nicht kalt genug ist, ermorden Michel Aramédian und kehren in Ihre kleine Ecke zurück, um vorzugeben, Sie hätten die ganze Zeit über geschrieben. Vielleicht tragen Sie besagtes Halstuch sogar, als die Leiche gefunden wird, als zynisches Augenzwinkern.«

Rosière holte Luft, um etwas zu erwidern, aber der Staatsanwalt kam ihr zuvor.

»Was das Ketamin anbelangt, das Gift der Umsichtigen, schließlich muss man als Frau befürchten, jemandem von der Statur des Opfers körperlich nicht gewachsen zu sein – das haben Sie im Lauf des Vormittags eingeschmuggelt. Und wenn ich mich nicht irre, gehen Sie mit Ihrem Hund ab und an zum Tierarzt …«

»Und zum Hundefrisör, trotzdem habe ich Michel keinen neuen Haarschnitt verpasst.«

»Spielen Sie nicht das Unschuldslamm, Sie könnten durchaus einen zuvor ausgekundschafteten Lagerbestand entwendet haben.«

»Jetzt mal im Ernst, wir reden hier nicht über eine Dosis für die dreißig Katzen und zwölf Meerschweinchen in Saint-Germain-des-Prés, sondern über ein Viertel der randvollen Schale. Dafür braucht man einen Dealer.«

»Von denen Sie ebenfalls einige kennen, mit Ihren Beziehungen zur Drogenfahndung, zum Showbusiness …«

»Ja, die Polizei pflegt schlechten Umgang. Das merke ich heute ganz besonders.«

Die Miene des Staatsanwalts verfinsterte sich. Sein Blick wurde so stechend wie das Schwert der Gerechtigkeit, und er ließ die flachen Hände auf den Schreibtisch donnern. Die Aktenstapel ringsum zitterten.

»Genug gescherzt! Sie sind sich wohl im Klaren, dass ein Geständnis zu Ihren Gunsten sprechen würde und Ihre beste Chance darstellt. In Anbetracht Ihrer Profession werde ich Milde walten lassen.«

Eva Rosière wusste genau, auf welche Profession der Staatsanwalt anspielte, deshalb gab sie keinen Heller auf seine Großherzigkeit. Mit einer Sache hatte er allerdings recht: Es reichte langsam wirklich. Zeit, diese Unterhaltung zu beenden.

»Sie haben mich vorführen lassen, ohne über irgendeinen Beweis zu verfügen. Ihre Fragen triefen vor Antipathie und Befangenheit. Richtig, ich habe kein Alibi, aber da bin ich in diesem Fall nicht die Einzige. Mein Motiv ist schwach, und sonst haben Sie nichts gegen mich, nada, niente. Die Hausdurchsuchung war ohne Ergebnis.«

Michandier lehnte sich zurück, und ein spöttisches Lächeln breitete sich auf seinem spitzen Gesicht aus.

»Ach ja?«

Jetzt wurde Rosière nervös. Panik schoss ihr in die Wangen, sie spürte förmlich, wie ihr Make-up zerrann. Während der Durchsuchung hatte die Brigade nichts geöffnet, ohne vorher stillschweigend ihre Zustimmung einzuholen, ihre Freunde hatten sich flüchtig umgeschaut, um die Sache schnell hinter sich zu bringen, nur einen Seitenblick auf alles geworfen, was sie auch mit der Hand hätten erreichen können. Selbst die ewige Neugiernase Merlot hatte sich wortkarg und träge zurückgehalten, obwohl er bei jedem weniger delikaten Fall mit einer Pulle in der Hand munter drauflos gestöbert hätte. Nein, die Brigade hatte mit offenen Karten gespielt, auch wenn Rosière im Grunde das

Gegenteil verdient hätte, nachdem sie ihnen so lange das Thema ihres Films verheimlicht hatte.

»Ja«, erwiderte sie mit falscher Sicherheit.

Der Staatsanwalt griff nach einem Kugelschreiber und kratzte sich damit mechanisch am Kopf, in langen Rillen, wie ein Gärtner beim Rechen seiner Wiese. Dabei überflog er den Bericht auf seinem Schreibtisch, den seine nervösen Hände schon ganz zerknittert hatten.

»Ihre Kolleginnen und Kollegen haben in der Tat nichts gefunden. Aber ich bezweifele, dass sie mit der nötigen Gründlichkeit zu Werk gegangen sind. Um ehrlich zu sein, überlege ich allmählich, ihnen den Fall zu entziehen.« Michandier hob den Blick, die Augen wie eine Schlange verengt.

Das fehlt gerade noch!, dachte Rosière.

Mit einer schnellen Drehung auf dem Wickeltisch im Badezimmer schnappte sich Joséphine eine Cremetube und wollte gerade zudrücken, als Maman sie ihr aus der Hand nahm und ihren liebsten Kosenamen aussprach: »Nein, nicht anfassen!« Maman strahlte, machte mit leuchtenden Augen immer wieder Kille-kille. Sie hatte Joséphine das »Wer ist ein schönes Mädchen?«-Kleid angezogen, ihr minutenlang die Haare gekämmt und zwei Zöpfe gebunden. Normalerweise musste einer reichen, mitten auf dem Kopf. Maman beugte sich ein wenig zurück, um die Frisur zu begutachten, und erklärte: »Jetzt ist es perfekt!« Wie so oft verlor sich ihr Blick kurz, guck-guck, wo bist du? Das war immer der beste Moment, um zur Tat zu schreiten. Joséphine streckte den Arm und löste mit flinken Fingerchen eins der Haargummis, um sich einmal aus der Nähe anzuschauen, was genau ein Zopf eigentlich war.

Zum zwanzigsten Mal an diesem Nachmittag öffnete Anne Capestan den Kühlschrank und überprüfte, ob Rillettes, Schinken und Schokoladenéclairs, Pauls Lieblingsspeisen, an Ort und Stelle waren. Sie wischte noch einmal über die Spüle, rückte die Teetassen auf dem Tablett zurecht und drückte auf den Knopf am Ofen, um sich die Uhrzeit anzeigen zu lassen. Sie schaffte es einfach nicht, diesen Moment auszukosten, den sie zwei Jahre lang herbeigesehnt hatte. Die Freude war so intensiv, dass sie einen Schalter umgelegt, sie aus der Realität des bevorstehenden Wiedersehens verbannt hatte. Die Unsicherheit ließ ihre Ungeduld anschwellen, und unzählige Fragen prasselten auf sie ein wie ein Hagelschauer, der ein Frühjahrspicknick ruiniert. Würde sie Paul wiedererkennen, ihn noch lieben, ihm Raum geben können? Er kehrte aus seinem Krieg zurück in Joséphines und ihren Kokon des Friedens, in dem sie sich zu viel erträumt hatten, als dass es Realität werden konnte.

Die drei Töne der Klingel schallten durch die Wohnung und fegten alle Zweifel weg wie ein Orkan. Capestan rannte zur Tür.

37.

Paul schaute seine Tochter und seine Frau an, seine Frau und seine Tochter, die großen Fenster, die Vorhänge. Er spürte den Teppich unter seinen Füßen, das Sofa in seinem Rücken, roch das Parfum an Annes Hals, den Duft von Joséphines Haar, sah die Lampen und Kissen überall, hörte die Musik. Er streckte die Hände aus, die er sich in den vergangenen drei Stunden schon sechsmal gewaschen hatte, nur aus Freude am feinen Seifenschaum. Joséphine umklammerte seinen Zeigefinger und zog sich in eine halb gebeugte, halb aufrechte Position, die offenbar höchste Konzentration verlangte, aber auch höchste Zufriedenheit bescherte. »Pa!« Paul war sich nicht sicher, ob es sich um einen Ausruf der Empörung oder die Hälfte seines väterlichen Kosenamens handelte. Aber allein der Klang ihrer Stimme trieb ihm die Tränen in die Augen.

Er lächelte. Das Gefängnis hatte seinen großartigen Zähnen keinen Abbruch getan, lediglich der Bedeutung, die er ihnen beimaß. Seine Kindheit hatte ihm schon das Fell gegerbt, und dank seines Status als Mörder und der finsteren Aura, die jener mit sich brachte, hatte er in seinem VIP-Trakt der Strafvollzugsanstalt überlebt. Nur ertrug er keine

Türen mehr, kein Kompott, kein Dosengemüse, keine geschlossenen Fenster. Das dürfte ein Problem werden, wenn er Joséphine hütete.

Joséphine. Sie war direkt vor ihm und lachte ihn an. Ein halb gebeugtes, halb aufrechtes Glück.

Anne erhob sich, halb neun, Zeit fürs Heiabettchen, und Paul nahm seine Tochter fest in den Arm. Diesmal würde er sie schon bald wiedersehen, gleich am nächsten Morgen, sie schlief im Zimmer nebenan, er brauchte nicht jedes Luftmolekül um sie herum einatmen, jedes Detail bis zum leisesten Bäuerchen abspeichern. Er würde keinen Nanometer mehr verpassen, den sie wuchs.

Während Anne zu einem Hitmix der Wiegenlieder die letzte Windel wechselte, bereitete Paul eine Schüssel mit Tomaten und eine mit Salat vor. Wenn sie in ein paar Minuten zurückkäme, würden sie nicht sofort essen, wahrscheinlich erst am nächsten Morgen.

Nachts hatte Paul das Füttern übernommen und Joséphines sattem, zufriedenem Atem in der Stille des Zimmers gelauscht. Keine schweren Schritte im hallenden Flur, keine Gitter, an denen jemand rüttelte, keine Schreie, die die Dunkelheit zerrissen.

Anne hatte sich unterdessen keinen Millimeter gerührt, ihre Züge waren entspannt gewesen, aber sie hatte mit Entschlossenheit, ja, fast mit Eifer geschlafen.

Um acht Uhr war sie lachend aufgewacht. Pauls Herz hatte sich schmerzhaft zusammengezogen beim Gedanken daran, dass er zwei Jahre an ihrer Seite verpasst hatte. Die konnte wohl selbst eine Ewigkeit nicht aufwiegen. Trotzdem hatte auch er gelacht, als wäre alles in Ordnung. Jahrelang hatte er die Untiefen nicht erkannt, in denen Anne ertrank. Jetzt musste er selbst Wasser treten, ohne sie mit sich hinabzuzerren.

Er ging frisches Baguette kaufen, presste Orangen aus, bis ihm die Sehnen schmerzten. Der zufrieden vor sich hin brabbelnden Joséphine las er jeden Wunsch von den Augen ab und Dutzende Bücher vor.

Irgendwann bemerkte er, wie Anne ihn gerührt beobachtete.

»Sie hat dir gefehlt. Du würdest am liebsten all die verlorene Zeit aufholen, oder?«

Paul nickte und kitzelte seine Tochter am Nacken. Anne sprang auf, legte ihre Serviette auf den Tisch.

»Das trifft sich gut. Die Windeln sind im Badezimmer, die Milch ist hier, die Fläschchen stehen da drüben, alles Weitere regelt der Vaterinstinkt.«

Sie küsste ihren Mann und ihre Tochter, einmal, zweimal, dreimal, dann lief sie zur Tür. Sie hatte einen Fall zu lösen.

38.

Die Energie von sechs Kilo Orangen strömte durch Anne Capestans Adern. Der weite Himmel verhieß eine Zukunft ohne Mauern, geteilte Tage, filmreife Glücksmomente. Und dann waren da noch die acht Stunden. Acht Stunden ununterbrochener Schlaf. Die änderten alles. Sie hatte den Eindruck, zu sich selbst zurückzufinden, die Kontrolle über ihren Körper und Geist wiederzuerlangen. Jede Einzelheit an diesem Morgen belebte sie. Das Frühstück zu dritt, die zwanzig Minuten Fußmarsch allein, die frische Morgenluft ohne Sturmböen des Geschreis, die klaren Gedanken ohne Kurzschlüsse, weil Joséphine an der Besteckschublade zerrte.

Von außen betrachtet, schritt Capestan ganz normal aus, aber innerlich machte sie Luftsprünge. Ihre Beine stürmten in Richtung Kommissariat, freuten sich unter dem kurzen Rock über die wärmende Sonne und feierten den Sommer, der mitten im August endlich begann. Sie erklomm die Treppe bis in den fünften Stock, ohne den Aufzug überhaupt in Erwägung zu ziehen, in den man den Buggy schräg hineinquetschen musste, um sich anschließend die Knöchel an den Rädern und die Schienbeine am Rahmen zu stoßen. Kraftvoll streifte sie sich die Sandalen auf der Fußmatte ab.

Anne Capestan betrat ihr Reich wie eine Hochleistungssportlerin in der letzten Phase eines Wettkampfs. Jetzt musste sie liefern.

Sie winkte Lebreton kurz zu, öffnete Torrez' Bürotür einen Spalt und rief eine schnelle Begrüßung hinein. Zurück im Wohnzimmer, schnappte sie sich die dicke Akte auf ihrem Schreibtisch und klebte die vielen Post-its mit vagen Eindrücken, halben Wörtern, bruchstückhaften Gedanken und unabgeschlossenen Überlegungen hinein, die überall herumlagen. Danach packte sie alles auf den Couchtisch vor dem Whiteboard, holte das *Cluedo*-Spiel aus dem Billardzimmer und breitete es auf dem flauschigen Wollteppich aus, den Rosière vorigen Winter gekauft und Merlot bereits mit drei so perfekten Weinflecken verziert hatte, dass sie als Muster durchgingen. Dann marschierte sie in die Küche, um sich einen Kaffee zu machen. Ungeduldig und voller Vorfreude rieb sie sich die Hände. Sie spürte, wie ihre Neuronen sich regten, in alle Richtungen flitzten. Heute Abend. Bis heute Abend würde sie ihre Intuition und die Fakten zusammenführen.

Konzentriert saß sie auf dem Sofa und blätterte in den Dokumenten. Diese Drogensache beschäftigte sie. Ketamin kaufen, heimlich über das Kokain kippen, darauf bauen, dass das Opfer es schnupfte: so viele zusätzliche Schritte, so viele zusätzliche Risiken. Und wofür? Wenn der Mörder es wirklich auf Michel Aramédian abgesehen hatte, hätte er ihn nicht erst betäuben müssen: Der Gute hatte jeden

Tag zur gleichen Zeit sein Nickerchen gehalten. Obendrein hatte er zwar am Tattag gekokst, aber das war eine Ausnahme gewesen, kaum vorhersehbar. Wenn der Mörder jedoch eigentlich Tom Dicate im Visier gehabt hatte, wäre der Ketamingebrauch schon logischer: Letzterer konsumierte reichlich Drogen und machte keinen Mittagsschlaf. Nur puderte er sich erst ab dem Nachmittag die Nase. Sofern der Mörder sein Verbrechen also für die Mittagspause geplant hatte, musste er es schlicht nicht gewusst haben. Ebenso wenig wie die Tatsache, dass Tom auswärts essen würde. Doch eine so aufwendige Vorbereitung widersprach all den Unwägbarkeiten, der Täter konnte nicht gleichzeitig ein Planer und ahnungslos sein. Das Ketamin passte nicht ins Bild.

Commissaire Capestan ging noch einmal die Vernehmungsprotokolle durch. Achille Niessen, Gaétan Bulinski, Luna Sellia … Bei Zélie Rœlsberg, Véronique Malabarre und Inès Chamarret stolperte sie schließlich über einen Satz. Sie richtete sich auf. Ihr Blick glitt über die Rotweinflecken, wieder und wieder, bevor sie erneut Luna Sellias Protokoll zur Hand nahm. Nein, darin standen nicht nur leere Floskeln, die Schauspielerin hatte sich einen Moment lang vergessen und Informationen preisgegeben, die eine nähere Betrachtung verdienten. Capestan dachte an Clara Dicates und Michel Aramédians Verabredung zurück, an Gaétan Bulinskis Waffe, die schon nach wenigen Drehtagen verschwunden war, an Rosières Wutausbruch, als sie den Vertragszusatz entdeckt hatte.

Die Brigade hatte zu viele Fährten gleichzeitig verfolgt, Rosière hatte sie vom Kurs abgebracht. Mit einem Satz war

Capestan auf den Beinen. Sie hatte das Rätsel gelöst. Jetzt musste sie nur noch so schnell wie möglich die Beweise finden, die ihre These stützten und die sie bisher vernachlässigt hatten.

Zuerst das Praktische. Sie marschierte zu Torrez' Büro, klopfte dreimal und riss die Tür auf, bevor ihr Partner mit seinem »Herein« fertig war.

»José, gibst du mir bitte die Liste mit den Gegenständen aus den Schränken am Tatort?«

Torrez hob zwei Mappen hoch und legte sie wieder ab, stand auf und ging zur Lampe, unter der sich diverse lose Blätter stapelten. Beim Anblick seines T-Shirts musste Capestan lächeln. Darauf prangten die Abdrücke von sechs bunten Kinderhänden in allen Größen, verziert mit Farbklecksen. Torrez folgte ihrem Blick.

»Tja, Nudelketten kann man einfacher verschwinden lassen, wenn man im Büro ankommt. Da ist sie ja!« Er zog ein Dokument hervor. »Also: ein Tacker, Werbegeschenk, ein Lineal, Werbegeschenk, ein Paar saubere Socken, Werbegeschenk, ein Kalender, Werbegeschenk, ein Digitalwecker, Werbegeschenk, eine Küchenwaage, Werbegesch…«

»Halt, das reicht mir schon, danke!«, unterbrach Capestan ihn, schon halb auf dem Rückweg ins Wohnzimmer, das Handy in der Hand.

Sie öffnete die Favoritenliste in ihren Kontakten und rief Rosière an.

»Eva, ich werde dich jetzt bitten, mir und auch dir selbst gegenüber wirklich ehrlich zu sein. Aramédian hatte es nicht verdient, als Koautor genannt zu werden, oder?«

Stille am anderen Ende der Leitung. Im Hintergrund hörte

Capestan mehrere Stimmen, die die Regisseurin ihrerseits mit Fragen löcherten. War Rosières Schweigen wohl dem Nachdenken oder der Unaufmerksamkeit geschuldet?

»Anne, ich versichere dir, es gab absolut keinen Grund, warum er den Titel oder die Rechte eines Drehbuchautors hätte bekommen sollen.«

»Okay, danke. Falls Orsini gerade, statt zu ermitteln, drehbereit neben dir steht, würde ich ihn gern sprechen.«

»Ich reiche dich weiter.«

»Hallo, Anne«, ertönte die beschämte Stimme des Capitaine. »Brauchst du mich?«

Capestan hätte am liebsten »Nein, zum Glück nicht« geantwortet, weil es ausnahmsweise einmal stimmte, aber sie wollte ihn nicht verletzen.

»Ist dir beim Diebesgut aus Aramédians Wohnung tatsächlich nichts Auffälliges untergekommen? Ein Brief, ein Vertrag, eine Speicherkarte, ein USB-Stick?«

»Nein, aber … nun ja … durch die Dreharbeiten hinke ich ein wenig hinterher, die Durchsicht ist noch nicht ganz abgeschlossen.«

»Was heißt das? Wie viele Säcke von den fünf fehlen?«

»Vier. Und die Hälfte der USB-Sticks.«

»Hoffentlich bist du wirklich gut in diesem Film«, beendete Capestan das Gespräch und legte auf.

Lebreton war nicht an seinem Platz, wahrscheinlich rauchte er auf der Terrasse. Capestan gesellte sich zu ihm. Der Commandant hatte die langen Beine auf einem der Liegestühle ausgestreckt, und sein linker Daumen betätigte ohne Unterlass die Leertaste des Laptops auf seinem Schoß, während die rechte Hand die Zigarette hielt. Eine

Haarsträhne hing ihm ins Gesicht, doch er nahm sich nicht die Zeit, sie wegzustreichen.

»Entschuldige, Louis-Baptiste, aber was treibst du da?«

»Ich verfolge das Ketamin zurück. Ich gleiche die Infos der PJ, der Drogenfahndung und der Tierärzte ab … Ich habe noch nicht mal Paris durch, ganz zu schweigen vom Umland. Und du? Du hast deinen Polizistinnenblick drauf. Ist lange her.«

Capestan lächelte und versuchte gar nicht erst, den Triumph zu verbergen, den sie mit Sicherheit ausstrahlte.

»Ja, ich hab da was. Mir fehlt nur noch das Motiv, aber das steckt bestimmt in den Säcken aus der Wohnung des Regisseurs. Vier davon müssen noch durchgesehen werden.«

»Ist das aussichtsreicher als meine Tierärzte?«

»Ich glaube schon.«

Lebreton drückte seine Zigarette im tönernen Aschenbecher aus, klappte seinen Laptop zu und stand auf. Mit einer kleinen Verbeugung gab er Capestan zu verstehen, dass er ihr folgen würde, um Müllsäcke zu durchwühlen.

Im Gang trafen sie Torrez, der sich wie immer eng an die Wand presste, um sie nicht zu streifen. Capestan nutzte die Gelegenheit und betraute den Lieutenant mit der Klärung der letzten noch offenen Frage.

»Könntest du bitte die Versicherungsgesellschaft anrufen und nachhaken, ob bei Aramédians Film in Sachen Voruntersuchungen, Verhandlungen, Prämien alles reibungslos verlaufen ist?«

Zwei Stunden später waren Capestan und Lebreton immer noch am Werk. In Orsinis Büro sah es aus, als wäre der Schlitten eines bipolaren Weihnachtsmanns explodiert. Die verrücktesten Gegenstände stapelten sich auf Teppich und Möbeln: Schuhe, Hämmer, eine aufblasbare Gummipalme, eine Elvis-Büste, ein Eierbecher im Jacquardmuster, eine Taschenlampe, zwei Sturmhauben, sechs Schneekugeln, eine Mundharmonika, eine Biografie von Alain Delon mit Gaétan Bulinskis Namen auf der Innenseite, eine Dose mit einem unerschöpflichen Grasvorrat und haufenweise Schlüsselanhänger. Diese Dinge nahmen zwar viel Platz ein, hatten aber keine eingehende Untersuchung erfordert. Für den im Vergleich kleinen Haufen an Notizbüchern, Mappen und Briefen brauchten sie dafür ewig, alles musste genau gelesen und ausgewertet werden. Ganz zu schweigen von den USB-Sticks, von denen wahrscheinlich jeder virenverseucht war. Irgendwann würden sie wohl einen der wenigen, altersschwachen Computer der Brigade opfern müssen, aber Capestan gab die Hoffnung nicht auf, ihr Motiv auch so aufzustöbern.

Plötzlich brach Lebreton in schallendes Gelächter aus und hielt ihr einen Umschlag hin.

»Hast du das hier gesucht?«

Inès, Véronique und Zélie saßen draußen vor dem Studio auf einer Steinbank im Schatten eines Strauchs und gönnten sich ein Bier. Seit ein paar Jahren floss der Alkohol an Filmsets nicht mehr in Strömen, deshalb brachte Véronique an schönen Pausentagen manchmal ein Sixpack in einer Kühlbox mit. Zum dritten Mal an diesem Tag kam Zélie auf die Ereignisse und ihre Karmatheorie zurück.

»Auf Tom wurde geschossen, und Michel wurde ermordet, okay. Aber das ist längst nicht alles. Gestern ist ein Scheinwerfer runtergekommen, zwei Meter neben einem von der Technik, heute Vormittag ist der Drehbuchassi ein Kameraarm direkt vor die Füße gekracht, und ständig platzen irgendwelche Glühbirnen. Unfassbar. Wenn du mir nicht glaubst, Véro, dann frag diesen Polizisten, Torrez. Der war jedes Mal dabei.«

39.

»Warum hast du uns alle hier zusammengetrommelt?«, fragte Diament, während Inès auf Zehenspitzen stand und mit vor Anstrengung zitternden Armen seinen Hemdkragen richtete.

»Ich weiß nicht, wahrscheinlich fürs Ambiente«, antwortete Commissaire Capestan.

Als Kind hatte sie diese Enthüllungsszenen geliebt, in denen Hercule Poirot sich über den Schnurrbart strich, während elegante Damen vor Aufregung mit ihren Halsketten spielten. Durch die viele Zeit im Studio mit seinen bemalten Kulissen hatte die Branche sie am Ende auch für sich gewonnen, und unsterbliche Vertreter waren ihr wieder in den Sinn gekommen. Im Gegensatz zum Rest ihrer Brigade würde sie nicht in Eva Rosières Film mitwirken, trieb aber dafür die Ermittlung voran. Und dank dieser Versammlung würde sich hoffentlich der Mörder verraten. Ihr fehlten konkrete Beweise, ein hübsches Geständnis vor Zeugen würde nicht schaden, um den Schuldigen anklagen zu können.

Anne Capestan hatte den gesamten Nachmittag in der Requisite verbracht, behindert durch Joséphine in ihrem

Laufwagen. Den Hintern bequem im Sitzeinhang, die Beine frei, um nach Lust und Laune zu stoßen und strampeln, hatte das Baby die außergewöhnliche Wendigkeit seines Fahrzeugs mit vier in alle Richtungen drehbaren Rollen genutzt und war losgestürmt, um nach den vielen schönen Dingen ringsum zu grapschen. Paul hatte Joséphine das Ding am Morgen geschenkt, zusammen mit einem Plüschigel, von dem sie sich gar nicht mehr trennte. Er thronte auf dem Tischchen des Babywalkers wie die Kühlerfigur auf der Motorhaube eines Rolls-Royce. Gleich am ersten Tag hatte Paul die Vater-Tochter-Zeit verkürzen und Joséphine wieder ihrer Mutter anvertrauen müssen: Sein Bewährungshelfer hatte angerufen, ein Lastwagen voller Formulare wartete in einer eher wenig kinderfreundlichen Umgebung. Das hatte Capestan nicht gerade geholfen, sich auf ihr Ziel zu konzentrieren. Mehr als einmal hatte sie den Babywalker von hinten festhalten müssen, während Joséphine beharrlich weiterschob und nicht begriff, wer oder was ihren Flitzer bremste. Aber die Mühe hatte sich gelohnt. Capestan hatte höchstwahrscheinlich den Beweis für das Verbrechen gefunden, auch wenn sie ihn noch den Experten der Kriminaltechnik übergeben musste, um ganz sicherzugehen.

Gefolgt von der rollenden Joséphine wie Luke Skywalker von R2D2, trat sie jetzt in die Mitte des Sets. Die heutige Kulisse war ihr Kommissariat in der Rue des Innocents, frisch aus der Traumfabrik: Die Schreibtische aus hellem Holz glänzten, die Stühle hatten alle Streben, das Parkett war gewachst, und die kunstvoll zwischen den beweglichen Wänden verteilten weichen Sofas waren noch nicht von Merlots, Dax' und Lewitz' Ess- und Trinkgewohnheiten gezeichnet. Das Durcheinander an Hubwagen, Schienen, Scheinwerfern, Kränen, Kameras, Kabeltrommeln und Arbeitern mit Knopf im Ohr jenseits der Sperrholzplatten stand im krassen Kontrast zur kuscheligen Geborgenheit, die man auf dem Schirm sehen würde. Genau wie die stark geschminkten Gesichter der Schauspieler zum fahlen Teint der Technik.

Commissaire Capestan hatte alle Verdächtigen an den Set bestellt. Clara Dicate, Achille Niessen und Gaétan Bulinski hatten sich nur durch die Androhung eines Vorführungsbefehls inklusive Tipp an die Presse überzeugen lassen. Die leise Neugier hatte wahrscheinlich ihr Übriges getan. Nacheinander trafen die Protagonisten ein und begrüßten sich flüsternd. Angeführt von den Mitgliedern der Brigade, die trotz der Kostüme ihre Polizistenwürde wahrten, verteilten sie sich in der Kulisse.

Ohne dass irgendwer Anstoß nahm, beanspruchten Gaétan, Achille und Tom das große Sofa in der Mitte für sich. Inès, Zélie und Véronique verzogen sich auf das hinterste ganz links, während sich Clara Dicate im prächtigen Lehnsessel niederließ, als wäre es ein Stachelstuhl, ihre treue Assistentin in Habachtstellung zu ihrer Rechten. Benoît Marteau blieb lieber breitbeinig stehen, die Hände in den Taschen seiner Jeans, die breiten, tätowierten Arme durch die hochgerollten Ärmel seines T-Shirts betont. Luna Sellia setzte sich mit übereinandergeschlagenen Beinen auf die Armstütze eines Sessels, obwohl sie auch das Polster hätte belegen können.

Anne Capestan stand diesem ungleichen Trüppchen gegenüber, flankiert von ihrem Team. Eva Rosière warf ihrer

Chefin einen fragenden Blick zu, unsicher, wo sie sich platzieren sollte. Capestan bedeutete ihr mit einer unauffälligen Kinnbewegung, ihren Regiestuhl an den Couchtisch zu rücken, genau zwischen die beiden Gruppen. Pilote machte es sich zu Füßen seines Frauchens bequem.

»Zunächst einmal vielen Dank an alle, dass Sie meiner Einladung gefolgt sind«, fing Capestan breit lächelnd an. »Ich habe Sie heute hierher bestellt, um Sie über die neuesten Erkenntnisse im Mordfall auf dem Laufenden zu halten, der Ihre Dreharbeiten überschattet hat.«

Alle setzten eine angemessene Miene auf, bis auf Clara Dicate, die ihre eisige Herablassung nicht um ein Grad erwärmte. Ihr Bruder hingegen nickte mehrmals, die Stirn in bewegender Erinnerung gerunzelt, rieb sich die Nase und überlegte kurz, ob er die schlaffen Beine verschränken sollte wie Achille oder gerade vor sich ausstrecken wie Gaétan. Am Ende entschied er sich für eine Zwischenvariante, die Ähnlichkeit hatte mit einer betrunkenen Zapfsäule.

»Wie Sie sicherlich wissen, hat ein Großteil der Filmcrew wasserdichte Alibis, und da die Ein- und Ausgänge des Studiokomplexes versperrt und überwacht sind, konnten wir auch ein unbefugtes Eindringen ausschließen. Deshalb haben wir uns auf die Personen konzentriert, die sich zur Tatzeit allein in der Nähe des Tatorts befanden. Sie.«

»Also, ich habe auch ein Alibi«, betonte Tom Dicate an seine Nachbarn gewandt, wie ein schwätzender Schüler.

»In der Tat, aber da Sie Opfer eines zweiten Mordversuchs waren, dachte ich, diese Versammlung würde Sie interessieren. Sie können uns auch gerne verlassen, kein Problem.«

»Nein, nein, ich bleibe. Hier arbeitet ja sowieso keiner. Wenn ich schon mein sauer verdientes Geld verschwende, will ich auch wissen, wofür«, antwortete der Produzent mit einer lässigen Handbewegung, um sie zum Weitersprechen zu drängen.

Capestan fixierte ihn drei Sekunden lang, und er setzte sich mit konzentrierter Miene gerade hin. Anschließend drehte sich die Polizistin zu Ben Big Ben.

»Als Tom Dicate ins Visier geraten ist, haben wir uns gefragt, ob sich Aramédians Mörder vielleicht im Opfer geirrt hat. Denn unter den Verdächtigen hegen mehrere einen tiefen Groll gegen den Produzenten. So wie Sie zum Beispiel, Monsieur Marteau, weil er Ihre Schwester tyrannisiert, gedemütigt und von heute auf morgen entlassen hat, weshalb sie immer noch an Depressionen leidet. Sie, der laut Luna Sellias Aussage zusammengezuckt ist, als Tom Dicate in der Eingangshalle herumgebrüllt hat. Waren Sie überrascht, ihn zu sehen, weil Sie dachten, Sie hätten ihn fünf Minuten zuvor getötet?«

Benoît Marteaus kräftiger Körper rührte sich keinen Millimeter. Die Hände weiter in den Taschen, musterte er die Polizistin lange, ehe er sich zu Inès auf dem Sofa hinunterbeugte.

»Das Letzte hab ich nicht verstanden, was hat sie gesagt?«

Capestan machte sich nicht die Mühe, irgendetwas zu wiederholen, sondern wandte sich an Clara Dicate.

»Dann hätten wir da noch Madame Dicate, die nach dem Feuer auf eine Möglichkeit lauerte, sich die väterliche Firma ganz unter den Nagel zu reißen. Madame Dicate, die sich auf dem Gelände befand, obwohl sie nicht hier arbeitete, wegen einer geheimnisvollen Verabredung mit dem Opfer, das sie aber angeblich weder gesprochen noch schlussendlich getroffen hat.«

Ihre Assistentin zückte sofort ihr Handy, wahrscheinlich, um einen Staranwalt zu kontaktieren. Nach ein paar Sekunden ließ sie es wieder sinken, besah prüfend die Empfangsbalken und streckte das Gerät in alle Richtungen. Sofort legte der Rest der Versammlung los.

»Vergessen Sie's …«

»Keine Chance, weder SFR noch Bouygues noch Orange …«

»Es gibt genau ein Eckchen auf dem Parkplatz, unglaublich …«

»Wenn deine Agentin dich erreichen will, dann gute Nacht …«

»Sie kommen tatsächlich nicht durch«, bestätigte Capestan, damit wieder Ruhe einkehrte. »Und da Festnetz extra kostet, hat Tom Dicate keins anschließen lassen. Sollten Sie also Madame Dicates Anwalt kontaktieren wollen, müssen Sie nach draußen oder zum Empfang. Aber keine Sorge, ich habe nicht vor, sie hier und jetzt zu verhaften. Tatsächlich war die Frage ›Wer profitiert?‹ nicht die einzige, die uns umgetrieben hat. Wir sind auf diverse Ungereimtheiten gestoßen, denen wir auf den Grund gehen mussten. So habe ich mich zum Beispiel gewundert, was Gaétan Bulinski zu Beginn der Dreharbeiten mit einer geladenen SIG Sauer in seiner Garderobe wollte. Die Antwort fand ich in einer Biografie mit unterstrichenen Passagen: Der Schauspieler hat nach einem Vorbild für seine Rolle als Polizist gesucht und ist in Alain Delons Haut geschlüpft, der Feuerwaffen gesammelt und überall mit hingeschleppt hat, sogar an den Flughafen. Und da Monsieur Bulinski Aramédians Hang zur Kleptomanie kannte, hat er sich keine allzu großen Sorgen gemacht, als die SIG Sauer verschwand, sondern den Diebstahl nur angezeigt.«

»Ich lese einfach gern Biografien, ich ahme niemanden nach. Schießen fördert die Konzentration«, protestierte Gaétan beleidigt und rutschte auf dem Sofa hin und her.

»Michel war ein Klepto?«, fragte Inès halblaut ihre Kollegin zur Linken.

»Klar, das war richtig krank. Wenn er in die Maske kam, musstest du aufpassen, dass er dir am Ende nicht deinen Schauspieler klaut«, antwortete Véronique in der gleichen Lautstärke.

Luna Sellia spitzte die Ohren, und ihre Wangen erröteten vor Wut. Die Sängerin hatte gerade die Verbindung zum Verschwinden ihres Armbands hergestellt. Also hatte sie vor Aramédians Tod nichts von dessen Neigungen gewusst.

Commissaire Capestan fuhr fort: »Kommen wir zu Achille Niessen. Obwohl er zu Protokoll gegeben hat, vor seinem Spaziergang ein Nickerchen gemacht zu haben, hat Clara Dicate ihn in seiner Garderobe reden hören.«

Sie drehte sich zum Schauspieler, der sie, den linken Arm über die Rückenlehne des Sofas gelegt, schmunzelnd musterte, wie James Bond, wenn er Spectre düpierte.

»Haben Sie nun geschlafen oder geredet?«

»Geschlafen.«

»Madame Dicate hat Sie gehört, warum streiten Sie es ab? Waren Sie vielleicht auf Skype?«

»Ich habe geschlafen. Tief und fest«, fügte er mit einem breiteren Lächeln hinzu.

»*And your teacher was also taking a nap?*«

»Öh … Ich … *My name is* … Was haben Sie nach *taking* gesagt?«

»Dass Sie in Wahrheit, wie Ihr Konto bestätigt, achtzehn Minuten lang mit Ihrem Englischlehrer geskypt haben, weil Sie unbedingt Ihren französischen Akzent loswerden wollen, der Sie für nahezu alle Hollywoodstreifen zur Fehlbesetzung macht. Ich hoffe – und bezweifle nicht –, dass es Ihnen irgendwann gelingt, aber es ist nicht nett, die Polizei zu belügen.«

Mit einer finsteren Grimasse nahm Achille den Arm von der Sofalehne und wandte den Blick ab.

»Weiter geht's mit Luna Sellia«, meinte Capestan.

Die Sängerin hob eine Augenbraue und bereitete sich mit gerecktem Kinn und gestrafften Schultern auf den Schlag vor, wie eine lederhäutige Madonna. In diesem Goldstaubleben blieben Kränkungen nicht aus. Das Joch wog so einige Karat, aber die Jahre türmten sich stützend unter ihren Armen auf, und bald würde die Empfindlichkeit eisernem Selbstvertrauen weichen.

»Luna Sellia, die in den letzten Minuten ihrer Vernehmung zwei Blutabnahmen erwähnt hat, die sie über sich ergehen lassen musste.«

Verwunderung huschte über das Gesicht der Schauspielerin. Sie hatte schon ganz andere, deutlich härtere Prüfungen überstanden als die eine oder andere Blutabnahme und begriff nicht, worauf die Polizistin hinauswollte.

»Die Frage war: Warum zwei?«, klärte Capestan sie auf.

»Lieutenant Torrez hat die Gesellschaft angerufen, die Schauspieler und Regisseur bei diesem Film versichern sollte. Und die Antwort erhalten: Weil die gesamte Charge der ersten Blutproben für die Gesundheitsprüfung verschwunden ist. Verloren oder gestohlen, konnte die Versicherung nicht sagen, aber das Ergebnis blieb dasselbe: Sie mussten neue Blutproben nehmen. Mich hat allerdings noch ein weiteres Detail aus Luna Sellias Vernehmungsprotokoll hellhörig gemacht. Eine Aussage widersprach den Angaben von Véronique Malabarre, Inès Chamarret und Zélie Rœlsberg. Diese drei hatten nämlich Brigadier Lewitz' Frage, ob es bei diesem Dreh schon zu Belästigungen gekommen ist, verneint. Wollten sie ihre eigenen Rachemotive verschleiern, oder hat Madame Sellia gelogen, als sie uns zu verstehen gab, dass Tom Dicate sie zu dem gemeinsamen Mittagessen gedrängt habe.«

»Na klar, als hätte ich das nötig, um bei jemandem zu landen«, bemerkte Tom, während alle Frauen ringsum ihn sofort skeptisch beäugten.

Anne Capestan lächelte ihm zu.

»Tatsächlich haben alle vier die Wahrheit gesagt. Nein, Sie sind kein Triebtäter, und trotzdem haben Sie Madame Sellia unter Druck gesetzt, Ihre Einladung anzunehmen. Aber nicht, um sie ins Bett zu kriegen, sondern damit sie Ihnen als Alibi dient.«

Halb erstickt versuchte der Produzent, schockiert auszusehen, aber seine unkoordinierten Glieder verdarben die Wirkung.

»Von wegen«, stammelte er. »Ich wollte sie definitiv flachlegen!«

»Nein.«

»Doch!«

»Nein.«

Die Stimmung veränderte sich, die Luft wurde dicker. Alle fragten sich, was die Anführungszeichen zu bedeuten hatten, die Capestan um das Wort »Alibi« gemalt hatte.

»Als ich endlich den Zweck des Ketamins durchschaut habe, ist mir alles klar geworden. Sie haben Michel Aramédian ermordet, Monsieur Dicate.«

»Pff, so ein Quatsch!«, stieß der Produzent hervor und nahm die versammelte Mannschaft als Zeugen. »Wie soll ich das denn angestellt haben, wenn ich zur Tatzeit mit Luna unterwegs war? Hä? Hä? Das hat Ihr Gerichtsmediziner doch bestätigt!«

»Stimmt, der Obduktionsbericht sagt, dass das Verbrechen nicht vor dreizehn Uhr fünfzehn stattgefunden haben kann. Und Sie waren seit zwölf Uhr fünfundvierzig im Restaurant.«

»Na bitte! Und als ich danach mit Ben ins Büro gegangen bin, war Michel schon tot. Oder, Ben?«

Inès knuffte Ben unauffällig in die Seite. Der lehnte sich hinunter und lauschte ihr ein paar Sekunden lang, dann richtete er sich wieder auf.

»Jep, war er.«

»Um vierzehn Uhr«, stellte Tom klar. Selbstzufrieden lümmelte er sich aufs Sofa, während er die Haut um seinen Daumennagel abknibbelte.

»Nein. Anhand der Körpertemperatur der Leiche wurde eine Tatzeit zwischen dreizehn Uhr fünfzehn und vierzehn Uhr fünfzehn ermittelt. Und da Monsieur Marteau und Sie das Opfer um vierzehn Uhr entdeckt haben, hat niemand einen Gedanken an die verbleibende Viertelstunde verschwendet. Dabei beruht Ihre gesamte Inszenierung auf diesen fünfzehn Minuten. In Wahrheit wurde Michel Aramédian nämlich um vierzehn Uhr sieben getötet. *Nachdem* Sie ihn entdeckt haben. *Nachdem* Ihr Zeuge um vierzehn Uhr sechs nach draußen gelaufen ist, um den Notruf zu wählen.«

Alle Oberkörper beugten sich vor, alle Ohren zuckten, alle Augen wurden rund, fehlte bloß noch das Popcorn zwischen den Zähnen der Zuschauer.

»So ein Quatsch«, wiederholte Tom.

»Sie haben die wenigen Minuten allein genutzt, um Michel Aramédian zu ermorden, der bis zu diesem Zeitpunkt nur geschlafen hat. Es war ein vorsätzliches, ja, sogar ein peinlich genau geplantes Verbrechen. Wenn Sie erlauben, fange ich noch einmal von vorne an.«

Eifriges Nicken ringsum drängte die Polizistin, sich keinen Zwang anzutun. Also präsentierte Commissaire Capestan die Früchte wochenlanger unzusammenhängender Geistesanstrengung, das Gerüst, das sie innerhalb eines einzigen konzentrierten Tages zusammengeschraubt hatte, und hoffte inständig, dass es nicht wegen zu vieler fehlender Bolzen einkrachen würde.

»Für Ihren Coup mussten Sie den Schlafenden als Leichnam tarnen, und zwar von Weitem erkennbar. Deshalb haben Sie sich für einen Messergriff auf dem Rücken und den Blutfleck auf dem Teppich entschieden, ein Anblick, der bestechend genug ist, um keine Zweifel im Geist Ihres Zeugen keimen zu lassen, wenn Sie Ihr Opfer gemeinsam entdecken. Eine entsprechende Waffenattrappe war nicht schwer aufzutreiben, schließlich haben Sie einen ganzen Fundus an Requisiten direkt nebenan. Das echte Messer musste dem falschen lediglich aus der Ferne ähneln. Die Sache mit dem Blut gestaltete sich schon deutlich schwieriger. Kunstblut hätte zwar den Zeugen getäuscht, nicht aber die Experten der Polizei. Deshalb haben Sie die Blutproben der Versicherung entwendet und Michel Aramédians Röhrchen gut sichtbar auf dem weißen Teppich entleert. Damit war die Inszenierung perfekt. Sie mussten nur noch sicherstellen, dass Aramédian stillhält. Um über eine Stunde lang reglos mit einem Trickmesser im Rücken liegen zu bleiben, braucht es mehr als einen einfachen Mittagsschlaf. Daher das Ketamin. Am Morgen des Tattags haben Sie damit das Kokain in der Schale überzogen, die so auffällig auf Ihrem Schreibtisch thront. Die beiden Pulver sehen ähnlich aus, werden aber völlig anders dosiert. Eine Line Ketamin setzt einen Büffel für fünf Stunden außer Gefecht, von einem Filmemacher ganz zu schweigen. Um zwölf Uhr dreißig betritt Aramédian Ihr Büro. Sie warten, bis er das Ketamin schnupft und das Mittel anschlägt. Um zwölf Uhr vierzig ist er endgültig betäubt. Sie befestigen das Messer an seinem Rücken, platzieren das Blut auf dem Teppich, verstecken einen Handschuh und das echte Messer unter dem Sofa und gehen mit Luna Sellia Mittag essen.«

Tom, der seit einer geraumen Weile die Augen verdrehte, auf der Suche nach Unterstützung, einer Eingebung oder dem Wecker, fuhr plötzlich hoch: »Und woher hätte ich wissen sollen, dass er das Zeug nimmt? Michel hat nicht gekokst.«

»Weil Sie ein beispielloser Geizkragen sind und die angeblich zur freien Verfügung stehende Schale nach jeder Abwesenheit sorgfältig gewogen wird. Leugnen ist zwecklos, wir haben die Waage gefunden. Sie haben festgestellt, dass nach Aramédians Mittagsschläfchen immer ein paar Gramm fehlten. Der Regisseur konnte zwar Drogen nicht sonderlich viel abgewinnen, erlag aber seiner Stehlsucht. Die Schale war zu verlockend.«

»Dann hätte ich das Koks doch weggekippt, statt es rumstehen zu lassen«, stieß Tom Dicate hervor.

Alle prusteten los. Capestan begnügte sich mit einem Schmunzeln.

»Sie sind körperlich unfähig, dreitausend Euro in die Toilette zu werfen, eher würden Sie in Einzelhaft verrotten. Nein, zu diesem Punkt habe ich zwei Theorien: Entweder haben Sie es schlicht vergessen, oder – immerhin ist das Ding relativ groß – Sie wollten keinen Verdacht erregen, weil Sie eine riesige Tasche zum Mittagessen schleppen. Hätte man die Schale in Ihrem Auto gefunden, wäre es noch schlimmer gewesen. Da war es das Beste, die Drogen einfach in den Schrank zu räumen.«

Tom rutschte wieder tiefer ins Sofa und nahm die Fingernägel seiner anderen Hand in Angriff. »Und warum hätte ich mir die ganze Mühe machen sollen, anstatt Michel einfach gleich zu erstechen?«

»Wegen des Alibis natürlich. Sie wussten, dass der Obduktionsbericht den Tatzeitpunkt auf eine Stunde eingrenzen würde und dass die Entdeckung der Leiche für alle das Ende der Zeitspanne markieren würde. Wenn Sie also die Stunde zuvor in Begleitung blieben, neunzig Minuten, um sicherzugehen, wären Sie über jeden Verdacht erhaben.

Beinahe hätte Madame Sellia noch alles verdorben, weil sie sich geweigert hat, Sie in Ihr Büro zu begleiten. Sie haben nicht damit gerechnet, dass sie das Schäferstündchen ablehnen würde, das Sie sich mit der Einladung zum Mittagessen erkaufen wollten. Zum Glück taucht in diesem Moment Benoît Marteau auf und sichert den nahtlosen Übergang. Wie geplant, lässt sich Ihr Zeuge von der Inszenierung täuschen, und als er den Notruf wählen will, bekommt er kein Netz, weshalb er bis zu einem Notausgang laufen muss oder zurück zum Empfang, wo sich ein Festnetzapparat befindet. Das verschafft Ihnen drei Minuten: Sie entfernen das falsche Messer und verbergen es in der Hosentasche, holen den Handschuh und das echte Messer unter dem Sofa hervor, stechen behutsam zu, um sich nicht zu beflecken, auch wenn Sie ganz in Schwarz gekleidet sind, schieben den Handschuh zum Trickmesser, verstecken die Schale und heulen vor Stress allen etwas vor.«

»Dann steht und fällt der gesamte Coup mit dem Handyempfang, aber so was ist unberechenbar, es hätte genauso gut klappen können. Darauf würde niemand bauen«, wandte Achille Niessen ein, um sein Heldenimage wieder aufzupolieren.

Zustimmendes Gemurmel erhob sich, verstärkt durch das Geraschel von Mobiltelefonen, die aus Taschen gezogen und entsperrt wurden.

»Das wäre tatsächlich sehr leichtsinnig«, lenkte Capestan ein, immer noch an Tom gewandt. »Deshalb habe ich mit dem Materialverleiher hier im Komplex gesprochen. Der hat auch Störsender, für Vorführungen oder Dreharbeiten. Und Sie, Monsieur Dicate, haben einen gemietet und ihn in einer Ecke der Requisite platziert, keine sechs Meter von Ihrem Büro entfernt. Dieses Detail haben Sie übrigens völlig vergessen, als Sie uns vorgespielt haben, dass man auf Sie geschossen hätte. Sie haben behauptet, mit Ihrem Stuhl losgerollt zu sein, als Ihr Handy geklingelt hat. Das ist mir erst ein paar Tage später aufgefallen. Ohnehin war das Ganze ein riskantes Manöver. Sie mussten die Pistole in ein anderes Zimmer werfen, wie ein flüchtender Mörder, bevor wir eintreffen. Warum wollten Sie sich plötzlich als Opfer inszenieren, obwohl doch alles gut lief?«

»Ich weiß es«, schaltete Eva Rosière sich ein.

Tom funkelte sie wutschnaubend an, aber das beeindruckte die Polizistin kein bisschen.

»Du hast von meinem Chipo-und-Merguez-Fototest erfahren, das hat dich auf die Idee gebracht. Du Armer, wenn du nur gewusst hättest, dass wir sowieso in diese Richtung ermitteln …«

Der Produzent runzelte verständnislos die Augenbrauen.

»Chipo und Merguez? Was soll das sein?«

Rosière wirkte erstaunt. Das Unwissen des Giftzwergs schien echt zu sein. Verärgert, weil er nichts kapierte, brauste er auf.

»Jedenfalls ist das gequirlte Scheiße! Du hast Michel erstochen, Eva, du hast es überall lauthals angekündigt. Ihr steckt doch unter einer Decke, die beschützen dich, weil sie deine Kollegen sind, ich zeige euch alle an!«

»Pah, eine Ankündigung ist noch lange kein Beweis.«

»Wenn deine Kumpels richtig gesucht hätten, hätten sie auch Beweise gefunden!«

»Was soll das heißen?«

»Nichts, nichts.«

»Sprechen Sie vielleicht von einem Schlüssel, Monsieur Dicate?«, hakte Commissaire Capestan nach.

Tom sprang auf und richtete anklagend den Zeigefinger auf sie. »Aha! Also *haben* Sie Beweise gefunden. Meinen Büroschlüssel vor Evas Haus! Und Sie haben ihn absichtlich nicht verwendet.«

»Was für einen Schlüssel?«, fragte Rosière verwirrt.

»Den Zweitschlüssel zum Produktionsbüro mit dem roten Anhänger, wie Tom Dicate uns soeben bestätigt hat. Er wusste als Einziger außer mir von seiner Existenz, weil er ihn dorthin geworfen hat. Ihr Geständnis vor Zeugen wird in die Akte aufgenommen, Monsieur Dicate.«

Der Produzent blinzelte und setzte sich wieder auf die Sofakante.

»Welche Akte? Ist ja nicht so, als hätte ich noch nie einen billigen Krimi gedreht, ich kenne meinen Text: Sie haben keine Beweise.«

»Eigentlich doch.«

»Nein.«

Anne Capestan drehte sich zu ihrer Handtasche um, aber die war fort. Sie drehte sich zur anderen Seite, wo Joséphine ihre anhaltende Unaufmerksamkeit genutzt hatte, um sich ebenfalls in Luft aufzulösen. Panik durchzuckte Capestan, sie lehnte sich mit zugeschnürter Kehle nach links und rechts, schob ihre Kollegen weg, die ihr die Sicht versperrten. Joséphine spielte drei Meter weiter fröhlich mit einem durchsichtigen Plastikbeutel, den sie gerade aus der Handtasche ihrer Mutter gezogen hatte. Mit den kleinen Patschehänden riss sie ihn auf und grapschte nach dem Messer, das ihr durch die Finger glitt. Irgendwann bekam sie den Griff zu fassen und schwenkte die Waffe angriffslustig, während sie in ihrem Babywalker zur Attacke auf den Set blies. Entsetzte Schreie ertönten von allen Seiten. Capestan erreichte Joséphine in dem Moment, als die Klinge auf das Tischchen des Wagens traf und im Griff verschwand. Sie atmete tief aus, um den Stress abzulassen, ehe sie ihre Tochter schalt: »Das reicht, Joséphine! Gib Maman sofort die Tatwaffe zurück.«

Ein wenig enttäuscht überließ das Kind ihr sein Spielzeug und stieß sich mit den Schühchen ab, um sein Gefährt wieder in die Mitte des Sets zu befördern. Commissaire Capestan folgte ihr und machte weiter, wo sie aufgehört hatte.

»Diese Attrappe habe ich in der Requisite entdeckt. Wahrscheinlich haben Sie sie zurückgelegt, weil der Bestand regelmäßig überprüft wird. Jetzt finden wir darauf zwar vor allem Joséphines Fingerabdrücke, aber dazwischen bestimmt auch Ihre.«

Toms Blick verriet Capestan, dass er selbst die falsche Waffe nur mit Handschuhen angefasst hatte und dieser Irrtum der Polizistin Balsam für seine Seele war.

»Sie haben nicht mal ein Motiv! Michel und ich haben gut zusammengearbeitet, er hätte mir ordentlich Geld eingebracht, deutlich mehr als die da.« Er deutete mit dem Kinn auf Rosière.

Unter dem großspurigen Ton des Produzenten hörte Capestan das Fragezeichen. Sie warf ihrer Kollegin einen beschwichtigenden Blick zu und fuhr fort: »Ihr Motiv hat sich in Aramédians Diebesgut versteckt.«

»Ha!«, rief Rosière. »Deshalb hat er auf sich selbst geschossen! Ihr habt Pilous Leine bei Michel gefunden, das habe ich hier rumerzählt. Da ist Tom klar geworden, dass ihr Michels Beute habt und er die Aufmerksamkeit ablenken muss, bevor ihr alles auswertet.«

»Gut möglich«, meinte Capestan lächelnd, während der Produzent in sich zusammenschrumpfte und die Polizisten unter seinen braunen Haaren hervor beobachtete. »Wir haben einen Brief entdeckt. Oder besser gesagt, einen Umschlag mit einem zwanzig Monate alten Scheck und einem Post-it. Die Versicherungsprämie für Ihr letztes Projekt. Das in Flammen aufgegangen ist. Zuerst dachte ich, Aramédian hätte den Umschlag schon damals gestohlen und so die Verbindung zwischen Ihnen und der Versicherung gekappt. Und Sie hätten ihn aus Rache umgebracht, als Sie gemerkt haben, dass Sie nur seinetwegen knapp am Ruin vorbeigeschrammt sind.«

Toms Gesichtsfarbe war inzwischen schmutzig weiß. Die schweißnassen Strähnen klebten ihm an der Stirn. Er zögerte einen Moment, dann schrie er heiser: »Ja, genau, es war alles Michels Schuld!«

»Nein, war es nicht«, widersprach Capestan. »Irgendwann sind mir die ungerechtfertigte Nennung als Koautor und die mysteriöse Verabredung mit Clara Dicate wieder eingefallen. Tatsächlich hatte Aramédian den Brief erst vor Kurzem gestohlen und Sie jetzt erpresst. Sie selbst haben die Mitarbeiter der Versicherung so lange beschimpft, bis sie jeden Kontakt abbrachen, Sie selbst haben ein Post-it mit den Worten ›Schiebt es euch in den Arsch!‹ auf den Scheck geklebt, der trotzdem die Rechnung begleichen sollte, und

Sie selbst haben schließlich vergessen, den Brief aufzugeben. Dann haben Sie Ihren eigenen Set angezündet, um ein hübsches Sümmchen einzustreichen, ohne zu wissen, dass Sie die Prämie nicht bezahlt hatten und deshalb gar nicht versichert waren. Wäre dieser Brief plötzlich aus der Versenkung aufgetaucht, hätte man nicht nur den Brandfall neu aufgerollt, Sie wären auch endgültig zur Lachnummer der Branche geworden: Tom Dicate, der Produzent, der dermaßen geizig ist, dass er eine Versicherung abziehen will, die er nicht bezahlt hat, und am Ende die Hälfte seiner Firma an seine Schwester verliert. Die mal eben ziemlich tief in die Tasche greifen musste.«

Mit irrem Blick kratzte Tom sich wie besessen an der Nase. Der Schock hatte ihn verstummen lassen, sein Gehirn lief leer, jeder Ausweg war versperrt. Alle schauten ihn an, erwarteten irgendeine Rechtfertigung, die Lächeln wurden angestrengt, erstarben langsam.

Schließlich durchbrach Clara Dicates Stimme die Stille und ihre eigene Eisschicht. »*Was* hast du gemacht?«

Die Produzentin war munter geworden, ihr Gesicht hatte seine Medusenzüge wieder, die Schlangen standen vom Kopf ab. Noch einmal donnerte sie: »*Was* hast du gemacht?«

Wo sämtliche Anschuldigungen der Polizei nicht die geringste Reaktion provoziert hatten, schleuderte der Ton seiner Schwester Tom aus dem Sofa. Nach einem kurzen Zögern floh er nach rechts und wollte in sicherem Abstand zur Brigade aus der Kulisse flüchten. Wie ein Windhund, der seinen Hasen entdeckte, legte Joséphine einen Sprint hin, der ihren Babywalker zwischen Toms Beine katapultierte. Die Stoßstange über den vier Rädern prallte gegen seine Wade. Er schrie auf vor Schmerz und humpelte in die entgegengesetzte Richtung weiter. Joséphine gluckste über den energiegeladenen Spielkameraden.

Sie begriff sofort, dass das Ziel des Spiels war, auch das zweite Bein zu erwischen.

Eine Verfolgungsjagd begann. Tom wich den Reflektoren, Monitoren und Kleiderständern aus und reagierte auf jedes von Joséphines Zicks mit einem Zack. Capestan stürmte ihrerseits los und rüttelte so endlich auch den Rest ihres Teams wach.

»Trotz der Qualen der Niederkunft jagt sie die Verbrecher flink wie eine Gazelle«, staunte Merlot und deutete schulmeisterlich auf seine couragierte Chefin.

»Ich glaube, sie fängt eher ihre Tochter ein«, meinte Orsini.

»Und wer verhaftet dann unseren Täter?«

Der furchtlose Saint-Lô sprang, einer Straßenkatze gleich, aus der Kulisse und landete auf dem Kamerawagen, der wie eine Rakete losschoss. Statt den Sitz hinter dem Objektiv zu benutzen, balancierte der ungestüme Capitaine mit ausgebreiteten Armen und gebeugten Knien auf der Kamera. So surfte er zwanzig Meter weit, bis er fast auf der Höhe des Produzenten war. Joséphine, hellauf begeistert über die Verstärkung, kreischte ihre Freude hinaus. Als Tom Dicate am Rand des Studios in eine Sackgasse geriet, kam er schlitternd zum Stehen und vollführte, immer noch humpelnd, im Dickicht der dort gelagerten Kabel und Scheinwerfer eine wilde Drehung. Der Kamerawagen erreichte mit vollem Karacho das Ende seines stählernen Wegs, und Saint-Lô ging noch ein Stück tiefer in die Knie. Die Vorderräder trafen auf den Prellbock und schleuderten den schlanken Körper des Capitaine in die Luft. Der schlang den Arm um ein Kabel, das von den Traversen herunterhing, und nutzte den Schwung, um wie Tarzan die nächste Kabelliane zu packen. Er überflog den Produzenten, als wollte er gleich einen unsichtbaren Degen ziehen und einen Kronleuchter auf sein Opfer niederstürzen lassen.

Unten auf dem Boden hatte sich Joséphines Kreischen mittlerweile in Gebrüll verwandelt. Ihr Gefährt war zu breit für schmale Wege, und sie strampelte wie verrückt und knurrte frustriert, bevor sie zurücksetzte, um eine andere Route auszuprobieren. Als ihre Räder sich endgültig im Kabelgewirr verheddert hatten, wand sich das Baby in seinem Sitz, zog am Tischchen und schob mit den Beinen, bis es sich aus dem Walker gestemmt hatte und Kopf voraus auf den Wachsbetonboden zu rutschte.

Ein Stück weiter entdeckte Saint-Lô einen Kamerakran, glitt daran herunter wie an einer Feuerwehrstange und landete direkt vor dem Produzenten, der schnaufte wie ein Gaul unter John Wayne. Die beiden Männer maßen einander mit einem Blick, der Ennio Morricones Mundharmonika hätte auslösen können, während die Sekunden dahinflossen wie der Schweiß der erschöpften Körper. Die greifbare Spannung dämpfte jedes Geräusch, bis von Weitem Capestans Stimme ertönte: »Sie kann laufen!«

Alle wirbelten gleichzeitig herum. Joséphine stand unsicher auf ihren nigelnagelneuen Beinchen. Mit verdattertem Blick und konzentriertem Schmollmund machte sie einen Schritt, und noch einen, und noch einen, immer kurz vor dem Fall, dem Täter hinterher. Tom Dicate schaute dümmlich aus der Wäsche, und Saint-Lô nutzte die Gelegenheit, um sich auf ihn zu stürzen, ihn zu Boden zu werfen und ihm Handschellen anzulegen. Mit männlicher Siegesmiene strich er sich Musketiermähne und Schnurrbart glatt.

»Hoffentlich haben wir alles im Kasten«, betete Rosière.

Zehn Tage vorher

Michel Aramédian hatte sich gerade mit seiner Trophäe eine riesige Line gegönnt. Er öffnete den Schrank und verstaute das wertvolle Dokument in seiner Kriegskasse, ganz unten in einem Müllsack. Es war immer schön, Tom Dicate zu bestehlen – ihm überhaupt irgendetwas zu entwenden, glich einem Wunder, sodass man gleichzeitig die Heldentat und das Werk der Gerechtigkeit auskosten konnte. Trotzdem: Mit diesem Geschenk des Himmels hatte Michel nicht gerechnet.

Er hatte dem Produzenten seine alte Jacke lange genug abgezogen, um herauszufinden, dass eine altersschwache Naht der Innentasche aufgegangen war. Sofort hatte er den gesamten Futterstoff abgetastet und am Rücken eine winzige Ausbuchtung entdeckt. Mit vor Aufregung zitternden Fingern hatte er den Umschlag geborgen, aufgerissen und im Bruchteil einer Sekunde alles begriffen: das Versäumnis, den Verlust, die Brandstiftung, den Ruin, den Irrwitz. Die Chance zur Erpressung.

Tom hatte kampflos die Waffen gestreckt und ihm den allzu einfachen Sieg vergällt. So war er auf die Schwester des Produzenten gekommen. Mit diesem Scheck könnte sie sich die fehlenden vierzig Prozent der Firma holen, er war Gold wert.

Der Regisseur rieb sich die juckende Nase. Er musste aufpassen mit dem Zeug, nicht dass er am Ende noch süchtig wurde.

Epilog

Die riesigen Leuchtlettern des Grand Rex erhellten die berühmte Art-déco-Fassade. Eine neugierige Menge drängte gegen die Absperrung, unter dem genervten Blick des Türstehers, der ständig die Messingstangen wieder aufstellen musste. Die Schaulustigen reckten blindlings ihre Smartphones in die Höhe und knipsten reihenweise Bilder vom roten Teppich, nur um anschließend die enttäuschende Ausbeute zu begutachten: Schnappschüsse glücklicher Nobodys, lächelnde Polizisten in extra für den Anlass erstandenen Anzügen.

Die echten Stars waren längst drin: Luna Sellia natürlich, deren Name ganz oben auf dem Plakat prangte, aber auch Achille Niessen, Gaétan Bulinski und die VIP-Gäste, die in Scharen gekommen waren, um Michel Aramédians letztes Projekt zu würdigen und sich am Spektakel eines Films zu weiden, dessen Produzent den Regisseur ermordet hatte. Zu dieser verlockenden Schandtat gesellte sich die ulkige Aufklärung, denn der Cast bestand zur Hälfte aus Ermittlern des Falls, und Regie hatte eine weitere Polizistin geführt, die zunächst selbst verdächtigt worden war. Ein Fest fürs Marketing, die Presse hatte sich darauf gestürzt, der Film würde vor voll besetztem Saal laufen.

Anne Capestan und ihr Ehemann Paul waren Hand in Hand den Boulevard Bonne-Nouvelle entlangspaziert und hatten das seltene Vergnügen genossen, elegante Kleidung zu tragen, nach so vielen auf dem Altar der Praktikabilität und Bequemlichkeit geopferten Monaten. Gerade warteten sie vor dem Kino auf Einlass, aber irgendetwas staute sich. Eine vertraute Stimme erhob sich in der Frische der anbrechenden Nacht.

»Wie, mein Name steht nicht auf der Liste? Schauen Sie noch mal nach. Unter B, wie Buron. Dann vielleicht unter C, wie Commissaire Divisionnaire Philippe Buron. Oder unter D, wie Direktor der Kriminalpolizei. Nein, ich gebe nicht den Weg frei, was glauben Sie eigentlich, mit wem Sie hier sprechen, junger Mann?«

Die Fliege des Divisionnaire bebte vor Empörung, als wollte sie dem Türsteher gleich ins Gesicht springen. Der blieb ungerührt. Capestan unterdrückte ein triumphierendes Grinsen, als sie ihr VIP-Ticket präsentierte.

»Er gehört zu uns.«

Der Mann in Schwarz öffnete die Samtkordel, um den herrischen, puterroten Spießbürger durchzulassen. Capestan und Paul dankten ihm und baten den zutiefst gekränkten Buron mit einer Handbewegung, vorauszugehen.

Schon auf der Schwelle überwältigten die festliche Musik, das Klirren der Champagnergläser, der Duft der Blätterteighäppchen und betörenden Parfums, das Rascheln der edlen Stoffe und die bunten Lichter Capestans Sinne und zerrten sie in die Menge. Überall im Gedränge entdeckte sie ihre ausgelassenen Freunde, die hier ihren Blick und dort ihr Ohr fesselten. Flankiert von Paul, bewegte sie sich durch den Raum wie eine Kamera durch eine Ballszene.

In der Nähe der Terrassentür streckten sich die Mikros

Lieutenant Dax entgegen, dem Hauptdarsteller des Films. Blanche Évrard stand in der Nähe und verfolgte die Interviews mit gleichzeitig verliebter und beunruhigter Miene.

»Der Film erzählt also die Geschichte Ihrer Brigade und …«, begann ein Radiojournalist.

Dax starrte ihn mit großen Augen an, drehte den Kopf nach links und rechts auf der Suche nach einer Erklärung, bevor er fragte: »Ach ja? Glauben Sie wirklich?«

Ein Stück weiter sagte Achille Niessen vor einer Kamera von France 2: »Ja, ich hatte Angebote von Steven Soderbergh und James Cameron, aber die habe ich abgelehnt, wissen Sie, tief im Inneren schlägt mein Herz französisch.«

Vor der Popcorntheke ärgerten sich Diament und Lewitz über eine Ausgabe der Zeitschrift *Studio*.

»Auf der Hälfte der Fotos ist nur Orsini, der hat wohl seine Beziehungen spielen lassen«, schimpfte Diament.

»Ganz bestimmt, seine Rolle ist winzig im Vergleich zu unseren«, pflichtete Lewitz ihm bei.

»Sammelt deine Maman auch jeden Artikel?«, fragte Diament. »Meine ist überglücklich …«

Lewitz lächelte. »Meine Eltern heben alles auf, genau wie die meiner Verlobten. Da habe ich jetzt einen dicken Stein im Brett.«

Gaétan Bulinski schob sich zwischen die beiden und deutete auf das Display seines Handys. »Woher kommt eigentlich dieser Instagram-Post #RealLifeCluedo #CriminalPeople? Der hat schon zwei Millionen Klicks. Und ich bin Professor Bloom, das ist doch scheiße!«

Orsini und Saint-Lô stützten sich auf die Ticketautomaten und unterhielten sich halblaut.

»Und, was sagt dein Agent dazu?«

»Es wollte mir noch nicht gelingen, einen zu finden.«

»Ja, mir auch nicht«, gestand Orsini und rückte Jackett und Krawatte zurecht.

Luna Sellia und ihr Manager standen einander inmitten eines Bodyguardheers gegenüber und starrten sich an. Er predigte seinem Schützling Vernunft.

»Du kannst keine Bauerntochter aus dem Mittelalter spielen, die auszieht, um geistliche Erneuerung zu bringen. Denk doch mal an dein Image!«

»Ich hab schon zugesagt, zu spät.«

»Scheiß auf den Handschlag, nur die Unterschrift zählt. Was ist denn im Moment mit dir los, Süße?«

Am Fuß der Treppe sprach Lebreton im feinen dunkelblauen Smoking mit einem Mann, den Capestan nicht kannte. Beide lächelten, und ihre Augen glänzten schüchtern. Was sich hier abspielte, schien niemanden etwas anzugehen, deshalb blieb Capestan, wo sie war, und begrüßte ihren Kollegen nicht.

Torrez hielt sich wie immer abseits und nippte an einem Cocktail mit Schirmchen. Als er Capestan und ihren Mann entdeckte, gesellte er sich zu ihnen.

»Na, so was, wo ist denn die Kleine? Hast du dich endlich durchgerungen, eine Babysitterin zu suchen?«, fragte er seine Partnerin.

»Nein«, antwortete Paul.

Capestan unterbrach ihn: »Meine Eltern passen heute Abend auf sie auf.«

»Perfekt!« Der Lieutenant überlegte kurz. »Aber wohnen die nicht mittlerweile in Lyon?«

»Ja«, meinte Paul.

»Wenn ich um Ihre Aufmerksamkeit bitten dürfte!«

Eva Rosière klatschte in die Hände. Sie war blendender denn je. Umkränzt von den grünen Federn ihrer Boa, thronte sie im hautengen grellweißen Cocktailkleid oben auf der Treppe und verkündete königlich: »Die Vorführung beginnt in Kürze. Wenn Sie mir also folgen würden…«

Sie stieg die mit Teppich ausgelegten Stufen herunter, als wäre es Broadway-Marmor, wogte bis zum Büfett und nahm den wartenden Arm des stolzen Gilles Fomenko, der sie rasch auf die Wange küsste und zu ihren reservierten Plätzen im Parkett führte. Der Rest der Menge drängte hinter ihnen trichterförmig durch die Tür und verteilte sich lärmend im Saal unter dem Sternenhimmel. Man schob sich seitwärts durch die Reihen, stieß mit den Knien gegen die Rückenlehnen davor, Klappsitze krachten, Leute kreischten und winkten einer Bekanntschaft zu, die schon auf dem zweiten Rang war, Schauspieler ließen den Blick über die Samtsessel ganz vorn schweifen, um ihre Namen auf den Schildern zu entziffern. Capestan und Paul fanden ihre Plätze in der Reihe H und verließen sie nicht mehr. Stumm saßen sie im Auge des Sturms, betrachteten den mythischen Saal, die märchenhaften Türmchen an den Seiten, die Bühne und ihren knallrot erleuchteten Bogen. Langsam krümmten sich die Umrisse, setzten sich, das Licht erlosch, das Getöse wurde zu Gemurmel. Der schwere schwarze Vorhang enthüllte die weiße Leinwand, und ein Brüllen in Dolby Digital presste das Publikum in die Sitze. Der Saal summte vor Vorfreude, es konnte losgehen.

Das Kommando Abstellgleis

Auszüge aus den vorherigen Bänden

Über die Brigade aus der Rue des Innocents:

»›Na schön, Capestan, dann noch mal zum Mitschreiben: Wir säubern die Behörde, um die Statistiken aufzupolieren. Wir stecken alle Alkoholiker, Schläger, Depressiven, Faulpelze und so weiter, alle, die unsere Abteilungen behindern, aber nicht gefeuert werden können, zusammen. Aus den Augen, aus dem Sinn. Unter Ihrem Kommando. Ab September.‹«

Über Commissaire Anne Capestan, ehemals Antigang und Kinder- und Jugendbrigade, abgeschoben wegen Fehlverhaltens:

»Commissaire Capestan, der schillernde Star ihrer Generation, die kometenhafte Aufsteigerin, hatte eine Kugel zu viel abgefeuert. Sie war vor dem Disziplinarausschuss gelandet, wo man ihr diverse Verwarnungen und sechs Monate Suspendierung aufgebrummt hatte.«

»Die in Ungnade gefallene Musterschülerin mit der Sanftmut einer Kalaschnikow. Dieses Mädchen war ein echter Glücksgriff für ein Drehbuch. Normalerweise konnte Eva Rosière dem bürgerlichen Milieu eher wenig abgewinnen, aber diese Frau hatte etwas, das musste man zugeben. Und sie ging einem nicht auf die Nerven. Eine natürliche Autoritätsperson, eine wahre Willensgewalt, aber überhaupt nicht der Typ, der einem auf die Füße trampelte.«

Über Lieutenant José Torrez, ehemals Gendarmerie im 2. Distrikt, abgeschoben aus Aberglauben:

»José Torrez. Alias Schlemihl. Der Unglücksbringer, der schwarze Kater. Also hatten sie endlich einen Platz für ihn gefunden. Es hatte nicht gereicht, ihn zu isolieren, nein, man musste ihn noch weiter wegschieben. Capestan kannte Torrez vom Hörensagen. Jeder Bulle in ganz Frankreich kannte Torrez vom Hörensagen und bekreuzigte sich, wenn er vorbeiging. […] Er brachte Unglück. Niemand wollte mehr mit ihm zusammenarbeiten, niemand wollte ihn berühren, und kaum einer schaute ihm noch in die Augen.«

Über Commandant Louis-Baptiste Lebreton, ehemals Verhandlungsführer bei der RAID, abgeschoben aus Homophobie:

»Sportliche Figur, helle Augen, feine, aber markante Gesichtszüge: Was das Äußere anging, war er ganz gut gelungen, das musste man zugeben. Eine tiefe Falte, die wie ein Kopfkissenabdruck senkrecht über seine rechte Wange verlief, war der einzige Makel an seinem Hollywoodgesicht.«

»Seine große Gestalt war über einen Aktenkarton gebeugt, den er mit dem Taschenmesser zu öffnen versuchte. Wie gewöhnlich ließ er sich nicht stören. Weder seine Gelassenheit noch seine Ansichten konnte irgendetwas erschüttern.«

Über Capitaine Eva Rosière, ehemals Chefetage des Quai des Orfèvres, abgeschoben aus Empfindlichkeit:

»Sie hatte jahrelang in der Chefetage des Quai des Orfèvres gearbeitet, bevor sie ihre Berufung als Schriftstellerin entdeckt hatte. Zur allgemeinen Verblüffung hatten sich ihre Krimis weniger als fünf Jahre später millionenfach verkauft und waren in ein Dutzend Sprachen übersetzt worden.«

»Eva Rosière war generell keine Frau, die Angst vor Aufmerksamkeit hatte: Ihr Haar war flammend rot, die Lippen glänzend pink und ihre Jacke metallicblau. Nicht ein Fädchen Beige oder Grau wagte sich in den Kleiderschrank dieser schillernden Polizistin.«

Über ihren Hund Pilote, Spitzname Pilou:

»›Corgi, die Hunderasse der englischen Königin, ein bisschen Dackel, Straßenköter, Töle und Promenadenmischung. Das ist keine normale Kreuzung mehr, sondern ein ganzes Autobahnkreuz‹, gluckste sie, zufrieden mit ihrem Witz oder mit ihrem Hund. ›Er heißt Pilote, aber Sie können ihn Pilou nennen.‹«

Über Capitaine Merlot, ehemals Sitte, abgeschoben wegen Alkoholismus:

»Ein ›Schreibtisch-Opa‹, wie man die alternden Vollzugsbeamten bezeichnete, die sich um den Papierkram kümmerten. Nach dreißig Jahren bei der Sitte sah er jetzt nur noch von der Seitenlinie aus zu. Als notorischer Alkoholiker und unverbesserlicher Schwätzer arbeitete er die meiste Zeit überhaupt nicht, aber er verfügte über viel Geschick im Umgang mit Menschen.«

Über Ratafia:

»Eine braune Ratte, deren Neugier wohl durch das plötzliche Auftauchen des Hunds geweckt worden war, spitzte aus Merlots Jacketttasche. Ihre Schnurrhaare zuckten durch die Luft, als suchte sie nach einer Erklärung. Merlot patschte ihr mit einer beruhigenden Pranke auf den Kopf.«

Über Lieutenante Blanche Évrard, ehemals Glücksspielbrigade, abgeschoben wegen Spielsucht:

»Capestan setzte eine einladende Miene auf, während sie im Geiste ihre Lebenslaufliste durchging. Évrard war tatsächlich Lieutenante, aber auch eine zwanghafte Spielerin, die Hausverbot in vielen Kasinos hatte und in diese Brigade abgeschoben worden war, weil man ihr Mauscheleien mit illegalen Spielhöllen unterstellte. Sie hatte ein offenes, ehrliches Gesicht mit großen, unschuldigen blauen Augen. Nicht gerade eine Bluffervisage, das hatte ihr bestimmt geholfen.«

»Diskret sein, nicht auffallen, wie ein Schatten – das konnte Évrard. Weder blond noch rot- noch braunhaarig, hinterließ sie keinen bleibenden Eindruck. Mit der Zeit war das, was anfangs noch eine Taktik gewesen war, zum Verhängnis geworden. Sie war unsichtbar.«

Über Capitaine Orsini, ehemals Finanzbrigade, abgeschoben wegen Verletzung der Geheimhaltungspflicht:

»Er war erst zweiundfünfzig, wirkte aber zehn Jahre älter. [...] Die Schuhe blitzten und funkelten – der Capitaine duldete nicht die kleinste Nachlässigkeit.«

»Orsini [hatte] Geige am Konservatorium in Lyon unterrichtet, bevor er zur Kriminalpolizei gekommen war. Ein ungewöhnlicher Wechsel, besonders, weil Orsini die Polizei hasste und ihr nur anzugehören schien, damit er sie besser verraten konnte. […] Wenn der ansonsten untadelige Polizist in dieser Brigade gelandet war, lag das mit Sicherheit an seinem Adressbuch und der Neigung, alle verborgenen Geheimnisse des Quai des Orfèvres an Journalisten weiterzugeben.«

Über Brigadier Lewitz, ehemals SRPJ Nanterre, abgeschoben wegen Zerstörung des Fuhrparks:

»Brigadier Lewitz liebte Autos, und seine Entscheidung für den Polizeiberuf war vor allem der Sirene geschuldet. Er konnte nicht fahren, weigerte sich aber, es zuzugeben. Das Auto war seine Tanzpartnerin, Fernando Alonso sein größtes Idol, und seine Hände fanden nur Frieden, wenn sie ein Lenkrad umklammerten.«

Über Lieutenant Dax, ehemals CyberCrim, abgeschoben wegen Dummheit:

»Da war zum einen Dax, ein junger Boxer, der im Ring genauso viel Gehirn wie Schweiß gelassen hatte. Mit platt gedrückter Nase und zufriedenem Lächeln betrachtete er das Leben so begeistert wie ein Seelöwe im Wasser. Bevor die Uppercuts ihm das Hirn durchgeschüttelt hatten, war er einer der findigsten Lieutenants der CyberCrim-Brigade gewesen. Angeblich waren noch ein paar Geistesblitze übrig, aber bisher gab es keine direkten Zeugen, die das bestätigen konnten.«

Über Lieutenant Basile Diament, ehemals Klettereinheit der BRI, abgeschoben aus Rassismus:

»Buron unterbrach sie abrupt, als ein riesiger Muskelberg vorüberkam, in einer Lederjacke vom gleichen milchkaffeefarbenen Ton wie das Gesicht darüber, das zwar hübsch, aber verschlossen wirkte.

›Commissaire, darf ich Ihnen Lieutenant Diament von der BRI vorstellen. Die Klettereinheit, wenn ich mich nicht irre?‹

Der Beamte richtete sich noch ein bisschen mehr auf, eindeutig stolz auf die Zugehörigkeit zu dieser angesehenen Einsatzgruppe.«

Über Capitaine Henri Saint-Lô, ehemals SRPJ, abgeschoben wegen psychischer Probleme:

»Er stand in der Eingangstür, klein und hager, hatte seinen Filzhut abgenommen und ließ den Blick über die im Wohnzimmer versammelten Polizisten schweifen. Mit einem ironischen Lächeln strich er über seinen Schnurrbart, bevor er grüßend den Kopf neigte. [...] Er bewegte sich so präzise und geschmeidig wie Quecksilber, jederzeit bereit auszuweichen.«

»›Aber der Kerl glaubt tatsächlich, dass er 1593 geboren ist! Das ist ja schon fast preisverdächtig.‹

›Abgesehen davon wirkt er aber doch ganz vernünftig.‹

›Tja, wenn man die Tatsache außer Acht lässt, dass er von Richelieu redet, als hätte er ihn vor ein paar Tagen noch persönlich getroffen, und uns seinen Handschuh ins Gesicht klatscht, wenn wir ihm blöd kommen, sicher, da wirkt er total vernünftig!‹«

Über Commissaire Divisionnaire Philippe Buron, Regionaldirektor der Kriminalpolizei, Leiter des Quai des Orfèvres, Capestans Mentor:

»Haar und Bart waren grau, im Militärschnitt, und rahmten das Gesicht eines Bassets ein, der die Welt um sich herum mit einem stets freundlichen, aber traurigen Blick bedachte. Er war noch einen guten Kopf größer als Capestan, die selbst schon groß war. Und einen guten Bauch dicker. Trotz seiner gutmütigen Erscheinung strahlte Buron eine Autorität aus, mit der sich niemand anlegte.«

Über Paul Rufus, Capestans Ehemann:

»Paul hatte strahlenden Ruhm erlebt … und sein Ende. Das war noch gar nicht so lange her, aber bald würde man ihn als alternden Star, als Promi von gestern betrachten. Vielleicht war er das auch längst, in solchen Dingen wussten die Betroffenen ja immer als Letzte Bescheid.«

»Paul schien alles Licht der Stadt in sich aufzusaugen. Er war wie ein Feuerwerk inmitten von LED-Lampen. Seine Mutter, die sonst eher bescheiden war, hatte sich jedes Mal, wenn der strahlende Stern einen Raum betrat, gebrüstet: ›Da haben wir wirklich nicht weit danebengelegen, sein Vater und ich. Wir haben ihm den Vornamen von Newman gegeben, und er hat das Gesicht von Redford.‹«

Anmerkung der Autorin

Während ich diese Zeilen schreibe, weiß ich noch nicht, ob die Fernsehserie zu meinem *Kommando Abstellgleis* wirklich das Licht der Welt erblickt. Jedenfalls soll dieser Roman unter keinen Umständen als Kritik daran verstanden werden, mit reichlich Revanche und Kulis in den Nasen der Regisseure, ganz im Gegenteil: Ich scharre schon mit den Hufen vor Ungeduld und Stolz. Außerdem möchte ich Joëy Faré herzlich danken, dass er mich so unkompliziert und liebenswürdig bei seinem Dreh empfangen hat. Und Marie Dorman für die freundliche Vermittlung.

Dank

Nichts läge mir ferner, als mich zu beklagen, aber da ich mich nicht besonders wanderlustig gezeigt habe, muss ich an dieser Stelle denselben Menschen danken wie in den beiden vorherigen Bänden. Für euch Leserinnen und Leser wird das wahrscheinlich ziemlich monoton, bitte entschuldigt, aber unendlicher Dank sollte auch unendlich oft wiederholt werden. Deshalb also noch einmal an:

Meinen Verlag Albin Michel und sein Team: Ohne euch wäre aus meinem mit mysteriösen Tabulatoren gespickten Word-Dokument niemals dieses wunderbare Buch geworden, das überall auf der Welt und darüber hinaus verfügbar ist. Herzlichen Dank und Respekt auch an den Häuptling Francis Esménard.

Die Buchhändlerinnen und Buchhändler, Feuilletonistinnen und Feuilletonisten, Buchmessen und ihre Freiwilligen, diese Fährmänner, diese Säulen, diese tapferen Krieger, ohne die meine schrägen Vögel nie flügge geworden wären.

Jean-François Masfaraud, dem ich nach dem Originaltitel des ersten Bands, *Poulets grillés* (auf Deutsch: *Kommando Abstellgleis*), und diesem hier, *Art et décès*, ganz offiziell die Titelfindung für alle meine zukünftigen Romane übertrage.

Anne-Isabelle Masfaraud, Doktorin der Kohärenz und Figurendarstellung, die ihre unabdingbare Lektüre gerade noch rechtzeitig abgeschlossen hat, damit ich hinzufüge und wegstreiche, entwirre und präzisiere.

Meine Maman, die mir dank ihrer zweiundsiebzig Lesedurchgänge in einem Monat sowohl einen Gesamteindruck als auch die genaue Anzahl der falsch angeglichenen Partizipien geben konnte.

Meinen Papa, der trotz seiner mäßigen Begeisterung für das A4-Format alles gelesen und umsichtigerweise sein Atelier ausgebaut hat, damit ich es ungeniert den gesamten Sommer über in Beschlag nehmen konnte.

Meine *Cosmo*-Mädels, die sich ebenfalls am fröhlichen »Finde einen Titel für Sophies neuestes Buch« beteiligt haben (Sonderapplaus für *Poulets Show* und *Décès animés*). In alphabetischer Reihenfolge: Isabelle Alvès, Sophie Billaud, Mathilde Effosse, Elsa Margot, Manon Pibouleau, Marie-Pierre Poincloux, Karin Roelsgaard und Frédéric Engel, der zwar kein Mädel ist, aber mitgemeint. Und einen ganz besonderen Dank an Marie La Fonta, der ich außerdem noch eine Anekdote gemopst habe.

Ab hier ist Schluss mit den Wiederholungen. Zum allerersten Mal darf ich innig danken:

Meiner wunderbaren Lektorin Caroline Ripoll und ihrem Adlerauge, das Inkohärenzen, unnötige Abstecher und jede noch so kleine Wiederholung entdeckt hat, außer in der Danksagung, wie man sieht, weil ich ihr direkt noch einmal danke.

Meiner Ältesten, die mir spontan ihre Playmobil-Polizistin als Inspiration geliehen hat. Sie war sehr hilfreich, vielen Dank, mein Häschen.

Dorothée Tarel für ihren reichen Schatz an Geschichten aus der Filmbranche und den tollen Abend im Café. Lieben Dank auch an Chloé Szulzinger, die uns zusammengebracht hat.

Odile Balosetti und Laure-Line Philippon für ihren vielfachen Rat in Polizeibelangen. Und natürlich dem Auszubildenden bei der Kriminaltechnik Alvès.

Marie-Anne Bouldouyre und Hubert Dupont, die sich einen Nachmittag lang bereitwillig nach meinen Anweisungen die Rippen gezählt haben.

Sophie Masfaraud, die mir netterweise ihre zwölf heiß geliebten Staffeln *Hercule Poirot* anvertraut hat, und Pierre und Valérie Masfaraud, die mich über die schwierige Kunst der Seifenherstellung aufgeklärt haben.

Mamou, Mamido, Mamichat, Clara und Alice, der Krippe und der Schule, ohne die dieser Band noch auf Seite 2 enden würde.

Und weil ohne sie das alles niemals angefangen hätte, danke ich bis in alle unendliche Ewigkeit Patrick Raynal und Stéfanie Delestré – die nicht mehr vor Ort ist und mich somit auch nicht abhalten kann.